河出文庫

ＪＲ高田馬場駅戸山口

柳美里

河出書房新社

目次

ＪＲ高田馬場駅戸山口

「高田馬場、高田馬場です、新宿・渋谷方面行き、ドアーが閉まります、黄色い線までお下がりください」

そぉらぁをこぉえてぇぇ　ラララ　ほぉしぃのかぁなたぁぁ　山手線の駅でアニソンを発メロに使ってるのは、高田馬場くらいじゃないですか？　だが、なにゆえに鉄腕アトム？　手塚治虫先生がお住まいでいらしたとか？　いえいえ、トキワ荘は目白にございましたし、手塚先生がトキワ荘14号室にお住まいになられたのは1年ちょっとで、次にお住まいになられた雑司ヶ谷の並木ハウス210号室で『鉄腕アトム』を描かれたのでございますよ。トキワ荘14号室の方には藤子不二雄先生がお住まいになられたわけですが、さて、問題！　藤子不二雄Ⓐと F、怪物くんに似てる方はどっち？……えーっと、あっちだよ、あっち……黒サングラスのⒶは怪物くんの産みの親ではありますが、怪物くんに似ているのは1996年に肝臓癌でお亡くなりになられたFの方……Fの代表作は、ドラえもん、エスパー魔美、パーマンで、Ⓐの代表作は、怪物くん、笑ゥせぇるすまん、忍者ハットリくんでござる、ニンニン……**〈見せたい私は、ひとつじゃない、N**

ｅｗｖｉｓｉｏｎ　ＮｅｗＦＯＭＡ〉……ずいぶん広告減ったな、この前来た時は壁が見えないくらいだったのに……**〈大学受験ならトリプルシステム、お気軽に　よいゼミーハロー〉**……**〈美しさをかたちに、美の実践者を育てる〉**……この前っていつだろ？……めったなことがないと駅まで出て来ないから……あの子と手を繋いでちんたら歩くと40分はかかっちゃうもんね……自転車に乗せちゃえば20分なんだけど、自転車は停めるところが、ですね、ないんですよぉ……**〈こちらは新宿区役所です、困ります、自転車置き去り知らんぷり、道路や駅前広場に自転車やバイクが置かれ、多くのみなさまが迷惑しております、この周辺に置いてある自転車やバイクは、即撤去します、チェーンやワイヤーでつながれたものは、切断して撤去します〉**……撤去されたら内藤町まで取りに行かなきゃならないんですよぉ、内藤町って言ったら新宿御苑ですよぉ、往路は電車で行くとして、復路は自転車に乗って帰るしかないわけですよぉ、都道３０５号線をキコキコキコキコ、罰金二千円から三千円にアップされちゃいましたしぃ、自転車なんてムリムリムリムリ。

　今朝は、お弁当のほうれん草の薄焼卵巻きと卵そぼろを拵《こしら》えたら、お醤油が切れてしまい、息子を幼稚園に送っていった足で、渋谷の自然食品ショップまでヤマヒサ純正濃口醤油を買いに行きました。たかが醤油とあなどるなかれ、小豆島で醤油造りが行われるようになって４００年、「生産者である前に消費者である」という経営理念のもと、NaI（Tl）シンチレーションスペクトロメータによる自主測定を行い、放射性ヨウ素１３

１、放射性セシウム１３４、１３７の核種が10ベクレル以下という天然醸造のお醤油です。同じお店で牛乳とヨーグルトも買いました。農薬が撒《ま》かれていない河川敷の雑草と、遺伝子操作ナシ、ポストハーベスト農薬ナシのとうもろこしを牛に与え、65度までじわじわと温度を上げて30分間の低温殺菌を行っている島根県木次乳業の牛乳とヨーグルト、木次さんは千五百万円もするゲルマニウム半導体検出器を導入し、検出限界値が３ベクレルにも拘《かかわ》らず、全ての商品が不検出という盤石《ばんじゃく》の構え……**〈山手線第二戸塚ガード⇩お願い⇧　自動車等が衝突したのを見た方は、至急御連絡下さい。ＪＲ東日本〉**……蛍光灯で照らされた白ペンキの壁にところどころ赤茶色の液体が……血痕?……まさか……**ゴォー、ゴゴォー、ガー、ガガガー、ダダダダッ、ゴゴゴゴー、ガァー、ガー、カタッカタッ、カタッカタッ、カタ、タタタタァ――**……山手線内回りが女の顔の上を通過し、安物の真新しいスーツを着たサラリーマン二名が女を追い抜いていった。

「バタバタ倒れちゃってさ、ってマジかよってぐらい」

「そうそう、なんか東京のシステム営業ってみんなさ、朝とか誰もいないの。そんで10時ぐらいに帰ろうとすると、ちょっと待ってよって。カンベンしてよぉ」

「前の社長の時からそうだったって。とにかくさ、たまらんね、ハッハッハッ」

　高架の外の日溜りに向かって歩き出すと、スロープを下りてきた20歳前後の女二名と擦れ違う。

「ギリでさ、ギリギリで」

「でも、アレじゃない？　今日ノースリで来ようかけっこう迷ったんだけど」
「そうそうビミョ～だよねビミョ～。でも料理本ってさ、ちっちゃいのもらったんだけど、けっこう荷物になるんだよね、もうギリギリでさ、ギリギリ」
女は眼鏡の奥の目を細められるだけ細めて、掲示板に貼ってある防犯チラシの目だけのイラストと目を合わせた。

だれか必ず見てるゾ
不審者を見たら110番
あなたの勇気が悪から子供を守る。

女は何を見ようとしているのかわからないまま釣り上げられた魚のように上を見た
……**〈クレジットカードを現金化急場の資金づくりにお電話おまちしております　第一ギフト〉**……ギフト……ギフト……**〈学生ローン　この裏側鉄道沿です　マイライフ〉**……マイライフ……マイライフ……マイライフ？……
「まもなく1番線に池袋・上野方面行きが参ります、危ないですから黄色い線までお下がりください」
ゴォー、ゴトゴト、ゴトゴトゴト、ゴト、ゴト、ゴットン、ゴットン、ゴ、トン、ゴォー、ゴゴォー、ガー、ガガガー、ダダダダッ、ゴゴゴゴー、ガァー、ガー、キキ、キキ、キィ、キ……キ……

「1番線、池袋・上野方面行き到着です、高田馬場です、ご乗車ありがとうございます、池袋・上野方面行きです」

そぉらぁをこぉえてぇぇ　ラララ　ほぉしぃのかぁなたぁぁ　鉄腕アトムの発メロに乗って、背後から女二名の老いた声が忍び寄ってくる。

「こんなになってなかったのにねぇ、この頃は」

「ねぇ、ほんとに、ふふふふふ」

「だって、1回で済ませたいじゃない、あたしだって、痛いメ何度もイヤだしさ」

「そうよねぇ、ふふふふ」

「ふふふふふふふふ」

「ドアー閉まります、閉まるドアーにご注意ください」

ゴト、プシュー、トン、ルゥ――ゥー、ゴト、ゴト、ゴト、ゴトッゴトッ、ゴトゴトッ、ゴトゴト、コトコトールルゥーン、カタッカタッ、カタ、タタタタァ――……女は山手線外回りが通過するのを待って、自分の靴音を探るような足取りで、入荷済コミックの手書きチラシが壁という壁、窓という窓に貼り付けられた本屋と、改装中なのか、白いビニールシートで外壁全体を覆い隠されたマンションの間の緩やかな坂道を上っていった。坂の上の横断歩道の青信号が点滅し始める。

信号が青になったら、右ッ、左ッ、もう一度右、左を見て、右手を高ぁく上げて渡りなさい、信号が赤になったら、きをつけッ！　さて、問題！　青がピカピカ点滅したら？　**いそいでわたる。**ブーッ！　青信号がピカピカしたら、ゆたかちゃんは、慌てるよね？　慌てて走ったら、なんかにつまずいて転ぶかもしれないよね？　さて、問題！　転んだら、どうなる？　**しぬ。**ピンポーン！　車の信号が青になる、猛スピードで車が走り出す、ゆたかちゃんは車に轢《ひ》かれてペシャンコになる、ママとはバイバイ、もう二度と逢《あ》えなくなる、だからぁ、信号がピカピカしたらぁ？　**きをつけ！**　ピンポンピンポンピンポーン！

「銀座に行くんだけどぉ」

「銀座1丁目？　だと有楽町線か、あ、丸ノ内線かな？」

「だから、わかんないんだってば、もうッ」

ルゥー、ゴトゴトゴトッ……内回り？　外回り？　埼京線？　西武新宿線？……ゴトゴトゴトン、ルゥー……もう聞き分けられない……ゴトゴトゴトッ、ゴトゴトゴト……

「けっこう考えちゃうよ、なんか」

「比べるもんあるじゃないの、同じような職種なんだし、給料とかさ」

「面接とか、先輩とか前にも会ってるんだけど、やっぱそっちの方がいいかな、なぁんて」

「でも、高校生といっしょって恥ずかしいよね、なんか」

コォーッ、ココォーッ……

「うちの権利証でさ、おれに黙ってさ」

「社長もひと言いってくれりゃあいいのにさ。新幹線に間に合わないとか、弁護士がとか、ねッ、ッたくッ」

「黙っててさ、おかしくなってんな」

こっち側で待ってる人も、あっち側で待ってる人も、みぃんな二人組で、みぃんなお口を動かしてる。座ったり立ったりしておしゃべりするんだったら、別に何人でもかまわないんだろうけど、歩きながらおしゃべりするとなると、やっぱり三人以上じゃ難しい。考えてみれば、小学校の時も、中学、高校、大学の時も基本二人だった気がする……いつから二人じゃなくなったんだろう……さぁぁぁ、信号が青に変わりましたッ、二人組が一斉に横断歩道を渡りますッ、一人組はわたくし一人でございますッ、わたくしッ主人も息子もございますが、歩きながらおしゃべりをする相手は一人もございませんッ、一人ッ、たった一人で横断歩道を渡りますッ……コォーッ、ココォーッ……

「ッたく、昨日一睡もしないでガンバッタんだからなぁ」

「ははは、仕方ないね、まぁ午後だね、午後」

「でね、何か1回お祓《はらい》だって」

「えーッ、怖いな、それって」

「何か集まるんだって」

「会社の人たち？　前から決まってたっけ？」

「ううん、単に飲み会なんだけど」

「もりもり大盛りだな、もりもり大盛り」

「いや、おれはもそもそでいいや、もそもそ」

「もっとたいへんだったんだけど、ちょっと前に勤めてる分だけ体が憶《おぼ》えてるっていうか？」

「そうそう、でもイマイチ淋しいっていうか、時間が来て、朝、みたいな？」

「だよね～」

コォーッ、ココォーッ、ココォーッ……おぉ、懐かしき点字図書館の鎖すだれ！　むかしむかし、まだ息子を妊娠していなかった頃……まだ主人とおしゃべりするのが楽しくてしょうがなかった頃の話でございます。都営住宅に応募して、一発で抽選に当たりまして、入居資格審査にも合格しましてね、何もかもトントン拍子で進んだ反動と申しますか、高田馬場ってどんな町なんだろうと不安になりまして、とにかく不安で、引っ越しの荷造りに手がつかなくなってしまって、主人と二人でこの近辺を歩き回ったんでございますよ。まだ、新婚ほやほやでしたから、主人はわたくしの言うことをなんでも聞いてくれたんでございますよ。ふと、この鎖、何本あるんだろう、と訊ねましたところ、主人が一本一本数えてくれて、確か四百三十本だったと思います。
きっと高名な建築家のデザインなんだろうけど　鎖って言えば牢獄　囚人　あんまりいいイメージないよね
鎖でデコレーションされてる建物って　どうなんでしょうって感じ……
馬場に引っ越してからも、ここを通り過ぎるたびにわたくしが首を傾《かし》げていたものですから、主人が会社のパソコンで調べてくれたんでございますの。当時は、わたくしより主人の方がネットに強かったんですのよ。
日本点字図書館のホームページはあったんだけど　鎖についての説明は皆無《かいむ》なんだよでも　疑問に思ってるのはきみだけじゃないみたいだぜ　あちこちの私設サイトで話題になってたけど　諸説入り乱れてますな　信憑性《しんぴょうせい》の高そうなのをプリントアウトしてきたよ　ほれ
圧巻《あっかん》はなんと言っても　コンクリートの打ちっぱなしの正面壁面に3階屋上から1階半ばまで垂れ下がった一本一本長さの異なるステンレスの鎖である　一説によるとフランスの建築家が強い日光を避けるために考案した……え？　鎖の日除《ひよ》け？
なんのための鎖か？については諸説あるらしい　単なるデザインであるとか　鎖の音で目の不自由な人にわかるようにといった説まで
でも　あの鎖　風なんかじゃ揺れないよね？

まず揺れないだろうね　手の届く高さにはないから揺らせないしな　大地震でも起これればジャラジャラ鳴るんだろうけど　大地震なら鎖の音で知らせなくてもわかるわなあなた　ディケンズの『クリスマス・カロル』って読んだことない？

ないいな

主人公はスクルージっていってね　孤独とお金だけを大切にしてるおじいさんなのよクリスマスイブも　いつも通りに働いて　いつも通りに帰宅して　いつも通りにおかゆをすすって　いつも通りに眠ろうとするんだけど　家中のベルが一斉に鳴り始めて一斉に止まるの　でね　鎖を引き摺る音が近付いてくるのよ　鍵がかかったドアを擦り抜けて入ってきたのは　7年前に死んだ共同経営者のマーレイ　もちろん死んでるわけなんだけど　重く長い鎖を引き摺ってるの　マーレイは　この鎖は生きていた時の罪の重さだ　悔い改めることなく生きれば　おまえにも同じ末路が待っていると忠告するの　スクルージは三人の精霊に　自分の過去　現在　未来を見せてもらって悔い改めるって物語なんだけど　この建物を設計した人は『クリスマス・カロル』を意識したのかもしれない……

えっと　つまり　罪の重さってこと？

うん……

コォーッ、ココォーッ……まだ聞こえる……コォーッ、ココォーッ、ココォーッ……

罪深き目明きの男どもが点字図書館の表玄関を穢《けが》しておるぞ……ココォーッ……**おお！**

二重の鎖をかけられて縛られた虜よ……コォーッ、ココォーッ、ココォーッ……

「何で、オレオレ詐欺だって思ったの？」

「えー」

「まず本人の実家に電話してね」

「えー、どうしよう」

「でも、一人しかいないじゃない。だからもうバァーって駆け付けて、よくわからないけど、なんでこなきゃいけないのって」

主に、ヘッドフォン付たてがみヘアーが煙草ふかしながらだべっているようだが、オレオレ詐欺《さぎ》の被害者なのか、オレオレ詐欺の加害者なのかは不明。たてがみヘアーの話に三名の男が神妙な面持ちで相槌《あいづち》を打っているが、たてがみヘアーにはヘッドフォンから流れる音楽しか聞こえていない模様。何の音楽なのかは不明。点字図書館の自動ドアが開閉。出てきたのは、右手に携帯電話、左手に白い杖《つえ》を持った正真正銘の盲人。アーサー・ラッカム挿絵の『クリスマス・カロル』のスクルージに激似。

「だから、明治43年の7月だよ。なにしろヒロコは10月で、あとは7月だよ」

いま、ラーメン屋の行列の最後尾に着いた模様。行列の構成は、全員男で、全員ケータイで通話中。

「そうです、7月だと、どうかな？」

一人、二人、と背広男が増えて、もうスクルージの背中が見えない、もうスクルージの声が聞き分けられない……コォーッ、コォーッ、ココォーッ……

「あと25分ぐらいで着きますから、それからでいいですか……はい、すいません……だと思うんですが、はっきりしたことは……ええ……ええ……よろしくお願いいたします」

「電話してみるよ……うん……じゃあ、25……145、だね……いないってこともあるけど……ちょっとコーヒーぐらい飲もうよって……」

そっか、ランチタイムだから混んでるんだ、そうだよね、特別おいしくもないラーメン屋にこんな行列ができるんだもん……12時過ぎか、ビミョ～ですね……帰って何かするには時間ないし、この辺で時間つぶすっていったって……ねぇ、どうしましょうか、ねぇ……女は点字図書館の鎖を横目に通り過ぎ、首に白いリボンを結んだキリンの前で歩《ほ》を止めた……ちょうど、ゆたかぐらいの大きさだ……こんな店あったっけ？　月・水・金　OPENしてます、と貼り紙がしてあるショーウィンドーを覗くと、ピンクとブルーの実物大の頭部がディスプレイされていた……**〈プラスティックバンク　1980円〉**……貯金箱ですか……この中に硬貨入れるんだ……チャリン、チャリン……なんか頭に響くようでヤだな……チャリン、チャリン……でも、入れるんだったら、百円玉とか五十円玉とか五百円玉とか、ぴかるのがいいな……そう言えば、最近ゆたか、ぴかるって言わない……好きだったのになぁ、ぴかる……ひかるよりずっとピカピカな感じで……きっと、今年の冬は、もうポカロンなんて言わないんだろうなぁ……ホカロンよりずっとポカポカな感じだったのに……チャリン、チャリン……これって、だんだん貯まってくんだよね、やっと顎《あご》まで来たよ、ほら見て、口まで来た、鼻だよ鼻、とうとう目まで来ちゃったよみたいな感じで……鼻孔まで埋まっちゃったら、かなり息苦しいだろうな……脳天まで五百円玉でいっぱいになったら、いくらになるんでしょうなぁ……ゆたかは喜ぶかもしれないな……買う？……買うんだったら断然ピンクがいいんだけど、これって、一つ一つ顔違くない？　ほらぁ、違うよぉ……右の御方は小首を傾げて微笑《ほほえ》んでいらっしゃる……左の御方はうつむき加減で思い詰めていらっしゃる……上段に鎮座ましますブルーの御方は軽く顎を上げて遥か遠方を眺めていらっしゃる……うわッ！　耳の形まで違うんだ……違うよぉ、怖いよぉ……いったい、どなたのお顔をどのような手段を用いて雛形《ひながた》にいたしたんでございましょうか？　わたくし、ヘッドバンクは辞退いたします。

女はガラス戸の取っ手を握って、そうっと押した。デスクトップのパソコンが三台設置してあって、それぞれに〈ゲームが楽しめます。マウスでクリックして挑戦してみてください。御自由に手を触れてください。わからない点があれば、スタッフにおたずねください〉と書かれたメッセージカードが添えられていたが、スタッフの姿は見当たらない。背伸びして衝立《ついたて》の向こう側を覗くと、事務机が二つくっつけてあるだけで、人の気配は、ない。

女は陳列棚に目を転じた。ほとんどの棚が、お裁縫を習ったばかりの小学生でもつくれそうなフェルトのマスコットで埋め尽くされている。色とりどりのフェルトの円筒に顔型の白フェルトを縫い付けただけの代物には「ちょこぽん」という名前が付けられているようで……**〈ひとつひとつ手づくりです　役には立てません　食べられません　なるべくイジメないでください　小　400円　つりさげ　1000円　太　1200円　大　1500円〉**……ちょこぽんの群れに背を向け、ヘッドバンクの下に並べてある小物を見ていくと、畳の上にうつぶせやあおむけや横向きの姿勢で倒れている白い人の文鎮？　とぐろ型だったり、さつまいも型だったり、バナナ型だったり、一つ一つ形が違う金色うんこの箸置《はし》き？　切断された頭頂部から火が噴き出す仕組みになっているモアイ像のライター？　見事に消費意欲を吸い取ってくれそうな商品ばかりですなぁ、どうせ吸い取るなら、一滴残らず吸い取ってほしいものよのぅ。

女は大きな木が描かれている再生紙使用のエコ紙袋をデスクトップの脇に置いて、商品を手に取っていった。青いスライムの中で赤い和金が白い腹を見せてひっくり返っている金魚鉢、伸縮自在のアンテナが五本突き出た大きなパチンコ玉、一字一字ペロペロキャンディーみたいな棒付きのHAPPY　BIRTHDAY　TO　YOUのミニキャンドル、電子レンジでつくれるせっけんとリップのセット……

白い壁だと思っていた奥のドアから、女よりも10歳は若く見える店員が姿を現した。

「すいませぇん、気付かなくってぇ、プレゼントですかぁ？」

「自宅用ですから、簡単で」

「ありがとうございます」

いま、自宅用と言ったのに、オレンジと黄色の水玉模様の紙で包装して、水色のリボンまで巻き付けて……ああ、なんて不器用なんだろう……この程度の包装にこんな時間かけて……包装時間の無駄、包装を解く時間の無駄……無駄にされた時間を取り戻すべく、店を出て今日いちばんの早足で歩き出すと、女のダンガリーシャツの胸ポケットが震え出した……山手線に乗る時マナーモードにしたの解除し忘れてたんだ……**受信あり**

……あれ？　転勤パパじゃない……誰よ……**〈Ｔｉｔｌｅ　届きました？　Ｔｅｘｔ　今度は２０００ピースのパズル作るね♪　それは置いといて、前髪切りすぎてちょっとヤバイことになっちゃいました〉**……しかし、まぁ、巧妙ですなぁ、レスしちゃうもんね、友だちの誰かなんじゃないかと思って……でも残念、わたくし、友だちなんていないんでございますのよ……一人も……転勤パパ、なにしてんだろ？……いま、電車の中だから、また夜電話しますって切ったことは切ったけど、メールぐらいしてきなさいよ、ゆたかのこと心配じゃないの？　電話切って3時間、3時間何してたの？　いま、何してるの？　あなた！　あなたのいる長野まで、新幹線飛ばせば1時間40分で着くんですよ、わたし、行きますよ、ゆたか連れて、いいんですか？　困るんだったら、相談ぐらい乗ってくださいよ、あなた、父親でしょう？　お給料入れれば、父親としての全責務を果たしたことになるんですか？　転勤に着いて来なかったのは、おまえじゃないかって言いたいんでしょう？　でも、わたし、ゆたかには最高の教育を受けさせたいの、東京には私立のいい小学校がたくさんあるの、よりどりみどりなのよ、でも、それ以前の問題として、いま、わたしたちが共闘しなければならないのは、正座、正座ですよ！　あなたは、共闘って言葉がお気に召《め》さないのかもしれないけど、共闘っていうのは、そういう意識を持って事に当たりましょうって話で、実際は抗議めいたことなんてひと言だって書いてやしませんからね、園児に正座を強《し》いることに対する、園長としての見解を求めただけです、抗議なんかして、先生方に目の敵《かたき》にされたら、その皺《しわ》寄せは全部ゆたかに行くんですからね、でも、わたし、信義に反すると思うの、だって、だってよ！　普通は、お椅子に座って、机の上にお弁当おいて、いただきます、でしょう？　当然そうだと思うでしょう？　昨年10月の説明会では正座教育のセの字も出なかったんですからね。わたしは放射能のことで頭がいっぱいで、お砂場の砂を入れ替えたことや、毎時0・4マイクロシーベルトだった雨樋の下を高圧洗浄で除染したことや、植込みのツツジを全部引き抜いて除染したことなんかを聞いて、あぁきちんと放射能対策をしている幼稚園なんだと胸を撫で下ろしたのに、正座！　騙すつもりはなかったんでしょうけど、説明義務を怠《おこた》ったってことは事実よ、年中さんと年長さんが正座でお弁当食べるってことを知ってたら、わたし、あの幼稚園を選んじゃいませんよ、板の間で！　お座布団も敷かないで！　しかも上履きはいてるからちょうどおしりに踵《かかと》のゴムんとこが食い込むのよ、ゆたかがO脚になったら、あなた、どうします？　あなたは、O脚ぐらいどうってことないんじゃないって言いたいんでしょうけど、O脚じゃない人にはわからないのよ、わたしはO脚ですよ、O脚で悪かったわね！　でもね、O脚って見てくれだけの問題じゃないの、そりゃあ見てくれも悪いわよ、でも、もし見てくれだけの問題だったら、わたし、こんなに悩みません、ゆたかは男の子ですからね、O脚は腰や膝に確実に悪い影響を及ぼすらしいし、外反拇趾《がいはんぼし》の原因にもなるらしいのよ、らしいらしいじゃ話にならないから、調べます、ええ、調べますとも、実はもうネットで検索かけて、無料相談やってる整形外科医二十人に同じ質問送ってあるのよ、躾《しつけ》としての幼児の正座は、膝関節に悪い、O脚になる、といった指摘がありますが、実際はどうなのでしょうか？　たとえば、知人の子どもが通う幼稚園では、毎日30分、上履きのまま板の間で正座して食事をさせられるそうですが、心配ないものでしょうか？　病院の勤務形態はあなたの方が詳《くわ》しいでしょうけど、律儀《りちぎ》な先生だったら、外来が始まる前に目を通してくださるんじゃないかしら？　でも、医者はB型が圧倒的に多いらしいから、休診日にまとめて回答するってパターン？　あぁ、神さま、どうか、レスが届いていますように、こーゆーのって、間を置いたらアウトなのよ、速《すみ》やかに対処しなきゃいけないって相手に思わせるためには、畳みかけなきゃ！　波状攻撃しなきゃ！　わたし、今夜、専門家の意見を盛り込んだ第二弾を書きますからね、やり過ぎ？　とぉんでもない！　わたしが、やりたくってやってるとでも？　わたしは、あなたと違って、やりたいことなんて何一つやっちゃいません、わたしの目の前にあるのはね、いい？　やらなきゃいけないことだけなの、やらなきゃいけないことだらけなのよ、どこから手を着ければいいかわからないくらい、自分の時間なんて眠ってる間だけよ、でも、わたし、生まなければよかったなんて思ったこと一度もありません、子育てとは、自分の時間を惜しみなく子どもに与えること、もちろん見返りなんて求めません、子どもに老後の面倒みてもらおうなんて時代はとうのむかしに終わったんですからね、責任ですよ責任、親には子どもの未来の可能性を閉ざさないようにする責任があるんです、O脚になったら、ゆたかの未来が閉ざされるの……ヨウ素131が甲状腺に取り込まれて甲状腺癌になったら、ゆたかの未来が閉ざされる……セシウム134と137が筋肉や生殖腺に蓄積されて癌や遺伝子の突然変異を起こしたら、ゆたかの未来が閉ざされる……ストロンチウム89と90が骨に沈着して骨癌や白血病になったら、ゆたかの未来が……未来……未来を見せてくれる幽霊は、確か真っ黒なマントを頭からかぶっていて、差し伸ばされた手だけが……コォー……コォー……車の音に混じって微かに……コォー……コォー……山手線内回り……勘だけど……コォー……コォー……わたしの勘って当たるのよ……コォー……コォー……コォー……コォー……

女は161センチの体を竿竹《さおだけ》のようにまっすぐにして横断歩道を渡り切り、タンタンタンと軽やかに木製の階段を上って、タンタンタンタンとスニーカーの裏で響く木の音を楽しむような足取りで、イッウォンビーロングィエー　イエー　イエー　イッウォンビーロングィエー　イエー……ビートルズのIT　WON'T　BE　LONGで客寄せですか？……マルエツの選曲係ってどこのどなたァー　イエー　イエー　イエー……**シロアム教会**……マルエツの二階に教会なんてあったんだ……気付かなかった……**〈日曜礼拝　天にある大きな報い〉**……イッウォンビーロングィエー　イエー　イエー……ビートルズファンの牧師さまっていうのはアリかもねェー　イエー　イエー……**〈人身事故がありました　自転車は降りて下さい　モール内禁煙　歩行禁煙〉**……ショッピングモールの自動ドアが開閉、ジョン&ポールの声はフェイドアウト……イッウォンビーロングィエー　イエー　イエー……これはわたくしの声でございます……イッウォンビーロングィエー　イエー　イエー……**〈♥鍼灸指圧マッサージ整体♥耳のツボによるダイエット♥温灸治療♥痛みの集中治療びわ葉療法〉**……ビートルズ臭ナシ　イエー　イエー　イエー……**〈あなたのタイプはどれ？⇩YES⬇NO　毎日3食たべている⇩カロリーを気にしている⬇最近太った⇩あまりからだを動かさない⬇B　答えは店頭で　健康相談お気軽にどうぞ　原因ありて　結果あり〉**……ビートルズ臭ナシ　イエー　イエー　イエー……**〈フロント・フェイスラインが短いツーブロックスタイル　トップからフロントを長めに残し自然な動きを創るチョップカットで自然なカットラインに〉**……ボーイズモデルの写真にキャプション付けてアピールしていらっしゃるダイカイさんも、イッウォンビーロングィエー　ビートルズ臭ナシ　イエー　イエー　イエー……わたしは牧師さまがアヤシイとみた……イッウォンビーロングィエー　イエー　イエー……

ショッピングモールを抜けますと、右手に見えますのは保育園でございます、階段を下りまして通りの向こうに見えますのは……**田植地蔵尊　光心地蔵尊　宮瀬龍門碑　水子地蔵尊　百度石**……グレーのスーツ姿の女が卒塔婆《そとば》の突き出たブロック塀の前を通り過ぎ……コウモリ傘、ですか？……天気予報の降水確率10パーセントなのに？……傘で顔は見えないけど、無造作に束ねたひっつめ髪……同い歳ぐらい、ですか？……38歳ってどんなもんなんでしょうな……まだまだ若いような気もするし、もうお話にならないくらい老《ふ》けちゃったような気もするし……気の持ちよう、ですか？……ちなみにこのダンガリーシャツは大学時代に買ったものでござるよ……12時半か……まだ時間があるでござるな……ニンニン……

女は店構えも品揃えも酷似している二軒の青果ショップを眺めながら植え込み前のベンチに腰を下ろした。**りんごに含まれるペクチンがセシウムと結合して便となって体外に排出される……えんどう豆に含まれるカルシウムがストロンチウムの沈着を防止してくれる……バナナに含まれるカリウムを先に摂取することでセシウムの蓄積を予防してくれる**……

ヤマト運輸の制服を着たドライバーが段ボール五段重ねの台車を押して早足で通り過ぎる。

顔、見えなかった……

チャンチャァァアン、とベルを鳴らしてママチャリが通り過ぎる。

荷台にまたがって母親のおなかに両手を回した男の子が、オンマ《おかあさん》　パルリ《はやく》！　パルリ《はやく》

ハジアヌミヨン《しないと》　ヌツヌンダニカ《遅れるよ》！

顔、また見損なった……

女は自分の腿《もも》に両手をついて立ち上がり、ふらふらと戸山公園の中に入っていった。

広場という広場に縄が張りめぐらされ、縄や木の幹に注意書きが括《くく》りつけてある。

この広場は、子供と子供、子供と大人が、ふれあい遊ぶための子供専用の広場です。
テント・ダンボール・新聞等を持ち込み、立ち入ることを禁止します。

この広場に敷物を持って寝ることを禁止する。

ここは子供専用の広場です。犬を入れないでください。

苦情が多くよせられています。衛生上の面から、ここでの滞留を禁止します。

荷物の持ち込み・放置及び火気の使用を禁止します。

にも拘《かかわ》らず、だ。植え込みと植え込みの間にはビニールシートの青テント……鉄柵や木の枝に干された布団や枕……潰した段ボールの上でお昼寝してるホームレス殿……顔は見えない……どのホームレス殿も垢《あか》で黒光りした野球帽や古新聞で顔を隠して……おッ！　不審物発見！　遊歩道のド真ん中に黒いショッピングカートが放置されております。つづいて持ち主らしき女性を発見！　白地に水玉模様のワンピースを着用した70～80歳くらいの女性が道端にしゃがんでおります。白い紙皿をいくつも置いて、のら猫にキャットフードを与えておる模様。三毛、茶トラ、黒……女性は一心不乱に食べる猫たちを一心不乱に観察しており、すぐ後ろに立っておる本官の存在に気付かない模様です。

最近、「のら猫が増え公園内が餌や糞尿のにおいでくさい」と言う苦情が多くよせられています。ついてはのら猫に餌を与えないで下さい。

危険な花火・大きな音のする花火はご近所に迷惑をかけますので、お止めください。夜九時以降の花火は禁止します。

ジョギングや自転車にお乗りの方は、スピードを出して走ると危険です。

このところ、「子供が犬に噛まれた」と言う苦情が多くよせられています。飼い主の方は、犬を放さないで下さい。

女子トイレの男子の使用を厳に禁ずる。

ポキン、と小枝が折れる音がして振り返ると、植え込みの中にキリンが立っていた……ちょうど実物大の赤ちゃんキリンぐらいだ……さっきの「ちょこぽん」ショップのキリンさんはゆたかぐらいだったけど……本日はお日柄もよろしくキリン日和《びより》ですなぁ……あら、キリンさんだけじゃないわ……ライオンさん、ゾウさん、シマウマさんがにらめっこしてるぅ……しかし、また、鬱蒼《うっそう》とした茂みの中に、遊具としてもイマイチ、オブジェとしてもイマイチな動物群がなにゆえに……やはり、ホームレスホームの建設妨害が目的なのでしょうか……

「ゆみちゃぁぁぁん！」

女は自分が呼ばれたのかと思って、びくッと振り返った。

芝生の丘に二人の女の子がいる。

芝生は立入禁止――昨年の4月にCOЭKCのガイガーカウンターで線量を調べたら0・27マイクロシーベルトだったから、ホットスポットの立入禁止ではなくて、ホームレス対策、たぶん――。

女の子たちは手と手を繋いで、小さな崖からジャンプしようとしている。

「わたし、こわくな〜い」

「わたしはちょっとこわ〜い」

「わたしはこわくないも～ん」

「きょうこちゃん、ちょっとこわいの？」

「わたし、ちょっとこわい。ゆみちゃんは？」

髪を二つ結びにしたゆみちゃんは、おかっぱ頭のきょうこちゃんに耳打ちした。

「なになに、なにってばぁ！」

二人は飛び降りるのをやめて、追いかけっこをしながら丘の向こうに消えてしまった。

「なになに、なにってばぁ！」

「なになに、なにってばぁ！」

女の子たちの声を追って歩いているうちに、遊歩道を抜けて新宿スポーツセンター1号館の前に出てしまった。銀縁眼鏡をかけたスポーツ刈の青年が縄跳びをしている。普通の前回しを1、2、3、腕を交差させて1回、普通の前回しを1、2、3、腕を交差させて1回……おッ今度はあや跳びだ！　待ってましたッ二重跳び！　すごいゾッ！二重あや跳び、別名はやぶさだッ！……あぁぁぁぁぁぁフツーの前回しに戻っちゃったぁ……もう一度見たいゾはやぶさ……アンコールッ！　アンコールッ！　アンコールッ！　アンコールッ！

と突然、青年は縄で地面を打って西早稲田キャンパス南門の方に走り去ってしまった。え？　なんですかぁ？　アンコールの拍手したからですかぁ？　顔見たからですかぁ？苦情が多く寄せられています、防犯上の面から、通行人の顔を見ることを禁止します、なんて注意書きはどこにも貼ってねーんだよバーカ！　おまえ、男だろ？　男だったら、顔見られたぐらいでバカ抜かすんじゃねーよバーカ！

「徐々にね、徐々に」

「ちょっと電話してくるね」

「並んでてあげるから」

白髪頭の男女の穏やかな会話につられて、スポーツセンターの中に入っていき……むかぁしむかし、山奥の小さな家におじいさんとおばあさんが住んでおったそうな……ある日のこと、おじいさんは電話コーナーへ電話しに、おばあさんは券売機の列へ並びにいったそうな……女は入口脇で立ち止まってラックからチラシを抜き取った……**〈親子ビクス　あといくつ、ねたら土曜日かなー　トンダリ！　ハネタリ！　オドッタリ！〉**……正座に対抗するためには筋力アップしかないって、どこぞのホームページに書いてあったけど……**〈ワンポイントレッスン　バドミントン　バレーボール　ショートテニス　アーチェリー　卓球　水泳〉**……水泳だったら嫌がらないかもしれない……女はエコ紙袋にチラシを突っ込みプールの受付に向かって、ドンブラコッコォ、ドンブラコッコォ……

只今のプールの状況

水温　一般用　29・0℃

幼児用　29・0℃
室温　33・0℃
採暖室温　40・0℃
残留塩素　大　0・75
小　1・00

ドンブラコッコォ……ドンブラコッコォ……1号機の圧力容器内の水温は35・0℃
……ドンブラコッコォ……ドンブラコッコォ……2号機の圧力容器内の水温は48・0℃
……ドンブラコッコォ……ドンブラコッコォ……3号機の圧力容器内の水温は37・0℃
なんだか、すごぉぉぉく眠い……ドンブラコッコォ……ドンブラコッコォ……眠れない眠れないって言ったって、何時間かはうとうとしてるもんなんですけど、昨日はマジで一睡もしておりません……ドンブラコッコォ……ドンブラコッコォ……水泳なんかじゃ正座に勝利できないかも……ドンブラコッコォ……駅前にK－1の道場あったよねぇ……K－1って何歳から入門させてくれるんだろう？……ドンブラコッコォ……ドンブラコッコォ……**〈当コーナーの雑誌の持ち出しは禁止です、今後も雑誌の持ち出しがつづくと情報提供を中止します〉**……青と白の鎖で繋がれている『Tarzan』『Health』『Number』『ランナーズ』……**鎖の輪をひとつひとつ繋いで……自分の意志で鎖を巻きつけ、自分の意志で鎖を身につけ……自分の鎖の重さと長さを知りたい**

かね……

女はスポーツセンターを出ると、西早稲田キャンパス通りを歩いていった……緑の金網越しに早稲田大学自動車部の看板が見える……積み上げられたタイヤとホイールのいくつかには布テープで車種が貼ってある……ボンゴ……デミオ……コルサ……どこの親も、うちの子は知らない人の車に乗るような子じゃないと信じてるけど、でもそれは過信であって、ちょっと道おしえてくれない？とか言って子どもにカーナビ見せて引き摺り込むケースもあるそうだから……さて、問題、ゆたかちゃんが道を歩いてるとします、車が横に停まって引き摺り込まれそうになったら、どうする？　**くるまのおしりのほうにはしる。**ピンポーン！　車のお顔の方に逃げたら、ドーンとぶつけられて連れてかれちゃうからね、さて、問題、連れてかれたらどうなる？　**ころされる。**ピンポーン！　さて、問題、知らないおじさんに「ママが事故に遭《あ》ったんだよ、病院に連れてってあげるから早く乗りなさい」って言われたら、どうする？　**あいことば。**ピンポーン！　合言葉を言ってください。**アトム！**　ゆたかちゃんが、「アトム」と言ったら、相手はなんと言う？　**ウラン！**　ピンポーンピンポーンピンポーン！……ゆたかは頭のいい子だから、よくわかってる……でも、やっぱりまだ子どもなのよ、大人だって頭でわかってても、体で動けないっていう場合があるでしょう？　防犯訓練よ！　実際、知らないおじさんに声かけてもらわないと……知らないおじさん……誰だろ？……パパよ！　パパしかいない！　パパなら、もう半年も逢ってないから、知らないおじさんだと思うわよ、きっと……いまはまだ一人で出歩くなんてことはないけど、小学生になったら一人で学校行って一人で帰ってくるんだからね……子どもたちだけで野球やったりサッカーやったり……もし、夕方、お友だちとバイバイした後、あの青いテントに連れ込まれたら……偏見？　差別？　だって弱者イコール善人だとは限らないじゃない！　ホームレスの中にだってヘンタイはいますよ、教師の中にだってヘンタイがいるご時世なんですからね……ICタグも、カードやストラップ型からシールみたいに貼り付けられるラベルみたいなものまで出てるらしいけど、身ぐるみ剥《は》がされたら、オシマイ……アメリカなんかじゃ米粒ぐらいのICチップを肩とか腕に埋め込んでるらしいけど、テントや車に連れ込まれた時点でアウトでしょう……ICチップの力で見つけられるのは、遺体だけよ、遺体……だって、そうじゃない、大人の男の手にかかったら10分足らずでお陀仏《だぶつ》でしょ？　風呂に顔つけられたり、川に投げ棄てられたり……ヤだヤだ、考えたくない、でも考えなくちゃいけない……鋏でおちんちん切られたり、ヤだッ！

女は道端に脱ぎ棄てられたようなスニーカーのオブジェに目を落とした……アマの作品なのか、プロの作品なのかはわかりませんが、この通りにはブロンズ製のオブジェが奇を衒《てら》った場所に配置してあります……街灯を這うカタツムリとトカゲ……植え込みの前に無造作に置かれた鍬《くわ》とカボチャとサツマイモとまだ何も入っていない布俵《ぬのだわら》……植え込みの中で行き交う人を見上げている子犬……ベンチの上の開かれた譜面とラッパ……鉛筆と消しゴムとコンパス……タオルにくるまれたゴーグル……カナブンが留まった双眼鏡……指の形にへこんだチューブと絵筆……革靴と、ゲートル？……このパカッと開いてるのは何ですか？……お隣さんが柿と栗だから、順当に行くと秋の味覚なんでしょうな……う〜ん、ざくろ？……あけび？……ここって理工学部ですよね？　理工学部って言ったら、物理学とか化学とかじゃないですかぁ……自動車部がつくるわけないし……ここが芸大の前なら、すんなり納得できるんですけどね……しかし、早慶ぐらいには合格してほしいものでござるな……やっぱり年中さんからお教室に通わないとダメなのでござるかな……学習院……慶應……都営住宅住まいには雲をつかむというか藁《わら》をつかむというか……筑波大かお茶の水か学芸大の附属を本命にするとして……お教室でござるかぁ……ピンキリではござるが、平均すると、入学金五万円ナリ、月謝五万円ナリ、模擬テスト九千円ナリでござる……パパ上に相談することもできぬでござるな……目白のばぁば、出してくれないかな？……目白の一等地に百三十坪だから二億は下らないはず……一億なんてぜいたくは言いません、お義母《かあ》さまにはマンションに引っ越していただいて、四分の一の五千万を孫の教育費に……でも、どうやって仲直りする？……仲直りって言ったって、わたしが何かしたわけじゃないのよ……一人息子の嫁として認められてないだけ……盗《と》られたと思ってるのよ……でも、たった一人の孫じゃない、孫ってもっとメロメロになるもんじゃない？……パパが生きてたら、ゆたかのこと、目に入れても痛くないってくらいかわいがってくれたと思うんだけど……目白のばぁばは入園のお祝いも、七五三のお祝いも、なぁんにもくれなかった……お誕生日だって憶えてるかどうかアヤシイもんよ……あの人たちは冷たい……冷たくてドケチ……スクルージ顔負け……体に巻き付いた鎖の長さを測ってみたいもんだわ……山手線一周くらいは軽くあるんじゃないかしら……

右手をご覧ください、後方にそびえ立つ灰色の建物は財務省の官舎でございます。つづいて見えますのは、戸山中でございますが、生徒数の減少に伴いまして、戸塚第一中学校と合併し、西早稲田中学校として新たに生まれ変わりました。左手をご覧ください、早稲田大学西早稲田キャンパス正門でございます。創設者の大隈重信像は、高田馬場駅早稲田口から徒歩20分の早稲田キャンパス内にございます。外務大臣就任中に爆弾テロによって右脚を失い、杖をつき、ガウンをまとっているのが特徴でございます。受験生がお賽銭《さいせん》を投げることも少なくないそうでございます。

むむむ！　おぬし、甲賀者でござるな！　警備員の恰好をしていても、拙者《せっしゃ》の目はごまかされないのでござる。飛び道具なしで天下の早稲田大学を護《まも》ろうとは敵ながらあっぱれ！　拙者勝負してしんぜるでござる、ニンニン！　えーっとでございますね、宅の勤める会社には早大出身者は一人もおりません。歯科医療専門商社なんでございますがね、敢《あ》えて一流大は採《と》らずに、日大、東洋、東海、駒澤、専修、大東文化あたりから採用するんでございます。一流大卒のプライドより、二流三流大卒のハングリー精神を買う、というのが社長の方針なんでございますの。なにしろ、月曜から土曜まで8時半出社で8時半退社、残業は当たり前ですが、残業手当はございません。いまどき休みが日曜祝日だけなんて、と思われたそこのあなた！　でも、その代わりですね、営業成績によってボーナスが大幅に違って参りますのよ。百万以上もらう方もいらっしゃれば、二、三十万止まりの方もいらっしゃいます。２週間に一度ですね、全支部の個人成績表が貼り出されます。もちろん社長のアイデアです。社員の競争心や闘争心を煽《あお》るために決まってるじゃございませんか。

誤解なさらないように早めに申し上げておきますが、ジャジャジャジャーン！　宅は大卒ではございません。医療系の専門学校卒なんでございますが、歯科技工士免許を取得しておりましたおかげで、初任給やその他の待遇は大卒扱いにしていただきました。もし、医療系ではなく、経済系の専門学校でしたら、短大卒の待遇になっていたということですから、まさに不幸中の幸い、ラッキーでした。ちなみに、大卒の初任給は二十一万八千円、短大卒は十八万九千円です。先ほどご説明いたしましたように、完全成績主義の会社でございます。年功序列でポストが決まるというようなことは一切ございません。西東京支部の部長は35歳なんでございますが、40歳の部下もいらっしゃいますし、成績を上げられなかった横浜支部の部長は主任に降格となり、部下だった方が部長に昇格いたしました。出世するためには、常に上位の成績をキープしつつ、総括本部の管理職の方々には惜しみなく笑顔とお愛想を振り撒かなければならないんですが、宅は良く言うとマイペース、悪く言うと覇気《はき》がないんでございますのよ。入社以来、可もなく不可もなしという成績をキープしつづけ……これ以上お話しすると、わたくし、誰彼かまわず宅の悪口を言い触らしそうなので、本日のところはこの辺で失礼いたします、ご機嫌よう！

　ややや！　コズミックセンター前にママチャリが整列しているでござるな。**〈乗り降りしやすく　手間いらずの婦人車　タイヤの空気圧を適正に保ちます／スカートでも乗り降りしやすい婦人車　女性にやさしい機能も満載／乗り降りしやすいスル〜フレーム足つきもよい小径サイズ／オシャレなフォルムに　ヤングママに便利な機能満載／美しさ長持ちのステンレス仕様Wループ型　座りやすく盗まれにくいサドルを採用／お子さまを乗せていても軽快に走れる　アルミ軽量フレーム／byサイクルテック〉**……しかぁし！　お目当ての自転車はシティサイクルじゃないでござるよ。**〈車高が低いから乗せ降ろしがらくちん　安心・安全・快適にこだわったチャイルドシート〉**のギュット・シリーズでござる。サイクルショップでの試乗を夢みてはや半年、先立つものを持たずに試乗するは主婦の恥と歯を食い縛《しば》り、ニンニンでござるよ。しかしながら、前籠に乗せるのは正直もう限界なのでござる。ゆたか氏《うじ》、昨日体重を測ったら、な、な、なんと、17・8キロもござって、拙者も自転車の達人というわけではござらぬから、ハンドルがもう右にぐらぐら左にぐらぐら、電動より先に荷台に取り付けるチャイルドシートを買わなきゃ、でござるな。あぁ、あと、ヘルメット！　ヘルメットでござるよ！なにしろ、年間一千人以上の乳幼児が母親の自転車に同乗して怪我をし、うち半分が頭と顔の怪我だというから恐怖でござるよ。そしてなんと！　3割が停車中でござる！

つまり、でござるよ、おさな子を育てるママ上の声としてでござるよ、経験者は語るのでござるのっまっき！

東京都新宿区のゆみさん、38歳、3歳の男の子のお母さんです。もしもし？　ゆみさんもお子さんを乗せて事故に遭われたことがあるんですか？　はい、あの、えーっと、うちの子は幼稚園の年少さんなんですけど、まだお留守番はできないし、手を繋いで歩ける距離にスーパーとかないんですよぉ、だからやっぱり自転車に乗せるしかないんですけど、お買い物って立ち寄るところが多いじゃないですか、一度降ろすとぐずってなかなか乗ってくれないじゃないですか、こないだ、1週間くらい前ですか、お買い物中に、ジュースジュースって騒ぐから、自販機の前で自転車とめたんですよ、あッ、スタンドはちゃんと立ててました、小銭入れて、なっちゃんのボタン押すまでは、左手でハンドル支えてたんですよ、ガシャン、となっちゃんが落ちて、かがまないと取れないじゃないですか、ハンドルから手を離さないとダメじゃないですか、手を離しちゃったんですよ、アーッ！って叫び声がして振り向くと、自転車が倒れてました、頭真っ白であんまり憶えてないんですけど、だいじょうぶ？だいじょうぶ？だいじょうぶ？って……ゆたかは何が起こったのかわからなくて、アーッ！アーッ！アーッ！アーッ！って……だいじょうぶ？だいじょうぶ？だいじょうぶ？って顔とか体とか調べて……おでことか擦《す》り剝《む》いて、赤いタンコブができてて、鼻打った形跡はないのに鼻血が出てたから慌てまくって……だって、頭打って鼻血出たら危ないって言うじゃないですか……だいじょうぶ？だいじょうぶ？だいじょうぶ？って抱きかかえて、通りがかったママさんが、「子どもはだいじょうぶ？　お母さんはだいじょうぶ？　ついやっちゃうんだよねぇ」って声かけてくれましたが、返事する余裕なんてありませんでした、自転車は倒したままで、ゆたか抱いてマルエツのオレンジ整骨院に飛び込みました。頭のことはわからない、と言われて、タクシーで百人町の社会保険中央総合病院へ行きました、脳神経外科でMRI検査をしてもらいました、MRIから出てきたゆたかは睡眠薬で眠りこけてて……涙があふれて止まりませんでした……痛い思いさせてごめんね、怖い思いさせてごめんね、ごめんね、ごめんね、もうぜったい一人で乗せないからね、どんなにちょっとでも降ろすからね……幸い脳とかはだいじょうぶだったんですけど、あの高さから落ちたじゃないですか……たった一人の子どもに怖くて痛い思いをさせてしまいました……わたしは母親失格です……妻失格は離婚すれば取り返しがつくけど、母親失格は取り返しがつかないじゃないですか……子どもは母親をチェンジすることなんてできないし……いまは、細心の注意を払って乗り降りさせて、幼児用のヘルメットをかぶせてます、ヘルメットは六千円もしたし、乗るたびに持ち運ぶのもめんどくさいし、夏は蒸れて汗だくになるから子どもも嫌がるし、でも、たった数千円で子どもの頭を守れるじゃないですか、怪我した時のために保険とか入るより、怪我を軽くするためにヘルメットかぶせる方がよっぽど大事だと思うんですよ、昨日もわたし、抱っこ紐で赤ちゃん抱っこしたまま、ノーヘルで園児のせてるママさん、目撃しました、怖いですよ、町なかで自転車の前とか後ろにノーヘルの小さい子のせてるママさんを見かけるたびに背筋が寒くなります、自転車って、一人で乗っててもバランス崩す時ってあるじゃないですか、どんなに気を付けても、完璧に安全なんてことはないと思うんです、小さい子を持つ母親は、何が起こるかわからない、常に危険に曝《さら》されてるってことを片時も忘れてはいけないんじゃないでしょうか、はい。

新宿区のゆみさんでしたぁ、つらい体験をお話ししてくださって、どうもありがとうございましたぁ。いやぁ、怖いですね、ほんとうに怖い。これは他人事《ひとごと》じゃありませんよ。実は、わたしも一児の母なんですけどね、先日、東大で脳神経医学をご専門にされている宮本伸哉先生の文章をネットで発見して、あまりにも怖いのでメモしちゃいました。抜粋《ばっすい》なんですけど、読みますね。しばらくマジな話になりますけど、マジでヤバイですから、マジですよマジ。みなさん、メモの準備はよろしいですか？　アーユーレディー？

頭蓋骨《ずがいこつ》骨折はまれではありません。なかには昏睡《こんすい》状態で運ばれ、頭蓋内出血のため緊急手術をした幼児や痙攣《けいれん》で呼吸停止となったお子さんもおりました。残念ながら、本年、埼玉、大阪にて死亡事故も発生しています。目の周囲をぶつけ、眼窩《がんか》骨折により複視が起きたり、側頭骨骨折により顔面神経麻痺、難聴が起こる可能性もあります。また顔面を打撲して歯牙《しが》が折れることもしばしば見られます。前歯が折れて歯茎に食い込んでしまい、抜歯をしたお子さんなどがおりました。

タンコブだけで、気持ち悪いとか吐いたりなどの症状がなければ様子を見ていて問題ありませんが、痙攣《けいれん》はもちろん、気持ちが悪い、ボーッとしている、何回も吐くなどの症状がある場合は、頭蓋骨骨折、脳挫傷《のうざしょう》、頭蓋内出血している可能性があります。耳の穴から出血している時は、側頭骨が折れていることがあり、顔面神経麻痺、難聴の原因となります。歯牙が折れた場合は、乳歯だからといって安心はできません。根が折れた乳歯は抜歯しなくてはいけませんが、乳歯を抜歯したままにすると、永久歯の歯並びが悪くなり、噛み合せの問題も出てきます。

切り傷の場合、糸で縫う必要があることがしばしばあり、痕《あと》が残ることもあります。頭蓋骨骨折のある場合は数時間後に頭蓋内出血してくる場合があり、入院が必要となります。万が一、出血が大きくなり意識障害などの症状が出る場合は、緊急に開頭血腫除去手術が必要となることがあります。脳挫傷がありますと、その後てんかん発作を起こすことがありますから、退院後も注意が必要です。

残念ながら、日本製の小児用自転車ヘルメットで現在おすすめできるものはありません。できればアメリカ製などの欧米諸国の製品を選びましょう。

①材質、強度…硬いシェルのものでＣＰＳＣ（米国の消費者製品安全委員会）などの認可を受けたものを選びましょう。

②形状…側頭部を覆っていて、耳をカバーしているものがよいでしょう。

③大きさ…必ず実際にお子さんの頭にかぶらせてフィッティングを確認してください。

また、成長に合わせて買い替える必要があります。
④蒸れずに声は聞こえるように適度の穴が開いているもの。
宮本先生はこのように締め括《くく》られています。

脳にできた傷は、現在の医療技術では元通りに治ることはありません。乳幼児への虐待が最近話題になっていますが、子どもの安全を怠る行為はchild neglectに当たる可能性があります。車のチャイルドシートの導入も日本は欧米に比べ大変遅れましたが、自転車の怪我に対しては、もっと遅れています。子どもの怪我の多くは親の責任であり、小さいお子さんを持つ親御さんはもちろん、行政、警察の方にもこの点を認識していただきたいと思います。

ハーッ、一気に読んじゃいましたぁ、怖い怖い怖い怖い、ハーイッ、深呼吸しますよぉ、吸ってぇ、吐いてぇ、吸ってぇ、吐いてぇ、整理するでござるよ、ニンニンニンニン、まずでござるな、チャイルドシートをサイクルショップで荷台に取り付けてもらうでござる、お次は舶来品のヘルメットを探すでござる、ニンニン、でも、でござるよ、ゆたか氏《うじ》を後ろに乗せたら居眠りしているところが見えないでござるし、顔や手や脚を突き出して車や電信柱にぶつけたら、大怪我するでござろうなぁ、ニンニンニンニン、しからば、この際、ゆたか氏《うじ》の自転車から補助輪をはずしてでござるよ、一人乗りの修行を積んでもらうしかないでござるな。でも、でも、でござる、いったい、だれがゆたか氏《うじ》に自転車を教えるのでござるか？　通行禁止の道などいっぱいあるでござるからして修行所には困らないでござるが、肝心《かんじん》のパパ上がいないのでござる。自転車を教えるのはパパ上だと相場《そうば》が決まっているでござるからして、ママ上が教えたらヘンな目で見られるでござろうなぁ……

さぁ、まっすぐ前を見て！　コツは、足元を見ないこと、さぁ漕《こ》いで！　**こわいよぉ。**怖かないよぉ、パパがちゃんと後ろ持っててあげるから、さぁ漕いで！　**こわい。**ダメだよ、足のっけるだけじゃ、勢いよく漕ぐんだよ、一回漕いだらどんどん漕がないと倒れちゃうからね。**だってこわいんだもん。**さぁ、今日中に漕げるようになるぞぉ！　エイッエイッオー！　**でも、こわい。**怖くない怖くない、パパがついてるんだから、おおぶねに乗ったつもりで漕ぎなさい。こらっ、足ついちゃダメだって！　地面で足こすると怪我するぞ！　ほらほら、踝《くるぶし》んとこがペダルに当たってるじゃないか、まず、ペダルに足を乗せなさい。片足じゃなくて、両足ッ！　**こわいよぉ。**後ろ持っててあげるって約束したろ？　ゆみ、パパが約束やぶったことあるかい？　**ない。**じゃあ、信じなさい、パパを信じて、漕ぐ！　そうだ、漕ぐ！　思いっ切り、漕ぐ！　安心して漕げばいいからな、ビューッと漕がないとバランス取れないぞ、そうだ！　いいぞぉ！　漕げ漕げ！　走れ走れ！　よしきたッ！　パパも走るぞぉ！　パパが支えてるぞぉ！　ぜぇったい倒れないぞぉ！　ほら、ほら！　いいぞ！　ゆみ！　もっと速く！　もっと！　もっと！　ほら、パパの手、離れてる！　じょうずじょうず、ゆみはじょうずだ！　天才だ！　**こわい！　パパのうそつき！　こわい！　こわい！　うそつき！　こわい！　こわい！**

こわい！

カッコー　カッコー
ここでオシマイにしたい
カッコー　カッコー
ここでオシマイにしたい
カッコー　カッコー
ここでオシマイにしたい
カッコー　カッコー
ここでオシマイにしたい

女は視覚障害者用信号機の誘導音とともに明治通りを渡った。エネオスの角を曲がると、二人組の清掃員が小型プレス車にごみ袋を投げ入れているところだった。清掃員が運転席に乗り込み、**車が動きます、ご注意ください**……女は金、土、日、月の生ごみのにおいを嗅ぎながらプレス車の後ろをついていき……**左に曲がります、ご注意ください**……速くもなく遅くもなく物語に姿を隠すような足取りで戸山公園の中に入っていった。

山手線内ではいちばん高い標高44・6メートルの箱根山を中心に配されている37棟3200戸の都営戸山ハイツと戸山公園は、学生やホームレスらで賑《にぎ》わう大久保地区と趣《おもむき》を異にし、外部からの侵入を頑《かたく》なに拒《こば》んでいる。山手線の内側にあって、これほどの木々に覆われているのは、此《こ》の地と彼《か》の地ぐらいだろう。敷地面積は彼の地の六分の一に過ぎないのだが、秘密を護っていることから生まれる昏《くら》さと静けさが、彼の地を思い起こさせるのかもしれない。

うんざりするほどの緑に包囲されているというのに、住人たちはポーチやベランダや回廊に鉢植えやプランターを並べ立てている。多くの植物が枯れたまま、多くの鉢が倒れたまま放置されているのを見ると、緑を愛好しているわけではなさそうだ。倒れたまま成長しつづけているアロエは世界一緩慢《かんまん》な爬虫類《はちゅうるい》のようだし、緑とクリーム色の縦縞《たてじま》が入ったオリヅルランの葉の間からはいくつもの茎が飛び出し、茎の節《ふし》から生まれた新株が転倒した親株に繋がったままあちこちに根を下ろしているような有様だ。

女は36号棟に目を向けた。一階角《かど》部屋のガラス戸と窓が段ボールで覆われている。何かあったんだろうか？　殺人や自殺の場合はブルーシートだから、何もなかったんだろうか？　何もなかったとしたら、なぜあんなことをしてるんだろう？　空室《あき》にホームレスが住みついた？　まさか。そんなこと36号棟の自治会が許すはずがない。4号機に何かあった？　女はバッグからガイガーカウンターを取り出して電源ボタンを入れ、地表1メートルの高さにかざした……СОЭКС……木の幹から枝が伸びて、赤、黄、緑の葉が生い茂る起動画面……ピッ……ピッ……ピッピッ……0・22マイクロシーベルト……女は膝を折って地表10センチの線量を測ってみたが、いつもと同じ0・31マイクロシーベルトだった。じゃあ、なぜ？　どうして？　誰が？　女は二階上のベランダを見上げた。黒い巨《おお》きなパラボラアンテナが青空に向かって開いている。何かを受信しようとしているよりは、何かを発信しているように見える。なぜ？　どうして？　誰が？なぜ？　どうして？　誰が？　なぜ？　どうして？

還暦祝いのチャンチャンコのような赤い服を着た丸刈のシーズーと、頭と腹にグレーのポイントがある白い長毛のシーズーがトコトコと女を追い抜いていった。飼い主の姿は見当たらない。おそらくどこかの棟の低い階に住んでいる飼い主が、散歩が面倒で、行ってらっしゃい、と外へ放したのだろう。どの棟の掲示板にも**〈自転車の持ち込み、犬猫の連れ込み、ご遠慮下さい〉**という注意書きが貼ってあるのだが、マルチーズ、チワワ、スピッツ、ポメラニアン、パピヨン、コーギー、フレンチブルドッグ、パグ、ビーグル、トイプードル、狆《ちん》、豆柴、ヨークシャー・テリア、コッカー・スパニエル、ミニチュアダックス、ペットショップに陳列されている犬種のほとんどが揃っているし、公園内には**〈犬の散歩は必ず手綱（リード）をつけましょう〉**という看板があるが、公園内のみならず、アパートの廊下やエレベーター内でも犬連れの住人に出くわすことは少なくないし、たいていの飼い主は犬を抱いていても気まずそうな顔をすることはない。戸山ハイツの平均築年数は40年、主《ぬし》のような住人が多いので、アパートの共有スペースや公園を庭だと思っているのだろう。

防犯パトロールの黄色パネルを取り付けた自転車が目立つ29号棟専用自転車置場を通り過ぎた女は、27号棟と29号棟との間の階段を前にして、鳥のように体を緊張させて首を伸ばした。今日はじめての風が女の髪を吹き上げ、レディースビゲン早染めタイプでは染め切れなかった白髪の根元を露出させた。ザザッザザッ、葉に覆われた木々が一つの波となって押し寄せ、ザザッザザッ、夏が訪れる前の柔らかな青葉が舞い散り、ザザッザザッ、自分の内へ内へと追い立てられるような気がして、ザザッザザッザザッザザッ、女は階段を降りる足を急がせた。

警　告　このピロティーは都営住宅の共用部分につき、当住宅の居住者及び関係者以外の立ち入りを禁止します。
戸山ハイツ37号棟自治会

便利になった。
危険になった。

カギをした　その手　その目で　もう一度

防犯ブザー聞いたらBeeeeP!
110番!!

ごみ置場の清掃当番は12Fです!!

37号棟　懇親会　6月28日　7時より
東戸山ホール　自治会総会終了後　会費300円（中学生以下無料）大勢参加してネ!

緊急注意　37号棟3階廊下でひったくり発生!　4月30日、午前11時半ごろ、37号棟に住むお年寄りが、バスを降りて自宅へ向う為、3階陸橋を渡り、3階廊下の22号室近辺に来た時、手に提げていたバッグを急に後ろからひったくられた。犯人はそのまま橋を渡り、大久保通りへ出て自転車に乗り、若松町方面に逃げて行った。大声で「ドロボウ！」と叫んで追いかけたが追いつかず、大久保通りを歩いていたひとも気付いてくれなかったと言うことです。私達の居住区内で、この様な犯罪が行われたことは、私達が日常使っている通路が常に犯罪者に狙われていることを示しています。このような危機的状態にあることに、居住者全員が関心を持ち、これら犯罪に立ち向かわなければなりません。自治会としては早急に対策を講じる所存でおります。

緊急連絡　皆さん自宅周りをお調べ下さい　硬い物で塗装を傷つける　マーカーで印最近テレビで放映されましたが、空き巣や押し売りなどが事前に調べたと見られるマーカーが北地区内でも発見されています。

緊急連絡　下校時の小学生を狙う変質者に注意　6月10日午後4時ごろ、女の子（小4）が37号棟1号エレベーターに1階から乗ったところ、あとから乗ってきた男性にエレベーター内で男性自身を露出されたりする行為に遭ったあと、先に降りて待ち伏せしていた男に腕を摑まれました。幸い女の子は腕を振り切って自宅へ逃げ、事無きを得ました。犯人は、大きな緑のリュックと緑のウエストポーチを身につけ、Gパン、Gジャン、ピンクっぽいTシャツ、黒ブチ目がねをかけた30才から40才ぐらいの男性と言うことで、現在、警察が調べております。先日25号棟で起きた事件と状況や犯人像とも似ている様です。

みんなの監視の目で子供を守ろう

玄関をきれいに！　それが犯罪防止の第一歩

郵便受けの広告チラシ等の紙類は各自ご自分で、ご自分のごみ捨て場に捨て処理して下さい。紙類を郵便受けの上に置いたり、郵便受けの周りや、三七号棟の玄関とも言えるエレベーター前エントランス附近に捨てることは絶対に止めて下さい。お時間のある方は紙くずを拾ってください。又、紙くずを捨てているひとがいたら注意しましょう。

三七号棟自治会

南京錠がかけてある703号室の集合ポストの投げ込み口を覗くと、美人モデルの顔写真と電話番号だけのデリヘルチラシが堆積していた……〈マシュマロマシュマロ★ぱっしょん！　CALL！　夢ランド！　あふれる笑顔！　もぎたてフルーツ★　オリーブ★　マーメイド★　エレガント★　プリンセス★　いちごミルク★　E！　キラキラキラキラ★〉……女は駐輪場に移動し、元の色がわからないほど錆びた自転車のキーロックのダイヤルを合わせる……27621……昭和二十七年六月二十一日……ハンドルに自然食品ショップのエコ紙袋とファンシーショップの水玉ビニール袋をぶら下げ、サドルにまたがって、右足を強く踏み込む、漕ぐ、漕ぐ、腰を浮かして、一気に坂を上がる、漕ぐ、漕ぐ、息が上がる、漕ぐ、漕ぐ、歳だ！　漕ぐ、漕ぐ、歳だ！　給水塔が見えればこっちのもんだ、漕ぐ！　漕ぐ！　漕ぐ！　ここに越してきたばかりの時、夫と散歩中にあの給水塔を発見し、草むしりをしていた清掃員に「あれはなんですか？」と訊ねたら、「高層の10、11号棟なんかは給水タンクが屋上に付いてるんだけど、ここは4分の3が低層でしょう？　ここから水を引いてるんですよ、水を吸い上げて塔の天辺から落下させて、その勢いで最上階まで届かせてるわけです」と丁寧に説明してくれた。

鉄筋コンクリートの鳥居の脇にはママチャリが二重三重の列をなしていて、女の自転車が割り込むスペースはなさそうだ。女は舌打ちして、注連縄《しめなわ》を巻いた白樫《しらかし》の根に乗り上げるように駐輪すると、ハンドルに荷物をかけたまま走り出した。

鳥居をくぐると、女は自分が急に萎《しな》びたように感じた。大学時代のダンガリーシャツを着てノーブラで出てきてしまったことが悔やまれて仕方ない。せめて風にめちゃくちゃにされた髪をバレッタかシュシュで一つにまとめたいと思って、ジーンズのポケットに手を突っ込んでみたが、輪ゴム一本入っていない。女は誰とも目を合わさないよう注意しながら、こんにちは、こんにちは、と年少組の母親群のいちばん隅に立った。隣ではこうきくんママとみくるちゃんママが、後ろではこすもちゃんママとゆうちゃんママがおしゃべりをしている。女は相槌を打ったり笑ったりすることで話の輪に飛び込めるかどうか聞き耳を立ててみたが、年少・年中・年長組総勢百人の母親が一斉におしゃべりをしているので、話の尻尾《しっぽ》をつかまえることは至難《しなん》の業《わざ》だ。女は首を可能な限り後ろに反《そ》らして、苦い唾液を飲み込んだ。

「あぁ、あそこのお湯がボコボコ出てるところ？　空《す》いてた？」

「うん、少なかったよ。でも渋滞がね、八王子あたりはねぇ」

「それはいつもよねぇ」

「周遊バスで行ったんだけど、広くて平らで、シラカバ林があって、良かったわよぉ。ポニーとかいて酪農やってて、おみやげにチーズとかもらっちゃって」

「こんなカタチなら簡単につくれるの」

「ソデが難しくない？」

「こんな布がさ、買っちゃったんだけど、使い道なくってさ」

「抱っこ紐つけると、ひゅるひゅる〜と寄ってきて、ダッコダッコダッコォォォォって」

「もう、お昼食べる前に寝てくれって感じだよねぇ」

きをつけの姿勢で立っている女はジーンズの縫い目の上で二つのてのひらを結んでは

開き、開いては結び――、腕組みに切り替えてみたが、折れた腕を三角巾でぶら下げているような違和感をどうすることもできない。

「こぉなる前にこぉなるヤツとかないかな？」

「あ〜こぉなるヤツ？」

「説明書があるつもりなんだけど、いざ探すとなるとナイーナイーって感じで」

「1周して帰ってくるの。よっちゃん速かったよ」

「通学路がさぁ」

「人いっぱいいたでしょ？」

「チョーいた」

「晴れてる時は自転車で行ってる」

「チョー古いよ。キンキラいっぱいあったけど」

「なんだか、ダメらしい」

「そんないい車のってないって～」

「え～駐車場に停めてあったじゃん」

「え～見たのぉ？」

「もぉ、見ちゃいましたよぉ、アハハハハ」

「アッハッハ、やめてよ～」

「おすしについてるお醤油とかさぁ」

「そぉそぉそぉそぉ」

　雲が動き、女が立っている場所が完全な日向《ひなた》になった。太陽は女のつむじの真上にある。どうして帽子をかぶってこなかったんだろう。これ以上浴びたら頭がヘンになる。目を落とすと、泥で汚れたスニーカーの先に鎖が絡《から》んでいるように見えて、右足を持ち上げた瞬間、いちごちゃんルームからさよならの歌が聞こえてきた。

きょうもたのしくすぎました

なかよしこよしで　かえりましょう
せんせいさよなら　またまたあした
ぐっどばい

女は前髪を押さえて目を細め、園庭のあちこちで渦巻いている砂埃《すなぼこり》を眺めた。葉が重いのか、神通力《じんつうりき》で風をはねのけているのか、御神木《ごしんぼく》の白樫《しらかし》が揺れていないせいで、地面から風が吹き上がっているように見える。

いちごちゃんルームのドアが開き、担任のあさみ先生が出てきた。

「今日は、お天気が良かったので、すいか組さんと手を繋いで公園をお散歩しました。緑の中をみんなで歩く楽しさを感じてもらえたんじゃないかと思います。これからどんどん暑くなります。泥んこ遊び、泡遊び、色水遊びをして、水や泥の感触を楽しんでもらおうと思っているので、ゴム草履の用意をお願いします。みんな、とってもかわいい恰好をしていますが、くれぐれも汚れてもいい服装で登園させてください。もしも、体調が悪くて、お休みするほどじゃないけど、水遊びはちょっと、という場合は、担任までお知らせください。それから、これは、園便りでもお願いしてるんですが、必ず名前を見やすいところに書いてください。靴下や下着にもお願いします。お着替え袋に入れるタオルとビニール袋にも書いてください。暑くなります。食中毒を防ぐために、お弁当に入れるものには気を付けてください。あと、ちょっとなんですが、カバンの中に試供品の洗剤が入ってるので、よろしかったら使ってみてください。では、お名前呼びまぁす！」

あさみ先生が、いちごちゃんルームで園児をみているりさ先生に向かって右手を上げると、りさ先生が園児の名前を呼び始めた。

「みうちゃん……ゆいなちゃん……かいとくん……ゆうまくんは、まだダメぇ、おカバン背負ってお椅子に座ってないと、お名前呼ばれないよぉ」

さようなら！

「さようなら！　また明日ね」

さようなら！

「顔はダーメ！　痛いでしょう？　ヤーメーナッテ！　そのうち手が痛くなるよ！」

さようなら！

「よしきくん……あいらちゃん……みくるちゃん……しゅんやくん……たいせいくん……ゆうまくん……」

さようなら！

「二人はおうち近いのぉ？」

「ちかくない」

「じゃあ遊んだことはないんだぁ」

「でも、なっちゃんちにいったことある」

　さようなら！

　さようなら！

「将来なにになりたい？」

　さようなら！

「アーアーアーやめろ〜」

「ビリビリってなったら死ぬんじゃうんだよー」

　さようなら！

「だから、ゴマ！」

　さようなら！

「本来そっちなんでぇ」

　さようなら！

「そらみちゃん、みくちゃん、れおんくん……こすもちゃん……みやびちゃん……かけるくん、ひろたかくん、なりちかくん」

　さようなら！

　さようなら！

　さようなら！

「スーパーあるかな、スーパー」

「スーパーなんてないよ、そんなとこ」

「スーパーランド」

さようなら！

「だいたい70人くらい？」

さようなら！

「もうすぐ夏休みだよねぇ。たっくん、海行ったことある？」

「くらげさされたことあるよ」

「くらげ、怖いね〜」

「こわくないよ」

「怖いよ〜、どこで刺されたの？」

「すいぞっかん」

「水族館で泳げるかッ！」

さようなら！

さようなら！

さようなら！

「せっかち！」

「せっかちはおまえじゃん！」

「うわぁーぅわぁーぅわぁーぅわぁーぅわぁーぅわぁー」

さようなら！

「ゆうたくん、りんやくん……なつみちゃん……ゆうちゃん……ゆりちゃん……あやのちゃん、かなほちゃん、ことはちゃん……こうきくん、ひろむくん」

さようなら！

「ウッソ〜、前すごくみんな言ってたよ」

さようなら！

「将来の夢みようよ」

さようなら！

「けんちゃんとお兄ちゃんっていくつ違うのぉ？」

「2コォ」

さようなら！

「ラクダ乗ってない？　どうしてこんなTシャツ着てるの？　アフリカで買ったの？」

「パパのおともだちにもらったの」

「会社の？」

「ちがう。パパのおともだち」

さようなら！

さようなら！

手を繋いで帰っていく母子《おやこ》を尻目に、女はいちごちゃんルームの中を覗いた……いない……もうしょうたくんとひろとくんしか残ってない……トイレかな……女は中指の爪で唇の端を引っ掻きながらいちごちゃんルームに近付いていった。

「ひろくぅん、おかあさん待ってるよぉ、また明日あそぼ、ほら、おカバン背負って……あッちょっと、いいですか？」

「はい」

あさみ先生に呼び止められた女は咄嗟《とっさ》に目を伏せた。

「ひろとくん、しょうたくん、いいよぉ！　さようなら！　また、明日ね！」

さようなら！

さようなら！

女は誰もいなくなった園庭であさみ先生と向かい合った。

「ゆたかくん、ちょっと、食べるのがゆっくりめというか……」

「あのぉ、食欲がないんです。食べるのあんまり好きじゃないみたいで……」

「おうちでも、そうですか……食べたくないんだったら残してもいいんだよ、って言ってあげてるんですけど、ぜんぶたべなきゃおなかすいてしんじゃうんだよ、って泣くんですよ。だから、職員室で食べてもらってるんですけど、まだ食べ終わらなくって……ゆたかくんのお弁当、玄米じゃないですか。ちょっとと言うか、かなり噛むのたいへんそうだから、年少さんの間は普通の白米にしていただいた方が、」

「あのですね、圧力鍋でふっくら炊いてるから、白米に比べてそんなに固いということはないと思うし、食物繊維が白米の六倍含まれていて、多少歯ごたえはあるかもしれないけれど、噛むことによって脳や臓器の働きが活発になるし、いちばん重要なのは、玄米の胚芽や表皮に含まれるフィチン酸に毒素の排出作用があるってことなんです。長崎では、爆心地から1・4キロメートルの病院のスタッフたちが玄米おにぎりと味噌汁で原爆症を予防したって話もあるんですよ」

「……玄米はおうちの方針で仕方ないとしても、ゆたかくんのお弁当、スゴイっていうか、お母さん、毎朝早起きしてがんばっていらっしゃると思うんですけど、他のお子さんのお弁当よりかなり量が多いみたいなんですよ。半分にしてみたらいかがでしょうか？」

「半分、ですか……あんな小さいお弁当箱に……」

「もし足りなかったら、おうちでおやつを食べるってことで、お弁当の時間内に食べ終わることを第1目標にしたらどうでしょう？　みんなといっしょに食べ終われるようになったら、様子をみながらちょっとずつ量を増やしていって……」

「明日から少なくしてみます……あのぉ、今朝お渡しした手紙の件は……」

　あさみ先生は表情を隠してうなずいた。

「確かにお預かりして、園長に渡しました」

　みかん組のみゆき先生に肩を抱かれて職員室から出てきたゆたかの頬はひっぱたかれたように赤かった……目も真っ赤……相当泣いたはずだ……泣きながら食べていたのか……女は左右反対に靴を履こうとしている息子に声をかけた。

「ゆたか、逆だよ。ほら、靴はぴったり揃えて、先っちょがそっぽを向いたら逆だって、いつも言ってるでしょう？　そうそう、ほぉら、仲良くくっつきっこしたぁ。おいでゆたか、ゆたか、あのさぁ、お弁当残してもいいんだよ。ママ、みんなといっしょに食べ終わる方が大事だと思うよ」

「でも、ゆたかくん、がんばって食べたんだよね」あさみ先生がゆたかの頭を撫でた。

女が手を差しのべると、ゆたかはうつむいたまま手を差し出した。

「ゆたかくん、さようなら。また明日ね」

あさみ先生はどんな時でも変わらない柔らかな声音《こわね》で挨拶をすると、同情するようにうなずいて見せたが、その同情は母親である女にではなく、女の息子であるゆたかに向けられていた。

「ゆたか、さようならは？」女は息子の手を引いた。

ゆたかは爪先《つまさき》で砂を蹴《け》り上げ砂埃《すなぼこり》を立てた。

「さようなら！」

いちごちゃんルームのりさ先生が励ますように声をかけると、ゆたかは踵《かかと》で煙草を消すように砂を踏みにじった。

風とは言えないほどか弱い風に背中を撫でさすられ、母子《おやこ》は同じように黙り込んで鳥居に向かった。

ママチャリはもう一台だけだった。

登下校の緊張を持続させるために帰宅するまでカバンを背負わせましょう、と4月の園便りには書いてあったけど、ゆたかは父親ゆずりの汗っかきだから——、女は息子の肩からカバンをはずして自転車の前籠に入れた。

籠の中でそうっと弁当箱を取り出してみる……蓋を取ると、牛肉のバナナロールも、ほうれん草の薄焼卵巻きも、うずらとプチトマトとマヨネーズで拵《こしら》えたキノコちゃんも、そっくりそのまま残っていた……いったい、何を食べたんだろう?……鶏そぼろ、卵そぼろ、ラディッシュ、サヤインゲン、ニンジン、しば漬けで拵えたチューリップ畑だけが踏み荒らされたようにぐちゃぐちゃだった……泣きながらフォークで掻き混ぜていたのか……

女は息子を抱き上げハンドドルとサドルの間に取り付けてあるチャイルドシートに座らせ幼児用ヘルメットをかぶせると、チンチーン、とベルを鳴らした。自転車は嫌いじゃない、特にこの坂は——、ペダルに足を置くだけで加速するこの坂を下りると、自分以外の全てが立ち往生《おうじょう》しているように見える。何にも、誰にも、無関係な顔で通り過ぎることができる、夏の暑さも冬の寒さも突っ切れる、悩みやわだかまりや不安やいらだちも吹っ切れる——、気がする。

女は耳を切る風よりも強い声で訊ねた。

「今日は、何して遊んだの?」

「あさみせんせいとおすなばであそんだ」

「お砂場では遊んじゃいけないって、ママ言ったでしょ！　なんであんたは、マスクを取っちゃうの！　マスクはどこ行っちゃったの！　原発が、爆発して、放射能で、汚染されたんだよ！　お砂場の砂、去年の夏休みに入れ替えたって話だけど、放射能は、まだ出つづけてるの！　お砂場は、汚染されつづけてるの！　事故が収束したなんて嘘なんだよ、嘘っぱち！」

女は風を切るブーンという音を聴いて、怒りを冷ましてから訊ねた。

「お友だちできた？」

「できない」

「声をかけてくれるの、じっと待ってちゃダメなんだよ。自分から、いーれてって言わないと」

「いーれてっていったら、バーツってやられた」

「誰が？」

「…………」

「言いなさいよ」

「ひがつくひと」

「ひ？　男の子？」

「うん」

「ひろたかくん？」

「ブー！」

「ひろむくん」

「ブー！」

「じゃあ、ひろとくんだ」

「ピンポーン！」

「ひろとくんかぁ……でも、そういうこともあるんだよ……そしたらさぁ、ゆたかが自分でね、みんながいーれてって言うような面白いこと考えればいいんだよ」

「どんなこと？」

「それは……面白いことだよ」

「いいよ、ぼく、ひとりであそぶほうがたのしいから」

坂の終点の水飲場が見えてきた。左右の植込みでは、できたての傷のように赤いサツキが美しさを誇っていたが、女は美しいものには目もくれず、溜息をごまかすためにブレーキをかけつづけた。

ゆたかは今日も砂まみれ&セシウムまみれだった。まず靴下を脱がし、足裏の砂&セシウムをはたき、靴の踵を打ちつけて中の砂&セシウムを出し、業務用スーパー洗浄12・5でカバンの表裏をスプレーし、洗面所でキレイキレイ薬用ハンドソープをワンプッシュして、**てのひぃらあわぁせて　キレイキレイ　てのこぉおかさぁねて　キレイキレ**

イ　ゆびのまたもキュキュッと　キレイキレイ　つめのぉさきたぁてて　キレイキレイ
げんきぃにあそんだら　キレイキレイ　おうちぃにかえったら　キレイキレイ　いただ
きますのまえにも　キレイキレイ　おやすみのまええにも　キレイキレイ　まいにぃち
あらぁおう　キレイキレイ　キレイキレイしましょ～　テュラテュラテュラテュラテュ
ラテュララ～　キレイキレイキレイしましょぉぉぉぉ、女は手を洗い終えた息子にハンドタオルを渡し、2㎖のイソジンを60㎖の水で薄めてうがい薬をつくった。

「ただいまぁのあとはぁ、がぁらがらジンジン、がぁらがらイソジンジン！　ちがぁぁう！　最初はぶくぶくでしょう？　ぶくぶくして口の中のバイキンさんやっつけてからじゃないと、がらがらしても意味ないからね。そうだ！　ぶぅくぶくぶくぶくぶくぶくぶくぶく、まだまだ！　まだまだ！　ぶぅくぶくぶくぶくぶくぶくぶく、ペッ！　次はがらがらだよ。3回だからね。ダーメッ！　もっと上向かないと、のどちんこ殺菌できないよ！　もっと！　上向いて！　もっと！　もっとだよ！　モォォォォォォ！　天井鏡の自分の顔見てどうするッ！　上だよ、う、え！　天井見てッ！　そうだッ！　天井とにらめっこしてッ！　がぁらがらがらがらがらがら、ペッ！　あと2回！　がぁらがらがらがらがらがら、ペッ！　ラスいち！　ガンバレ！　ファイト！　がぁらがらがらがらがらがら、ペッ！」

「のどかわいた。ジュース」

「ジュースでございますね？　ジュースは、ヴィタモントのオーガニックオレンジ、ピンクグレープフルーツ、アップル、ミックスジュースをご用意しております」

「じゃあ、オーガニックオレンジ」

「その前に着替えよう。汗びっしょりだ」

「ぼくは、まず、ジュースがのみたい」

「ママは、まず、着替えてほしい。だって、お砂場で遊んだじゃん」

「モォー！」

「モォーじゃない！」

女は毟《むし》るように息子の服を脱がせると、冷蔵庫からジュースのブリックパックを取り出してストローをさしてやった。

「さぁ、ちゃんと座って、両手でちゃんと持たないとこぼれるからね、ストロー曲げてぇ、ひじついて飲んだらこぼれるよ、昨日こぼれたでしょ？　あんたはジュースも一人で飲めないの？」

「モォー！」

「こっちこそ、モォーだ！」

玄関に戻った女は、自然食品ショップのエコ紙袋を目にして舌打ちした。ヨーグルト！　牛乳！　この暑いなか2時間？　3時間かぁ……ゆたかのために一本六百五十一円もするきすき奥出雲ノンホモ牛乳を買ったのに……お迎え行く前に冷蔵庫に入れれば良かった……もうゆたかには飲ませられない……女は眉を顰《ひそ》めて牛乳とヨーグルトと醤油を冷蔵庫にしまうと、窓という窓を網戸にし、部屋中に充満している暑さと湿気を追い出した。

風が入って来て、雲模様のブルーのカーテンが膨《ふく》らんで波打ち、白い雲が青空を流れているように見える。女はカーテンを右手で押さえてベランダを眺めた。ほんものの空では、ほんものの雲が猛スピードで流れている。

いつの間にか、ゆたかはリビングの床に赤いバケツをひっくり返し、ぶつぶつ言いながらレゴを組み立てている。

また風が入り、カーテンが深呼吸をする胸のように膨らんでは萎《しぼ》み、萎んではまた膨らんで……

北東からの風が吹いている。

現在、福島第一原発から放出されている放射性物質は、毎時110万ベクレル……

昨年の今頃の千分の一……

ゆぅらゆらゆら……ゆぅらゆらゆら……

てるてるぼうずが揺れている。

あ〜したてんきにな〜れ……

雨の日は幼稚園の送り迎えがたいへんだから、どうしても不機嫌な顔になってしまう。ママ、てるてるぼうずつくろう、と言い出したのはゆたかだった。幼稚園で拵えたことがあるらしくて、ティッシュを丸めて頭にすると、紫のマジックで顔を描きはじめた。

二つの点が目、丸が鼻、波線が口——、いちご組の中でも飛び抜けてお絵描きがへたで、まだへのへのもへじも描くことができない。しつけ糸で首をしぼってカーテンレールにぶら下げてやったのが、もう1週間も前のことだ。

ゆぅらゆらゆら……ゆぅらゆらゆら……

てるてるぼうずの影も揺れている。

揺れていない影は……食器棚……テーブル……椅子……

ゆたかの影は……揺れている……

「さぁ、ママとお昼寝しよう。こっちおいで」

「いま、レゴつくってるからいぃけない……のぉってぇ、とおくへぇ、いっきったいなぁ……」

「ゆたか、来なさい」

「ママのところへいってきまぁす！　チャンチャラララララ～ンラ～ン……」

ゆたかはレゴを手にして近付いてきた。

「ママ、おうちがかんせいしました」

緑のプレートには屋根のない家が建っていた。

家の中にあるのは……風車……りんごの木……ぞうの頭……タイヤ……

「ママも住める？」

「ママはおおきいから住めない」

「エーンエーン」

「ママがちいさくなれば住めるよ」

「エーンエーン、小さくなんかなれないよぉ」

「じゃあ、もういっこつくったヤツ、みせてあげるよ」

ゆたかは床に散らばったレゴの中から、一つの固まりを拾い上げた。

「これ、どこだって行けるロボットなんだよ。ほら、みて、すごいどりょくでしょう？　ちをはきながらあるくんだよ、ウガッ、ガシャンピーピヨ〜ン！」

「……寝よう」

女は息子をランニングとブリーフだけにすると、自分もジーンズを脱いで敷きっぱなしの布団の上に横になった。

ゆたかはパッ、パッ、パッと赤ちゃんのように唇を鳴らしながら、顔の前で右手と左手を闘わせ始めた。

「目ぇ、閉じて」

「だってこわいんだもん」

「真っ昼間でしょう」

「まっぴるまでも、めをとじるとまっくらになるんだもん」

「ママがついてるじゃんか」

「……あぁあ、くやしいなぁ」

「なにが？」

「いうと、おこられるから、いわない」

「怒らないから言いなさい」

「あのさぁ……ぼく……ママにだっこしてもらわないと、ねむれないかも」

「抱っこぐらいするよ」

「ごめんなさい」

「謝ることないでしょ」

抱いてやると、首に両手を回してきた。

「ちょっとおなかがいたいんだけど、どうしてかな？」

「どうしたんだろう？　うんこ？」

「うんこじゃない」

おなかを反時計回りに撫でてやる。

「ごめんなさいね」

「謝らないでって言ったでしょ？」

「ありがとう。ママのおてがつかれるから、もういいよ」

「あのさぁ、ママに、ありがとうとか、ごめんなさいとか、あんまり言わなくていいんだよ」

両脚を太股の間に差し込み、両手で顔を撫で回してくる。

「ねぇ、ママって、いつまでいきてるの？」

「さぁ、それはわからないなぁ」

「あのね、あさみせんせいのおばあさん、ひゃくさいまでいきてたみたいだよ。だから、ママだっていきるよ。えーっと、90、91、92……だから、90までいけたら、きっと100までいけるよ。そしたら、ぼくだっておじいさんでしょ？　いっしょにしんじゃうよ」

「冗談でも、そんなこと言っちゃダメだよ。ゆたかはママが死んだ後も生きるに決まってるでしょう」

「でも、しぬよ。みててごらん。しぬから」

「さぁ、もう、お口にチャック。これから、ひと言でもおしゃべりしたら、ママ怒るからね」

「まぶしい」

「目を閉じれば眩《まぶ》しくない」

「めをとじても、きいろいまるがうごくんだよ。ぼく、まっくらじゃないとねむれない」

「いつも眠ってるでしょ？　ゆぅりかごぉのうぅたをぉ、かぁなりやぁがうぅたぅよぉ……」

「ママ、うたわなくていいよ。ママがねむれなくなるでしょ？」

「へぇ、すごいなぁ、ママって、うたいながらねむれるの？」

「眠れるよ。おやすみなさい」

「おやすみぃ」

ゆぅりかごぉのうぅえでぇ　びぃわのみぃがゆぅれるよぉ　ねぇんねこぉ　ねぇんねこぉ　ねぇんねこよぉ……いっしょに口ずさんでいたゆたかの声が細くなって歌の中に消えた。

二人の顔の間にはてのひら一つ分の距離がある。

あの人と似ているのは、汗っかきなところ……目と目の間のお鼻が平らなところ……毛深いところ……つむじの位置……この頭にぎっしりとあの人の性質を蓄《たくわ》えているわけだ……頭が枕からずれ落ちる……枕に戻すと目を醒ましそうだから、このままこのまま……女はそっと腰を引いて、股間に挟《はさ》まった二本の足を引き抜いた。

寝室の襖《ふすま》を閉じて、夫の机の上にあるデスクトップの電源を入れる。

起動するまでの間、椅子に寄りかかって膝を開き、目を閉じて待つこと1分……

ようこそ

レラソレレラ〜、生まれた朝のゆたかの顔の壁紙が現れる。メールのアイコンをダブルクリックして受信トレイを開く。ピンポーン、三通の新着メッセージ……二十人中三人ということは、回答率15パーセントか……女はパソコンの前に座り直し、やっと息ができるというように溜息を吐《つ》いた。

正座をした子供とそうでない子供の集団的比較を長期にわたって行った研究報告はありませんので、何とも言えません。正座は日本人特有の生活習慣ですが、膝には良い姿勢とは言えません。あまりしない方が良いとは思いますが。

現在の日本で一日中和風の生活をする方は極めて稀でしょう。たかだか一日30分の正座で成長障害がくるとは考えられません。

過度に長時間、長期間正座を続ければ、膝関節に障害を起こすことも考えられますが、一日30分程度では影響は少ないと思います。

これじゃあ、お話にならんわけですよ、だいたい、整形外科医のクセに「何とも言えません」とか「あまりしない方が良いとは思いますが」とかシロウトじゃあるまいし、わたしは真実を知りたいわけじゃないんです、わたしとゆたかにとって有利な情報がほしいだけなんですよ、さて、どうする、さて、さて、さて――。

女の胃がキュルキュルと鳴った。そう言えば、朝ゆたかが残したホットケーキを食べたきり、何も食べていない。女は立ち上がり、シンクの横に置いてあるきかんしゃトーマスの弁当箱を片手にパソコンに戻った。表紙に〈お弁当　SINCE　2003〉と書いてあるコクヨの大学ノートを開く。毎朝蓋を閉じる前にお弁当の中身をポラロイドで撮り、帰宅後なにをどれくらい食べたのかを記録している。手間はかかるが、子育てはどれくらい手間をかけたかで決まる。このノートはゆたかが成人したら手渡すつもりだ。きっと、母親に抱かれた写真だらけのアルバムなんかより、母の愛を実感してもらえると思う。

女は牛肉のバナナロールをトーマスとパーシーの箸で突き刺した。バナナ、真っ黒じゃん……さて、問題！　りんごは塩水にさらせば茶色くならないが、バナナはどのように変色を防ぐのか？　さて、問題！　なぜ、お弁当箱の中にまで砂が入るのか？　パネラーのみなさんが考えている間に、お知らせです。東京都の幼稚園と保育園のお砂場が放射能汚染されているのは有名な話ですが、大腸菌や寄生虫の大繁殖場と化しているということをご存じの方いらっしゃいますか？　お砂場は犬猫の恰好のトイレなんですって！　一般生菌は数万から数百万匹、大腸菌は50パーセント以上、犬猫回虫卵は20〜80パーセント以上の確率で検出されてるそうですよ。回虫、怖いですよ、ミミズとヒルを足して2で割ったみたいな、なんともおぞましい形状なんですけどね、人体に入ると、発熱、視力低下、肝臓障害なんかを引き起こすんですって！　抗菌砂場にしてほしいとこだけど、きっと予算がないって言われるんだろうな……女は立ち上がって三角コーナーに弁当の中身を棄てると、シンクに水を溜めて弁当箱を沈めた。

ほとんど残されるとしても、お弁当はつくらなきゃならない。なかなか見つからないとしても、安全な食材を探さなきゃならない。どんなに疲れていても、朝晩の食事はつくらなきゃならない。風邪で38度台の熱があったとしても、幼稚園の送り迎えはしなきゃならない。一睡もできなかったとしても、掃除して、洗濯して、食べさせて、うんこ拭いて、歯みがきして、風呂に入れて、着替えさせて、寝かしつけて——、母親に休みはない。

ほんとうは、父親にだって休みはないはずなのに——。

女は携帯電話をつかんでベランダに飛び出した。

テンキンパパ

トゥトゥトゥトゥトゥトゥトゥ、トゥルルルルルルルルル……

留守番電話に繋ぎます、

何してるんだろう？

何してんの！

女はリダイヤルボタンを押した。

トゥルルルルルルルルル、トゥルルルルルルルルルル……

どこにいるの？

誰といるの？

留守番電話に繋ぎます、発信音のあとにメッセージを録音して最後に#を押してください。

「ゆたかのことで相談したいことがあるので電話をください」

メッセージをお預かりしました、電話をお切りください。

女は左手薬指に食い込んでいるプラチナのマリッジリングを見た。二つ合わせると四つ葉のクローバーになるデザインで、裏には〈Be With You M to Y〉と彫ってある。

あの人は、きっと〈I Love You Forever Y to M〉の指輪をはずして小銭入れの中に隠しているはずだ。この前、といっても、もう半年も前のことだけど、暮れに帰ってきた時、「ツメ汚れてるわね」と左手を引っ張ってさりげなく指輪のにおいを嗅いでみたら、確実に十円玉臭かった。新幹線の中で、はめたりはずしたりしてるんだろう。

転勤したての頃は、月に一度は必ず帰ってきてたのに、2、3ヵ月に一度が、半年に一度になって、昨年はとうとう年末年始の5日間だけ……昨年の3月11日以降、スーパーやコンビニで食材や水が手に入りづらくなって、水道水からも放射性ヨウ素が検出されて、計画停電になって、ほうれん草、原乳、春菊、かき菜の放射能汚染が明らかになって、ゆたかを外部被曝や内部被曝させるわけにはいかないから、何度もSOSの電話をかけたのに、あの人は転勤先の長野県からミネラルウォーターやお米を送ってくるだけで、長野に避難して来いとは言わなかった。直ちに健康に影響を及ぼすものではありませんの官房長官みたいに、原発から220キロメートルも離れている東京は安全だよ、の一点張りだった。わたしがいくら「チェルノブイリ事故の時は半径600キロメートルが汚染されたのよ」と言っても、「福島は水素爆発で、チェルノブイリは水蒸気爆発だったという大きな違いがあるし、チェルノブイリは格納容器がない原発だったから汚染が広い範囲に及んだんだ」と御用学者みたいなことしか口にしなかった。ネットを見ると、原発離婚をする夫婦が増えているらしいけど、あの事故によって、曖昧にしていた全ての物事がくっきりとした輪郭をもって目の前に現れたような気がする……まぁ、逢うたびにお互いへの嫌悪感を猫の爪みたいに出したり引っ込めたりするよりはマシだけど……でも、やっぱり、割とこたえてるのかな、わたし……未練みたいなものはゼロなんだけど、かつてあの人に抱いた思いを棄て去ることができないというか……世間じゃそれを未練というのか……

付き合い始めた頃は、ただ目を見て話すだけで有頂天になっていた。友だちとのおしゃべりは、話して、聞いて、話して、聞いての繰り返しだったけれど、あの人とのおしゃべりは、話し合って、聞き合っていることを実感できた。あの人の心の大半を自分が占めていることを信じられたから、いっしょにいるだけで充《み》たされていた。

でも、それは、長つづきしなかった。いつからそうなったのか日付を特定することはできないけれど、話さなくなったし、笑わなくなったし、喧嘩しなくなったし、仲直りもしなくなった。恋も、愛も、信頼も、生活も長つづきしなかった。いま思うと、あの人と二人で何かをつづけたことは一度もなかったような気がする。いつでも、その場限りで、おしまい。

振り返ると、部屋の中は青に浸され水没しそうだった。うそ？　いま何時？　女ははずし忘れた腕時計を見た。3時過ぎ。空を見上げると、暗灰色の雨雲が太陽を匿《かくま》い、雲は手を伸ばせば届きそうなほど近かった。これは降るな、さっきまであんなに晴れてたのに……女は洗濯物を取り込んで、もう一度ベランダに出て、てのひらの携帯電話を睨み付けた。

今度は、リダイヤルでもメモリーダイヤルでもなく、人差指で一つ一つボタンを押した。

おかけになった電話は、電波の届かない場所におられるか、電源が入っていないため、かかりません。

誰かといっしょにいるんだ……鳴ってるのに出ないのが気まずいから、電源をオフにしたんだ……女は空気の動きで、雨が降り始めたことに気付いた。見ることや聞くことはできないが、嗅ぐことや濡れることはできる細かい細かい雨……女は雨を膚《はだ》で感じながら、ダイヤルボタンを潰そうとしているかのように押しつづけた。

「……もしもし？」

「あなた？」

「おお」

「何してたんですか？」

「仕事だよ」

「何で出ないんですか？」

「出られなかったからだろ」

「何で出られないんですか？」

「仕事だからだよ」

「……あのですね、今朝話した正座問題のつづきなんですけどね、園側との話し合いに入る前に、こちらの論拠をきっちりしておきたいんですよ。あなた、整形外科の権威を調べてくれませんか？」

「おれは歯医者しか知らんよ」

「だから、調べてほしい、と言ってるんじゃありませんか」

「おまえは、そうやっていつも、ものごとをギリギリのところまで突き詰めて、相手も自分も苦しくするけど、幼稚園はおまえの場所じゃなくて、ゆたかの場所だからな。ゆたかが居づらくなるようなことはすべきじゃない」

「わたしが、ゆたかを居づらくさせるわけないじゃありませんか！　わたしは、幼稚園側と話し合いたいだけなんですよ」

「そんなことをしたら、フツー居づらくなるんだよ。電話入った、ちょっと待って」

トゥルルル、ツー……トゥルルル、ツー……

雨が手摺りに跳ねて、顔に当たる。

トゥルルル、ツー……トゥルルル、ツー……

雨、強くなった。

トゥルルル、ツー……トゥルルル、ツー……

「もしもし？　おまえは、きっとゆたかに善《よ》かれと思ってやっているんだろう。それを否定するつもりはない。でも、おまえの言動によって、ゆたかにとって好ましくない事態が引き起こされるかもしれない、ということは自覚しておいた方がいい」

女は二人の間の見えないドアが閉まる音を聞いた。

「わかりました。自分で調べます」

女は終了ボタンを押した。単身赴任はきっかけに過ぎなかった。敵はおそらく年内に離婚話を切り出してくるだろう。それとも、ゆたかのことを考えて戸籍上は夫婦のままでいるか……でも、いま、考えるべきことは、正座だ、正座対策だ。どうしたら、わたしとゆたかの味方になってくれる情報を集められるか……知恵をしぼれ、知恵を、しぼれ、しぼれ、しぼれ、しぼれ！　女は新聞や週刊誌の切り抜きを入れてあるクリアファイルを逆さにした。

脳の発達　ＩＴが阻害「理性、思考」の前頭前野働かず
原発から16キロ地点、基準の16倍　海水放射能汚染
窓閉め換気停止■ぬれマスクを■服をポリ袋へ■体を湯で「除染」
傷の手当　常識が変わる治療法　消毒しない乾かさない
発がん性指摘アクリルアミド　ポテトチップス最多検出
「お水までも……」子ども連れ、西へ西へ
紫外線　18歳までに生涯のほぼ半分を浴びる
Q放射能がついた野菜は心配？
相当量のセシウム検出　茨城・ひたちなか雨で降下か
肉でうつ病を防ぐ
からだの悩み　１１９番

　これだ！　女は１０４で回答者の整形外科医が院長を務めているクリニックの番号を調べ、ノートとボールペンを用意すると、深呼吸を一つして電話をかけた。

「あのぉ、院長の新聞連載を毎日拝読していたものなんですが、お伺いしたいことがありまして、お電話を差し上げた次第です」

「……少々お待ちください」

　女は携帯電話を左手に持ち替え、ボールペンで身構える。

「もしもし？」

「あッ、院長ですか？」

「はい」

「わたくし、先生の医療相談の大ファンで、とてもわかりやすく、為になる内容でしたから、毎回欠かさず切り抜いておりました。本来であれば、紙面でご相談すべき内容なのでしょうが、連載が終わってしまいましたので、このように直接お電話する失礼をお許しくださいませ。あのですねぇ、わたくし、一児の母で、3歳の息子が、今年の4月から幼稚園に通い始めたんですが、来年の年中組からですねぇ、毎日30分、上履きのまま板の間で正座して、椅子の上にお弁当を置いて食事させられるそうなんです。躾《しつけ》としての正座は、膝関節に悪い、O脚になる、脚が伸びないといった指摘がありますが、医学的見地からいうと、どうなんでしょうか？　是非、先生のご意見を伺いたいと思いまして……」

「正座は膝に良くない、これは常識だと思います。そもそもですね、人間の膝関節の可動域は0〜90度が基本であって、それを超える角度を保つような体位、姿勢を取ると、どうしても負担がかかるし、時間が長くなるほど負荷《ふか》が強まります。正座だと膝を曲げること180度に近いイメージですから、当然良くはありませんね。子どもの場合、正座しろと言われると、よく膝を開いておしりを床につける恰好で座りますね、通称トンビ座りというんですが、あの姿勢は負荷のかかり方次第では膝の歪《ゆが》みに繋ります。ご相談のケースでは、そうですね、いま申し上げたように、10分であれ20分であれ、医学的に見れば、膝関節への負担という正座の悪い点は考えられても、良い点は何もない以上、やめるべきでしょうね。もしも、自分に子どもがいれば、わたしは正座させませんね。また一方では、正座を日本の文化として、行儀作法の為になる、と良い点ばかりを列挙することもできる。ですが正座という習慣は畳文化と一体のものであって、自宅でもどこでも椅子やフローリングの生活が大半になった昨今《さっこん》、躾としての正座の強要はナンセンスだと思いますね。医者としてそう思います。まぁ、もう少しすれば、時代が変わって躾としての正座も消えていくんでしょうが、いまはその過渡期《かとき》なんだと思います。よろしいですか？」

「はッ、ありがとうございました。一面識もない一般人の質問に、とても丁寧にお答えいただき、感謝感激です。ありがとうございました！　ほんとに、ほんとうに、ありがとうございました！」

かたじけないでござる！　勝算見えたでござる！　しかし、迂闊《うかつ》に刀を交えることはできないでござる。残念ながら、電話での聞き書きは資料としての信憑性が低いでござるよ。ググるでござる。こうなったら、何がなんでも見つけるでござるよ、ニンニンニンニン。

正座　悪い　膝の関節　の検索結果　約155,000件中1—10件目

ＦＡＸ通信サービス「薬と健康の情報」

「魔法先生ネギま！」の豆知識

大阪市　北区　梅田　藤林針灸治療院

女性のあぐらについて：発言小町：大手小町：ＹＯＭＩＵＲＩ　ＯＮＬＩＮＥ

腰痛・肩こりを治す本（内容）

推拿（中国整体）治療の実践

膝関節手術

つぶやき（正座は拷問）

正座は拷問

正座は心が落ち着く。日本人ですからそうかも知れません。

日本間は正座をする様に、その構造ができています。

しかし体の構造上から言うと、正座ほど理にかなっていないものは有りません。人間の体の構造を無視した座り方でさえあるのです。我が国だけの特殊な座り方は、諸外国では拷問の手段として使われているのです。この座り方をする国は他には有りません。強いて言うと、これに近いものは、韓国などで使われる立て膝、仏教国で使われる胡座などごく一部だけに限られます。

正座は、親子六畳一間で4人が暮らす、卓袱台を置いて食事をした後、卓袱台を折り畳んで蒲団を敷いて寝るなどと同じ、狭い空間を活用する日本人の知恵だったのかも知れません。

では何故、正座が悪いのかを考えてみましょう。家の扉を例にとって考えます。通常であれば扉を開きます。最後まで開くと、扉は壁とほぼ平行になるまで開きます。この時に扉の陰に百科事典の様なぶ厚い本などが落ちていたとすると、どうなるでしょうか？扉を無理に壁と平行になるまで開こうとしても、できません。強い力で押すと、蝶番《ちょうつがい》が壊れてしまうでしょう。

この喩えの蝶番が膝関節、扉が下腿骨（弁慶の泣き所の骨）、壁が大腿骨（太股の骨）、百科事典が筋肉、脂肪、腱などに相当します。

この様な理由で、正座は好ましく有りません。これから一生使う足なのです。労って末永く付き合おうではありませんか？

なにものでござる！　昭和大学整形外科講師・医療法人社団正邦会かわかみクリニック院長・整形外科専門医・医学博士・日本医師会認定産業医・介護支援専門員・東京都臨床整形外科医会元理事・同医療情報委員会委員長・東京都医師会医療情報委員、ぬぬぬ！　かわかみ氏《うじ》とな、おぬし、只者《ただもの》ではござらぬな！　忍法印刷！　その間に拙者《せっしゃ》ひと休みして作戦を練るでござる。敵を陥《おとしい》れることも、忍法の一つでござるよ、ニンニンニンニン。

女は砂時計をひっくり返し、部屋の中に漂っている雨のにおいを嗅いだ。むかし、結婚したばかりの頃、女性誌のダイエット特集で、水シャワーと温浴を繰り返してカロリー消費をする温冷交代浴なるものを知り、砂時計を購入してみた。その後すぐにゆたかを妊娠し、ダイエットどころではなくなり、ゆで卵にでも使おうか、と風呂場から台所に移動したものの、キッチンタイマーに出番を奪われ、全く使わないものをよく使う場所に置いておくのは嫌だから、我が家でいちばん使わない夫の机の上に置いておくことにしたのだ。もう一度、ひっくり返す……行ったり来たり……円周でも直線でもない時間……行ったり来たり……閉じている時間……行ったり来たり……増えも減りもしない時間……行ったり来たり……逆さにしなければ動き出さない時間……行ったり来たり……襖《ふすま》をそうっと開けて覗いてみる。よく寝ているでござるな、いまのうちでござる！拙者、どんぐり幼稚園に挑戦つかまつる！　後悔などしないでござる！　ゆたか氏《うじ》を救うために死ぬのなら本望《ほんもう》でござる！　忍者は常に覚悟をしているものでござるよ、ニンニンニンニン！

前略。先日、お手紙をお渡しした後、医学的な見地はどうなのだろう、と複数の整形外科医に問い合わせました。
左記がその結果を箇条書きにしたものです。
●O脚であれ、X脚であれ、平均5歳位までに脚の形が決まるので、6歳位からであれば正座をしてもしなくても関係ないが、まだ骨格が決定していない6歳以下の幼児に正座を強いるのは問題がある。
●予防策として、筋肉を強化する方法があるが、幼児に毎日筋力トレーニングさせるのは不可能だろう。
●幼児はきちんと正座することができず、両脚を左右に出してお尻をペチャッとつける通称「トンビ座り」をする。これがO脚を強く促す。
●O脚は外見上の問題のみならず、将来的に関節症などを誘発する。
医学的にも、幼児には絶対に正座をさせてはならないということが明らかです。医学的に明らかになっているにも拘らず、正座を幼児に強いるのは、教育（躾）に名を借りた体罰（暴力）だと言わざるを得ません。

早急に、幼稚園関係者と協議していただき、椅子に正しい姿勢で座らせ、机の上で食事をするという常識に則った形に修正していただきたいのです。

骨格は一度歪んでしまったら、なかなか元に戻りません。

切り傷や打撲傷と異なる、一生の問題なのです。

私はとても深刻に考えています。

年中組、年長組の昼食の光景を見てしまってから、夜も眠れません。

正座で食事をさせるということを事前に知っていたら、別の幼稚園を選択していたと思います。このような重大な問題は、説明会の時に明らかにすべきなのではないでしょうか？　つまり、正座で食事をさせる＝O脚になるリスクがある、ということを十分に説明する責任があるのではないかということです。

追伸　正座は幼稚園設立以来の伝統で、変えるわけにはいかないと反論されるかもしれませんが、医学は日々進歩しています。伝統＝無知になっていただきたくはないのです。教育内容は状況に応じて変えていかなければおかしいと思います。
たとえば日焼け（新聞記事参照）ですが、私達の子供の頃よりオゾン層の破壊が進み、今や日焼けは健康を害するものだというのが常識になっています。ですから、私は息子を幼稚園に送り出す時は、肌が露出する部分に日焼け止めクリームを塗布しています。しかし、これからの季節、水着になって水遊びをすると聞きました。水遊びをする前日は必ずその旨、お知らせいただきたいのです。全身を露出することになるわけですから、全身に（水に強いウォータープルーフタイプの）日焼け止めクリームを塗らなければならないからです。危険を回避する対策を講じるのが、教師と保護者の義務ではないでしょうか？

危険を回避する、という観点から申し上げますと、園庭の放射能対策も心配です。ご存じのように、園児は砂のついた手を口に入れたり、砂を投げたり蹴ったりして目や口に入ることも多いからです。

日本保険物理学会が開設している「専門家が答える　暮らしの放射線Q＆A」というサイトに問い合わせたところ、「仮にセシウム１３４とセシウム１３７に起因する空間線量率が０・５マイクロシーベルトで、４センチ×４センチ×５センチ（１８５グラム）の砂を毎日摂取すれば、１日あたりの被曝線量の合計はおよそ60マイクロシーベルトとなり、年間被曝線量はおよそ20ミリシーベルトとなるが、１８５グラムの砂を毎日摂取するのは非現実な想定である」という回答をいただきましたが、子どもの命を預けている保護者の立場から申しますと、一粒たりとも放射能砂を我が子の体内に入れたくないわけです。

息子には、０・06～０・１マイクロメートルの微粒子を95パーセント以上除去できる防塵マスク「ＤＳ２」を装着の上、登園させておりますが、何分まだ幼児なので、お迎えに行くとつけておりません。先生方で注意を促していただけると幸いです。

目が乾いた……目薬さそう……目を開ける……しずくが目玉めがけて落ちてくる……成功……ちょっと寝ようか……眠るんじゃなくて添い寝するだけ……ほんのちょっと……仮眠……夕飯に備えて眠っとかないと……そうっと、そうっと……ゆたかを起こさないようにそうっと……そうっと……成功……横になって雨の音を聴いていると、あらゆる意志が水浸しになり、もう二度と起き上がることができないような気がしてくる……意志が重石《おもし》となって自分もろとも沈んで行く……疲れた……疲れが爪のように深く食い込んで……食い込んで離してくれない……骨まで達するような疲れ……全部やめて楽になりたい……放射能とか、正座とか、話し合いとか、もういいよって感じ……ううん、違う……明日手紙を渡して、話し合わなきゃ……疲れた……目を瞑《つむ》ろう……目を瞑っても、目薬の先端が膨らんで、しずくが落ちてくる感覚から逃れられない……落ちる……ほらまたッ……また、落ちてくる……瞼の中の目を閉じたい……それができないなら、目玉を取り除いてしまいたい……うるさい……時計がうるさい……雨の音もうるさい……雨にも時計にも静かにしてほしい……お願いします、30分だけでいいから、シーッ……でも、そろそろゆたかが起きる頃だ……起きたら、冷蔵庫にあるもので夕飯をつくろう……だいじょうぶ、30分もあればつくれる……ごはんは白米高速で15分で炊けるし……冷蔵庫の鹿児島産の豚肉を解凍して、生姜焼きにして……岐阜産のほうれん草があるから、音戸ちりめんじゃこと和《あ》えておひたしにしよう……熊本産のトマトを切って……お味噌汁の具は……野菜室になに残ってたかな……岡山産のカボチャ……『毎日のみそ汁100』に載ってたカボチャとチーズのお味噌汁に初挑戦しようかな……カボチャは皮のままひと口サイズに薄切り……おだしとカボチャを合わせて火にかけ、カボチャが柔らかくなったら、弱火にして奥出雲　天然醸造「雲州味噌三杯麴」のお味噌を溶く……お椀によそったらアメリカ産モントレージャック95パーセントイタリア産パルミジャーノ・レジャーノ5パーセントでセルロース不使用の香り際立つパルミジャーノブレンドをのせて、できあがりぃ……ゆたかぁ、ごはんできたよぉ……ママといっしょにおてて洗おぅ……ゆたかぁ……**てのひぃらあわぁせて　キレイキレイ　てのこぉおかさぁねて　キレイキレイ　ゆびのまたもキュキュッと　キレイキレイ　つめのぉさきたぁてて　キレイキレイ　キレイキレイ　キレイキレイ　しましょ～　テュラテュラテュラテュラテュラテュラテュララ～　キレイキレイキレイキレイしましょぉおぉおぉ**……わたしは……なんのために……誰のために……泣いているんだろう……どうして……こんなに……疲れているんだろう……誰か……誰か……誰か……

＊

凮月堂《ふうげつどう》の前のガードレールは放置自転車でいっぱいだった。女は隣の全龍寺の前で自転車を降りた。入口に立っているのは地蔵菩薩らしいが、赤いよだれかけから上は卍《まんじ》の紫布で隠され、小さな素足を乗せた蓮華《れんげ》は太い鎖でポールに繋がれている……盗難防止？……それとも……お地蔵さまでも娑婆にいらっしゃった時の罪を断ち切れないのですか？……**おお！　二重の鎖をかけられて縛られた虜よ**……女はキーロックの**2762** **1**を指で崩した。

凮月堂の自動ドアをくぐると、『エデンの東』のテーマ曲が耳に流れ込んできた。ショーケースの前に立った女は、自分が稼いだ金を父親に手渡そうとしたジェームス・ディーンのように、眉間《みけん》に皺《しわ》を寄せて顎を引き、上目遣いでケーキを眺めた……**「わたしを喜ばせたかったら、善人として一生を送れ」**……

ガトーフレーズ（S）　苺をサンドした生クリームケーキです。￥3，360（税込）

エルドベレ　苺をたっぷり使った生クリームサンドのケーキです。￥3，150（税込）

フランボワーズ（M）　フランボワーズ風味のチョコクリームとバタークリームをサン

ドしました。¥2，520（税込）

アントルメキリッシュ（M）　フレッシュバターを使ったデコレーションケーキです。¥3，150（税込）

タルト・フリュイ　フルーツをたっぷりのせたタルトです。¥2，100（税込）

　黒チョッキに黒蝶ネクタイの男性店員は喫茶の方のレジを打っている。中年と老年の中間ぐらいの女三名が割勘で支払いを済ませた時、ララァファミ〜ララァミレ〜レレェドドォシ〜ララァファミ〜……BGMは『風と共に去りぬ』のテーマ曲に変わった。

「カード使えますか？」くわえ煙草のサラリーマンがクレジットカードをレジカウンターにすべらせた。

「あ、どうぞ、はい、けっこうです」

「あのぉ、バースデーケーキなんですけど」女はアシュレーをひっぱたいたところをバトラーに盗み見られたビビアン・リーのように右眉を吊り上げた……**「わたしを侮辱する気？」**……

「これ、サイズはSとMだけなんですか？」

「です、はい……こちらにサイン お願いしまぁす……ガトーフレーズに関しては上のサイズもあるんですけど」

「上のサイズって、どれくらいまであるんですか？」

「あのぉ、それは、もう巨大のぉ……いらっしゃいませ！　あとはまぁお値段で一万円とか、そういうあれ……こちらはお客さま控えとなりまぁす、少々お待ちくださぁい……36センチで生ですと……一万八千五百五百円、それに消費税ですね」

「ショートケーキで2段になってるのは、ありませんか？」

「特注でおつくりすることはできますよ……じゅううううう……いらっしゃいませ！12号ですから、36センチの上に10号、30センチがのっかって、三万二百円ですね……ありがとうございまぁす！」

「それは、今日は無理ですよね？」

「ありがとうございましたぁ　ええ、特注品ですと……う～ん、4日前～じゃないと、大きいヤツは……」

「じゃあ、ガトーフレーズのSをください……あッやっぱりMにしようかな……」

「はッ、Mにいたしますかぁ？」

「はい」

「蠟燭《ろうそく》をお付けしますがぁ」

「あッ、年齢ですよね？」

「はッ」

生きていれば……昭和27年生まれだから、西暦にすると……平成はマイナス12だったよね？　昭和は？……あれ？　あれれ？……

「38……」

咄嗟に自分の年齢を口にした女は、父親の死んだ歳と同じだということに気付き、はっとした。

「そうしますと、大きいのが3本、小さいのが8本になりますがぁ」

「お願いします」

女は「サウンド・オブ・サイレンス」を聞きながら、星条旗のはためくキャンパス内で絶交されたエレーンをストーキングするダスティン・ホフマンのような足取りで凪月堂を後にした。

ケーキを前籠に入れ、キーロックの暗証番号を合わせる……**27621、昭和二十七年六月二十一日**……喪服姿の茶髪の青年が地蔵菩薩の前を素通りして〈そなえよつねに〉と書かれた石門を通り抜け、全龍寺蓮華洞斎場の中に入っていった。

お地蔵さま、菩薩でありながら自《みずか》らの意志で菩薩界《ぼさつかい》に戻らず、宝珠《ほうじゅ》と錫杖《しゃくじょう》を手に全ての苦悩と彷徨《さまよ》いつづける魂を救うために行脚《あんぎゃ》していらっしゃるお地蔵さま、そのお地蔵さまが、なぜ鎖で足を繋がれているのですか？　わたしたちの罪で繋がれているのですか？　お地蔵さま、地獄道の入口で耳を傾けてくださいますか？　友だちにも、夫にも、誰にも話したことがない話です。

わたしのパパは建設機械のリース会社に勤めていました。家を出るのは朝6時、帰ってくるのは夜8時頃でした。土曜と雨の日だけ5時上がりだったから、二人で何日分かのおかずをまとめてつくったりしました。事務所内は現場の人の休憩所も兼ねていたから、真夏でも20度以下で、パパは1年中モスグリーンのダウンジャケットを着て出勤していました。温度差が激しい室内と外を頻繁《ひんぱん》に出入りしていたせいで、体温調整機能がおかしくなって、お風呂に30分浸かっても汗が出なくなってしまいました。

年中風邪ばかりひいてたから、てっきりいつもの風邪だと思っていました。

あの日は、朝から雨が降っていました。休めば、と言ったんですけど、今日は雨だから早く帰れるよ、といつもみたいに葛根湯《かっこんとう》を飲んで、いつもみたいに会社に出かけました。帰ったのはわたしが先でした。お米をといで、3、4日は食べられるようにカレーを大鍋いっぱい拵えて、パパの帰りを待っていました。ただいまぁ、と帰ってきたパパは、傘を畳むのも靴を脱ぐのもしんどそうでした。熱を測ったら、38度6分もありました。近所の内科に行ったら、冷房の冷えから来る風邪でしょう、と診断され抗生物質の風邪薬を処方してもらいました。

その夜、パパは薬を飲んで、アイスノンを枕にして眠りました。

朝起きると、熱は下がっていました。

35度台だったから、ちょっと低過ぎるんじゃないかとは思ったんですが……

パパは起き上がった途端へたり込みました。

だいじょうぶ？

立ち暗みだよ　ここ何日か水分しか摂《と》ってないし　熱で熟睡できなかったし　寝汗いっぱいかいたろ？　軽い脱水症状なんじゃないか？

でも　なんかヘンだよ　顔色　どす黒いっていうか……

これは日焼けだよ
ハハハ、という笑い声が、ハッハッハッという浅い呼吸になって、パパは布団に横たわって目を閉じました。

部活休もうか？

何言ってんだ　せっかくレギュラー候補なのに　バスケ部は体育会系の中で　いちばん厳しいって言ってたじゃないか　行きなさい　熱も下がったし　今日1日休めば治るよ　悪いけど会社に連絡だけしてくれないかな　ちょっと胸が痛くて　気持ち悪い
……

娘に欠勤の電話をさせるなんてパパらしくないことでした。よっぽど具合が悪いんだと思って、代わりに電話しました。寝室に戻ると、パパはもう鼾《いびき》をかいていました。枕もとにポカリスエットと電話機を置いて学校へ行きました。

部活を終えて校門を出たのは6時でした。スーパーに寄って雑炊の材料を買って、ダッシュで帰りました。三つ目の角のブロック塀を曲がると、家の窓が真っ暗でした……胸騒ぎがしました……寝て起きたら元気が出て、会社に顔出しに行ったのかな……責任感強いのが玉に疵《きず》なぐらいの人だから、行っちゃったんだよ、モォー……鍵を回して……ドアを開けて……電気をつけて……パパはいました……寝ていました……口を半開きにして……そうっとてのひらを額に当てると……冷たい……ほっぺたをてのひらで包むと……冷たい……パパ！　パパ！　パパ！　わたしは119番しました……救急車が来るまで……何をしていたか……思い出すことができません……

救急車の音がして、二人の救急隊員が入ってきました。パパの心臓のあたりを両手でぐっぐっぐっぐっと押して、パパの口に口をつけて人工呼吸をして……

お嬢さんですか？

はい

いつ発見しましたか？

さっき　学校から帰ってきて……

どういう状態でした？

この状態でした　具合悪くて会社を休んだんですけど　学校に行って……

最後に元気だったのは？

今朝です

お母さんは？

父と二人です

他に連絡がとれる家族は？

いません

高校生？

はい

救急隊員は困ったように顔を見合わせました。

わたしは生まれてはじめて救急車に乗りました。

父は緊急外来の処置室に運ばれました。

わたしは廊下の長椅子で待っていました。

しばらくして、中に入るように言われました。

平成二年八月九日午後七時三十八分　ご臨終です　30分間　心肺蘇生を試みましたが反応はありません　瞳孔も開き　死後硬直も始まっています　死後6時間が過ぎていると推定されますので　蘇生はもう難しいです　たいへん残念ですが　ご臨終の判断をせざるを得ません　お体をきれいにして　また逢っていただきますから　少し外でお待ちください
わたしは再び廊下の長椅子に座りました。

どうぞ　中へお入りください
ベッドの上のパパは頭の先から爪先まで白いシーツで覆われていました……ずいぶん長い間……1時間……2時間……パパと二人きりでした……何度かシーツが動いたように見えて、そのたびに顔のシーツをめくってみましたが、パパは死んだままでした……パパ……優しいパパ……わたしと晩ごはんを食べるために、いつもまっすぐ帰ってきてくれたパパ……大好きなパパ……わたしの誕生日には、いつも二段のいちごショートを買ってきてくれたパパ……

二人だけなんだから1ピースずつでいいよ
1ピースだと蠟燭が立てられないじゃないか
いいよぉ　蠟燭なんか
よかないよ　パパは蠟燭をフーする時のゆみの顔がいちばん好きなんだな　生きてて良かったと思うんだな
パパはほんと大袈裟なんだから
大袈裟なもんか　ゆみがフーッと蠟燭を吹き消すたびにパパの心には幸せが灯るんだよ
映画の台詞《せりふ》みたいなこと言っちゃって　さすが元映画少年
元だと？　映画の方も少年の方も現役ですよ　子育てが一段落したら　むかしみたいに映画館に通い詰めますよ
パパ　わたしもう16だよ　結婚だってできるんだよ　子育てなんて　もう一段落も二段落もついてるでしょう
子育ては　ゆみが結婚してこの家を出て行くまで段落なしでつづくんだよ　しかしゆみを嫁にやったら淋しいだろうな　原節子を嫁に出して誰もいなくなった家で　りんごの皮を剝く笠智衆《りゆうちしゆう》　あぁ身につまされるなぁ
いまから身につまされてどうするんですか？　わたしまだ16だよ
まだ16　もう16　どっちなんだよ？

宣誓《せんせい》！　結婚しても　ときどきエスケープして　パパと映画を観ることを誓います！　よせよせ！　ゆみの旦那《だんな》に恨まれる！

検死の後、これがないと火葬の許可が下りないから失《な》くさないようにしてください、と看護婦に一枚の紙を手渡されました。

〈生年月日〉　昭和27年6月21日
〈死亡したとき〉　平成2年8月9日午後7時38分
〈死亡したところの種別〉　病院
〈（ア）　直接死因〉　急性心筋梗塞
〈（イ）（ア）の原因〉　高血圧
〈手術〉　無
〈解剖〉　無
〈死因の種類〉　病死及び自然死

ダークブルーの背広に喪章を付けた男が霊安室に入ってきて、このたびはご愁傷《しゅうしょう》さまでした、と頭を下げました。パパは葬儀社の男の手でストレッチャーに移され、外に運び出され、ストレッチャーごと車の後ろに乗せられました。それでは参ります、男はわたしに一礼して運転席に座りました。

パパとわたしは焼場に到着しました。お通夜も告別式もやらないということでしたら、火葬料とお棺代の三十万円で済みますよ、と説明されました。パパは柩《ひつぎ》の中で、わたしは遺族控室で、その時が来るのを待ちました。目が異常に冴《さ》えていて、目玉が異常に乾いてヒリヒリしていました。目を閉じると、瞼の闇に吸い込まれそうで、瞬きするのも怖かったです。

その時がやって来ました。わたしは炉《ろ》の前に立ちました。脚がつっかえ棒みたいに突っ張って、全身が心臓になったみたいにズキンズキンしました。係の男が帽子をとって一礼し、お別れです、と言ってボタンを押しました。パパの棺がローラーの上をすべり、炉の中に吸い込まれました。鉄の扉がガシャンと閉まり、炉の中でゴォーッと音がしました。

わたしはただ立っていました。目に入っても見ることができず、耳に入っても聴くことができませんでした。

炉の扉が開いてパパの骨が目の前に曝《さら》されても、パパの骨が灰搔きで集められても、何の感情も湧きませんでした。係の男は、涙一つ見せず、取り乱しもしないで黙々と骨を拾っては骨壺に納めるわたしを、何て冷たい娘なんだろうというような眼差しで眺めていました。

パパの骨を抱いて家に帰ると、玄関に学生カバンとスポーツバッグとスーパーのレジ袋が投げ出してありました。パパの布団が敷きっぱなしで、枕がパパの頭の形にへこんでいました。カレーがお鍋の中で腐っていました。大鍋いっぱいのカレーを棄てる時、わたしははじめて泣きました。

小学2年の時に別れた母親と妹には知らせませんでした。連絡先を知らなかったということもあるけれど、知っていたとしても知らせなかったと思います。浮気をして、わたしたちを棄てた裏切者ですから。わたしは、家を売ってローンを払い、パパの生命保険と死亡退職金で、大学まで出ることができました。

地獄道、餓鬼道、畜生道、修羅道、人間道、天道を行脚《あんぎゃ》されているお地蔵さまは、あの人たちが、どこで、何をしているのかご存じなのでしょうね……三つ下の妹は今年で35になります……もう30年も逢っていないから、同じ幼稚園に子どもを通わせていたとしても、お互い見分けられないと思います……あの人たちは何にも知りません……パパが死んだことも……わたしが結婚したことも……ゆたかが生まれたことも……もしも、わたしが死んだとしても……

＊

大久保二丁目交差点で信号が赤に変わり、女は自転車を降りて腕時計を見た。12時半。

まだ早い。

自転車にまたがって横断歩道を渡る……33……34……35……36……37……戸山ハイツが近付いてくるでござるよ……何ゆえこの一帯は柳の木が多いのでござろうか？　柳はこの世とあの世の境界に植えるもの、古《いにしえ》から柳の下には幽霊が出る、柳を焚《た》くと死臭がすると言い伝えられ、屋敷に植えるのは忌《い》み嫌われたものでござる……三十三回忌や五十回忌が済むと、芽吹いた柳の枝を卒塔婆《そとば》にして墓に立て、これが根付くのを成仏《じょうぶつ》の印としたものでござるが、この一帯は墓地だったのでござるかな？……さらに奇妙なことに、33号棟には1年中万国旗がはためいているのでござる……サイフォンコーヒーの店にも、戸山鍼灸整骨院にも、フィガロ理容店にも、和泉屋酒店にも……日の丸……星条旗……ユニオンジャック……トリコロール……太極旗……五星紅旗……いったい何のためでござろうか？……この地で命を落とした異人の魂を弔うためでござろうか？……柳……万国旗……ニンニンニンニン……

ぬぬ！　獅子丸《ししまる》！　赤いチャンチャンコなど着てどうしたでござる？　ぬぬぬ！　太ったでござるな！　さては、大好物のちくわを食べ過ぎたでござるな？　体が重くなっては忍犬として役立たずになるでござるよ！　どこへ行くでござるか？　待つでござる！

やや！　黒猫！　おぬしはケムマキ氏《うじ》の忍猫、影千代でござるな！　影千代も首輪などして嘆かわしい限りでござる。忍猫塾で修行を積んだ誇り高き忍猫だということを忘れたでござるか？　犬猫といえども、抜け忍の罪は重いでござるよ！　甲賀の者は甲賀、伊賀の者は伊賀を死ぬまで抜けることは許されないのでござる。もし抜ければ、厳しい罰が待っているのでござるよ！

それにしても、みんな、どこへ消えたのでござるか？　シンゾォォォ！　ケムマキ氏《うじ》ぃぃぃ！　ケンイチ氏《うじ》ぃぃぃ！　パパ上ぇぇぇ！　ママ上ぇぇぇ！　ユメコ殿ぉぉぉ！　囚われの身となっているのでござるか？　しからば拙者、助けに参るでござる！　カーン！　チャラララッチャラ〜チャッラッラ〜　忍者ハットリカンゾウ！　ただいま参上！　スッチャッチャ〜　やぁまをとぉびぃ　たにをこえぇ　ぼくらのまちへぇ　やってきたぁ　ハットリくんがぁやってきたぁ　どんぐりまなこにへのじぐちぃ　くるくるほぉっぺに　ふくめんすっがったぁ　めぇにもとまらぬはやわざでぇ　なぁげるしゅりけん　ストライクゥ　ござぁるござるよ　ハットリくんはぁ　ゆっかいなみっかったにんじゃでごっざっるぅ　にんじゃでごっざっるぅ　忍法　自転車漕ぎぃぃぃ！　ハーッシャーッ！　かかって参れ！　ニニニニニ、ニニンニンニンニンニンニンニンニン！　なんだっさっか！　こんなっさっか！　そういえば、この一帯は拙者の故郷《ふるさと》、伊賀の隠れ谷に地形が似ているでござる！　ニンニンニンニンニンニン！　よ〜し、忍者村のとんがり山が見えたでござるぞぉ！　エイホウ！　エイホウ！　ヒイハー！　ヒイハー！

陸軍戸山学校趾

女は箱根山の石碑の前で自転車を停め、木と土でできた階段を上っていった。昨日の雨でかなりぬかるんでいる。
戸山ハイツに越して来たのは4月のよく晴れた日だった。桜が満開だったので、とりあえず表札と郵便受けに名札だけ入れて、二人で花見がてら散歩することにした。正午前だったにも拘《かかわ》らず、一軒家が建つくらいの空地をガムテープで繋ぎ合わせた巨大ビニールシートで占拠している大学生や、クーラーボックスやバーベキューセットまで持ち込んでいる家族連れで賑《にぎ》わっていた。
場所取り合戦　熾《し》烈《れつ》だね
夜になったらあちこちで大宴会がくりひろげられるんでしょうなぁ　ここ上ってみようか
立て看板あるよ　箱根山地区の歴史だって　読んでみるね
要約でお願いしますよ
源頼朝の武将　和田左衛門尉《さえもんのじよう》義盛の領地だったんだって　和田左衛門尉義盛って知ってる?
知らんなぁ
知らんよね　えーッとですなぁ　1668年に徳川家の下《しも》屋敷となり　戸山荘と呼ば

れるようになりました　その後一時荒廃したが　第11代将軍家斉の来遊を契機に復旧され　その眺めは将軍に　全て天下の園池はまさにこの荘を以て第一とすべし　と折紙を付けられたほどだったんだって
ほほう　もそっと要約できぬか
承知つかまつった　その後　再び災害に遭い　復旧されることなく明治維新を迎えました　1874年からは陸軍戸山学校用地となり　第二次大戦後は国有地となり　その一部が今日の公園となりました　陸軍用地の頃から　だれからともなくこの築山を箱根山と呼ぶようになり　この山だけが当時を偲《しの》ぶ唯一のものとなっています
なんだか　日本史背負ってますなぁ
でも　都心なのにこれだけ緑があって　広くって　車の通りはないし　子どもにとっては最高の環境だよね
幼稚園も小学校も近くにあるしな
早稲田大学に入れば　お昼ごはん食べに帰ってこられるじゃん
ずいぶん先のことまで考えますなぁ　でも子どもはたくさんほしいですなぁ
男二人　女二人で　どう?
おれは女二人　男一人がいいな
足場悪いね
気を付けて

ニンニン
ハットリくん？
ピンポーン！
おれはドラえもん派だったなぁ　あったまてっかてぇか　さぁえてぴっかぴぃか　そぉれがどぉおしぃった　ぼくドラえもん
ねぇ！　すごいすごぉい！　桜しか見えないでござるよ！　360度桜なんてそうそうないでござるな　毎年ここでお花見するでござるのまっき！

お花見はあの時が最後だったし、子どもはゆたかが最後だった。生活に追われて散歩をすることすら無くなったし、子づくりどころか、抱き合ったりキスしたり手を繋いだりという肉体的接触すら無くなっていった。

標高44・6メートル、山手線内でいちばん高い山だというけれど、東西南北どの方角を向いても山手線は見えないし、電車の音も聞こえてこない。風がある時は、揺れる枝の間から人びとの生活が垣間見えるけれど、風がない時は、木の梢《こずえ》と葉と空だけしか見えない。

ここに立つと、いつも背筋が寒くなる。何かの気配、追い詰められた精神の気配のようなものに取り囲まれる気がする。女は骨組みだけの六角形の櫓《やぐら》を見上げた。ここで、いま、首を吊ったとしても、きっと、何時間も発見されないに違いない。この公園は、花見の季節以外は住民しか歩いていないし、こんなところでのんびりと休憩や夢想をできる住民はこの都営住宅には少ないだろうから——。

櫓の六本の柱は、ツバサ&ユカタンペア、ニュリリン&パー子ペアなどの相合傘《あいあい》や、**タバコの無駄……大切な子　彩　薫……一級絶対取る……禁煙……ゆうたよし……守ってください**……などの言葉がマジックやスプレーで落書きされ、その上から刃物で切り付けられたりライターで焼かれたりしているので相当傷《いた》んでいる。頭に番号が振ってある落書きがあることに気付いた女は、反時計回りに柱の文字を読んで歩いた。

③死ぬものは死なないものであり
死なないものは死ぬものである

②大事なことをさがしに　今野浩さま

①8／11　戸山ハイツにきた
イロイロな物を胸に詰めて

⑥ぼくはこれを望んでいたことがいちばん

⑤箱根山　だまって聞いていた
木から落ちたこと
ポケットいっぱいの虫　そして約束もした

⑤……⑥……①……②……③……④がない……これかな？……筆跡が似てる……**「箱根八里は馬でも越すが二本足りないひとの足」**……こっちかな？……**「何者かに感心する　永遠　すこやかな行動」**……文字に顔を近付けた瞬間、背後から何者かに手を伸ばされそうになって、女はぬかるんだ階段を逃げ降りた。

鳥居の前では今日もママチャリがせめぎ合っていた。女はバースデーケーキを前籠に入れたまま小走りで鳥居をくぐって園庭へと向かった。

「こんにちはぁ、どうもぉ」

「先生によるでしょ？」

「けっこう多いよねぇ」

「今日、検診だから、お手紙が」

「いっしょに行こって」

「そうだよぉ、気を落とさないでね」

「洗ったらさ、ジャボジャボって」

「どうすんのって言って、これどうすればいいのって」

「ちょうどさっきも幼稚園だったから、車に乗せてあったのね」

「10月生まれ?」

「遊びじゃないの?とかって、えー?　ぜんっぜんわっかんない」

「こんにちはぁ」

「あれ?　ここにいるのかと思ってぇ」

「1回さ、じぃじの車で来ちゃったのね、そしたら、急いで行かなきゃいけないって、あのぉ、お兄さんのとこに寄らなきゃいけないって言われて、だから車が必要だから、いったん帰っちゃったぁ。で、結局、じぃじの車がさ、門のとこに停めてあるのよ」

「うんうん」

「だから、うちの車を出す時に、じぃじの車を出さなきゃいけなかったから、じゃあちょっと借りてくねって10時くらいまでだと思ったの」

「うんうん」

「そしたらその後、先生に訊いたら、あるって言うから」

「もう午前中に行くって約束しちゃったからぁ」

「今日、じゃあ、パパもいっしょに観てたんだぁ?」

「そうそう」

「うん、今日は治ってた。だけど、やっぱりちょっと今度なったら、リアルタイムでぇ。

だから、逆に家に帰ってから横になって休んでた。肩凝《こ》ってるからさぁ。吐き気もしてたからさぁ」

「えぇ？　うそぉ？　いるいるいるいる、ありがとありがと」

「アハハハハハハッハ」

「キャハハ」

「わかるわかる」

「わたしばっか、ルンルンルンルンしちゃってさぁ」

「あったねぇ、なんの、なんの時だっけ、あれ、おみこし？」

「あぁ、おみこし。ありゃ暑かったねぇ」

「ママ同士の雑談と化してたよねぇ」

「ザツだったよねぇ」

「あぁれは暑かったッ！」

「実際あの後さ、記念写真とかも撮るとかいって、巫女《みこ》さんも踊ってたじゃない？」

「子どもは寒かったと思う」

「親はね、コート着て、ね」

「あれ、かなり寒かったと思う」

「すごい小さい、小さく密の、密度の高い固まりだね、今日！　おっほほほほ！　場所もなんかいつもと違う」

「ねッ」

「いいですいいです、みたいな？」

「あー、そっかそっか、え？　スライドってなんだった？」

「むかし話みたいな、むかしっぽい絵が２種類あってぇ」

「はーいはいはいはいはい」

「切り絵でつくったような、むかしっぽいヤツね？」

「と思う、と思う」

「鍼《はり》やってもらった方がいっかぁ、肩凝り、あのぉマッサージ、うちの旦那が腰がさ、元々アレだから、持病だから、やってもらう時に、じゃあ30分くらい来てもらって」

「だから１枚全部でも１個に入っちゃうって言ってたよぉ」

「たいへんだよ」

「だから、そう切ってよって言ったんだけど」

「ノリノリでぇ、踊った方がぁ、反対側に体重がぁ、逆に回転してぇ」

「そうするとぉ、けっこう踊るスペースがいるねぇ」

「そっか、足が当たったりするから？」

「出られないって言った方がいいのかな？　ふふふふふ、出たくないって言うか」

「ゆいだったら行かないとこなんだけど」

「そっかそっかぁ、でも、ゆいちゃん、がんばり屋さんだから、行くんじゃない？」

「わっかんないよぉ！」

「まぁね、反抗期って言うんですか？」

「うふふふふ」

「うふふふふふふふふふ」

きょうもたのしくすぎました
なかよしこよしで　かえりましょう
せんせいさよなら　またまたあした
ぐっどばい

「お願いしまぁす！　今日は朝から元気に体を動かしましたぁ！　鈴を鳴らしながら歩いて、はい、ネコ！って言ったらネコに変身したり、はい、ゾウ！って言ったらゾウに変身したり、音に合わせて体を動かしたんですけど、みんなすっごくじょうずでしたぁ！　いちご組さんも、そろそろ駆けっこをしたり、平均台にも挑戦したいと思いまぁす！　今日は、以上ですね。それでは、お名前呼びまぁす！　あいらちゃん……ゆうたくん……こうきくん……たいせいくん……」

ゆたか……いちごちゃんルームにいない……今日のお弁当は、青のりごはんの宇宙に飛び立つハンバーグのスペースシャトル……ハムの翼、カリフラワーの噴射炎、なるととチーズの星、うずらにカニかまを巻きつけた土星で、蓋を開《あ》けたら宇宙旅行って感じでつくってみたんだけど……何が気に入らなかったんだろう……

「ちょっとよろしいですか？」

振り向くと、白狩衣《しろかりぎぬ》に紫紺《しこん》の袴《はかま》を身に着けた神主《かんぬし》が立っていた。入園式以来はじめて顔を合わせる藤林主事だ。彼はどんぐり幼稚園の主事と外山《とやま》神社の禰《ね》宜《ぎ》を兼任している。

「園長を含め、わたくしどもで、お手紙と資料を読ませていただきました」

「はい」

女は神主の装束《しょうぞく》に気圧《けお》されて黙り込んだ。知らせてくれたら勝負服で来たのに、でござる……くぅさぁりかたびら　わらじばきぃ　せなかにせおった　にんじゃとお……矢《や》文《ぶみ》もなく騙《だま》し討《う》ちにするなんて、卑怯でござる！

さようなら！

さようなら！

さようなら！

さようなら！

さようなら！

「みうちゃん……よしきくん……りんやくんはまだだよぉ、お母さんちょっと遅れるってお電話あったから、座って待っててぇ！　ひろとくん！」

「ッあ、ほんとぉ？」

「じゃあ、バス乗って帰る、なんかおなか空《す》いて歩けないみたいだから」

「あ、そうだねぇ」

「なんで、そんなことで泣くのぉ？」

「あッ！　ひろくんがあぁんなとこで座ってる！」

「ひーろと！　ダーメッ！　いーけないッ！　降りて！　降りて降りて降りて！」

さようなら！

さようなら！

さようなら！

「園医に相談したところ、極端な意見だと言うんですね。お弁当は早い子は15分で食べ終わります。1日たった15分の正座で、膝関節がどうこうなったというケースは見たことも聞いたこともないと」

「うちの子は30分以上かかってますよ」

「30分の正座が、どうしても我慢ならないと言うことでしたら、お弁当の量を調整されたらいかがでしょうか？　また、仮に30分かかるとしてもですね、我々大人と違って、子どもは始終動いているものです。お子さんをお持ちだからおわかりかと思いますが、ぜったいに動いちゃいけないと言ったって、聞きやしません。モジモジモゾモゾして自然に血行を促していますし、幼児は成人より関節が柔らかく順応性が高いので、毎日何時間も正座というような虐待を受けていない限り心配ないでしょう、というお話をいただきました」

「正座ができない小さな子は、よく両脚を左右に出しておしりをペチャッとつけるトンビ座りをしますよね？　割り膝って言うんですか？　整形外科の専門医によると、あれがO脚を強く促すと言いますが？」

「ですから、正しい姿勢で正座をすれば問題ないわけですよ」

見ているでござる、ママ上たちが、拙者のことを！　いったいコヤツはどのような了《りよう》見《けん》で、ママ上たちの目の前で拙者を辱《はずかし》めるのでござろうか？　拙者が伊賀の隠れ谷から忍者鳩に託した密書《みつしよ》は、水に浸けると文字が浮かび上がる仕掛けでござる！　密談するのがスジではござらぬか！　さては、見せしめでござるな？　ひとぉっ！　忍者とは忍びの者なりぃ！　すなわち、いかなる苦しいことにも忍ぶことこそ、忍者の心得なりい！

「『正座は拷問』というエッセイ、読んでいただけましたか？」

「ええ」

「失礼ですが、園医というのは小児科のお医者さまですよね？」

「小児科医ですが、お手紙を拝読して、専門医の意見も伺わなければと思い、この方面の研究実績ではトップクラスの大学の付属病院の院長にお話を伺いました。もちろん、ご専門は整形外科です。

かいつまんでご説明いたしますが、日本人の93パーセントはO脚だそうです。アメリカ人は70パーセントだから、確かに多い。原因については、正座のせいだとか、米を主食にしているせいだとか言われていますが、いずれも俗説で推測の域を出ないということです。では米を主食にしている他のアジア諸国はどうなのかというと、データがない。

そもそもですね、医学的に、正座イコール悪だというエヴィデンスはないんだそうです。幼児期に正座をしたグループ、しなかったグループを分けるとします。で、さらに時間で分けて、何年間かにわたって経過を観察し、障害が出たかどうかを調べるとします。仮に、O脚の発生率や程度がわかったとしても、それが正座だけに起因するのかどうかは、実証するのが難しいということです。

ただ、一つだけはっきり言えることは、日本人は子どもが早く歩き出すのを喜ぶ傾向が強い。立ったり歩いたりするのが遅いとIQが低くなるという迷信すらある。骨が固まらないうちに、歩行器で歩かせると、重心を取ろうとして膝関節に無理な力がかかる。結果として膝の成長が止まってO脚になりやすい。同じ傾向はアラブ諸国や中南米にもありますが、アメリカにはないんですね。10ヵ月で歩行を始めた場合と、12ヵ月を過ぎてから歩行を始めた場合の研究結果は、数値データで実証されているそうです」

むむむ！　戦況不利でござる！　理論武装しているでござる！　しゃべり慣れているでござる！　えぇい！　わかったでござる！　しからば、拙者も手加減はしないでござる！　いざ、参られぇい！　ニニニニニンニンニンニン！

「いままで、正座教育に疑問を持った保護者はいないいんですか？」

「正座にクレームされたのは、創立以来はじめてです。もちろん、ほとんどのお宅がテーブルと椅子の生活ですし、小学校でも正座する機会は皆無《かいむ》に等しいでしょう。正座をしないまま大人になって、正座をするたびに、どんぐり幼稚園を懐かしく思い出します、と言ってくれる卒園生は多いですがね」

「あなた方は、2年間正座教育をして、満足して終わりでしょうが、こちらは一生の問題なんですよ。子どもがO脚になったら、どう責任を取ってくれるんですか？　O脚というのは外見上の問題だけじゃないんです、中年以降に変形性膝関節症になりやすいんですよ。冷たい板の間に正座させて、食べ終わるまで脚を崩しちゃいけないなんて、時代錯誤も甚《はなは》だしい！　戦時中の学童疎開みたいじゃないですか！」

　ハーッ！　クルックルッ、パッ！　タタタタタタタ！　ニニニニニニニ、ニニンニーンニーン、ニンニンニンニン！

「かなほちゃん、いいよ！　えーっと、ひろむくん、ことはちゃん、しょうたくん……ゆりちゃぁん、立ってたら、いつまでもお名前よばれませんよぉ……みくるちゃん！」

「おっかえりぃ！　みくさぁ、御守りどうしたぁ？」

「カバン」

「カバンなか入れたぁ？」

　さようなら！

　さようなら！

さようなら！

「あなたは、葬儀や法事の席で脚を伸ばしますか？」

「……痺《しび》れたら、崩します……えっでも、前に伸ばしたりはしません、ちょっとのあいだ横に流すだけです。痺れるというのは血行障害のサインですからね」

ウッ、不覚！　さぁ、どうする！　こうなったら、敵の懐《ふところ》に飛び込むしか勝つ道はないでござる！　タタタタタタタタタタタターッ　シュシュシュシュッ！　いざ！　いざ！　いざでござる！

「誤解されているようですが、痺れというのはですね、血流の問題で、関節の問題ではないんですよ。あなたがおっしゃる血行障害、痺れは訓練によっていくらでも緩和《かんわ》することができるんです。正座をすると、ジンジンしますよね？　それからビリビリして感覚がなくなって来る。そうなると、もう、痺れが取れるまで立つことはできませんよね？　わたくしも慣れるまではそうでした。でも、毎日正しい座り方をつづけていれば、5分が10分に、10分が30分になるわけです。いまは何時間正座をしても、全く苦ではありません、立て膝や胡座《あぐら》より楽なくらいですよ」

くぅ～敵ながらお見事！　おぉ～実力伯仲《はくちゅう》！　このままでは相討《あいう》ちでござる！　しからば、ここは、水中座禅を組んで、じっと耐え忍ぶしかないでござるな、ニ～ン、ブクブククブク……ニ～ン、ブクブクブク……

「我々のみならず、たとえば茶道家や料亭の仲居さんのような、言ってみれば正座のプロフェッショナルは、正座に慣れることによって、側副路《そくふくろ》という脚の血管を発達させているんだそうです。正座は、慣れない者にとってはつらいことかもしれませんが、そのつらさをいったん通り越せば、割と楽に座れるものなんですよ。もちろん、例外はあります。先ほどの整形外科医のお話によると、肥満傾向の中年女性にしばしば見られるそうですが、元々のO脚に体重の負荷が加わり、膝関節に痛みが出ている場合は、正座は止《よ》した方がいいそうです。もちろん、子どもでも膝が痛い時はいけません」

「お誕生日や七五三の時に御本殿《ほんでん》に上がりますよね？　正座は御祈禱《きとう》中に限る、という風にはしていただけないんでしょうか？　年に数回だったら、悪い影響は出ないと思うんですよ」

それッ！　車手裏剣！

「日常的にやらないと、改まらなければならない時に、改まることができなくなってしまいます」

ガッ！　ブルーン！　伏せろッ！

忍法鉄甲爪！　ハーッ！

「日常的にやるからダメなんですよ！　手紙にも書きましたが、平均5歳くらいで脚の形が決定してしまうんですよ。小学校に上がって、剣道や柔道や華道などのお稽古事で正座をする分には、問題ないと思うんです。それにですね、改まるというのは心の問題ですよね？　正座をしないと改まることができないなんて、ちょっとおかしいんじゃないでしょうか！」

　食らえ！　マキビシ！　忍法、足止め打ち！

「それは、間違っています。やはり、形は大切です。形が崩れれば、心も崩れます。正座をすると、呼吸が深くなり、脳が活性化され、根気強くなります」

　ニンと！

「じゃあ、正座しない日本以外の国の人は、根気強くないということですか？」

「……それは……根気強い人もおられるでしょうし、根気強くない人もおられるでしょう」

　おのれぇぇぇ！　敵の本丸《ほんまる》は目前だというのにぃ！　いま、ここで退陣すれば、生きて帰れるでござるが、敵に背を見せた忍者として一生後ろ指さされるでござる！　ここは一つ戦法を変えて、まずは外堀を埋めるでござる！　忍法大坂冬の陣！

「皇族のみなさまはどうなんでしょうか？」

「は？」

「神道と言えば皇族と深い繋がりがありますよね。なにしろ皇族は天照大神《あまてらすおおみかみ》の御子孫で在《あ》らせられます。昭和天皇も、今上《きんじょう》天皇も、皇太子殿下も、目白の学習院でございましたよね？」

「ええ……」

「学習院では正座教育を行っているんでしょうか？」

「いえ……おそらく……ないと思います……しかしですね、学習院でも中等科になると、沼津の御用邸記念公園近くの海で遊泳訓練があって、みな、赤フンで古堀流という遊泳術を訓練されるんですね。もちろん殿下も特別扱いはされません。合宿所は畳部屋なので、食事などは正座だったはずです」

「さすが、お詳しくていらっしゃる。中等科というと、12歳から15歳ですね」

「……殿下は小学校に上がられてからは、剣道をなさっていました」

「小学校に上がられてから、ですね。では、お食事はどうなんでしょう。畳で、正座で、ですか？」

「……いえ……あの……明治天皇からですね、やはり西洋に倣《なら》った近代文化をという方針を受けてですね、日本の皇室は明治期には英国王室をモデルにしていましたから、ですね……陸軍はドイツ、海軍や皇室は英国だったわけですよ……」

手応えあり！　そこだッ！　シュシュシュシュ、グサッ！　なぁげるしゅりけん　ストライクゥ！

「赤坂の迎賓館《げいひんかん》がベルサイユ宮殿を模してつくられたように、東宮御所《とうぐうごしょ》も西洋間《ま》だけですよね。朝、御起床されればまず靴をお履きになり、夜、御就寝される時に靴をお脱ぎになられる。当然、3度のお食事も椅子とテーブルということになりますよね？　東宮御所でのお食事は、朝は必ずトーストだと伝え聞いております。愛子さまも当然、そのような生活をなさっているわけですよね？　天皇家は、日本で最も早く西洋式の生活を取り入れた家族と言ってもよろしいのではないでしょうか？」

「ですが……ですね……宮中祭祀《きゆうちゆうさいし》は年に十数回ございますし……20歳を越えた成人男子は衣冠束帯《いかんそくたい》、成人女子は十二単《じゆうにひとえ》で正座をいたします」

バッ！　忍法、拝み取り！　エヤーッ！　伊賀忍剣！　光車！　クルクルクルクルクルクルクル！

「それは、つまり幼少期から正座に慣らすというようなことをしなくても、宮中祭祀で正座できるということですよね？」

「皇室のみなさま方と一般家庭を比べること自体……」

ぬぁにをぉ！　こしゃくなぁ！　拙者の手裏剣を受けてみろでござる！　ビヤッ！

シュシュシュシュッ！　シュシュシュシュッ！

「比べてなんかいません。でも、神社系の幼稚園なんですから、天皇御一家を範《はん》とされた方がよろしいのではないかと」

「……わたくしが目で見て実感したこととしてですね、どんぐり幼稚園の先生方は、『はい、お母さん座りして』と園児たちに正座を指示します。最近の子どもは、御家庭での教育に問題があると思うんですが、起立させている時や、椅子に座らせている時は、いくら『はい、静かに。お口にチャックだよ』と言っても、おしゃべりをやめません。年々その傾向はひどくなっているようです。でも、お母さん座り、正座をさせるとですね、それまでどんなに騒がしくても、嘘のように静かになるんです」

「それは痛いから、ですよね？」

「違います。つまり形が身に着くと、形に入ることによって心が落ち着き、心身ともに正すことができるのです。そして、相手に対しても礼を尽くすことになる」

さてと、そろそろ最後の仕上げ！　では、参るでござる！　忍法投げ返し！　バシッ！　バシッ！　バシッ！

「でも、上履きをはいてますよね？　正座するとき靴を履いてるなんて、無作法じゃないでしょうか？　おしりに上履きの踵、ゴムのところが食い込みますよね？　痛いですよね？　さっきまでおしりを置いてた椅子の上にお弁当を載せて食べますよね？　汚いですよね？　あれが、神道における正しい形なんですか？」

「う〜ん……それは、そうですね……わたくしも、その点に関しては、おっしゃる通りだと……ですね……検討させていただきます……うん……そうですね……」

どうやら、命中したでござる！　それッ！　とどめの一撃！　イヤーッ！　スパッ！　バシュ！　ニニニ、ニーン！　ニーン！　いまでござる！　それッ！　皆の者！　内堀も埋めるでござる！　えいえい！　おぉぉぉ！　えいえい！　おぉぉぉ！　えいえい！　おぉぉぉ！

「正座を一切やめてくださいとは申しませんし、一保護者であるわたしにそんなことを申し上げる権限などございません。わたしは、正座の回数を減らしていただきたい、正座をさせる場合は、靴を脱いで、おしりの下に小さなクッションや座布団を挟むなどの工夫をしていただき、できるだけ膝の負担を軽減していただきたいとお願いしているだけです」

「正座は、創立当初からつづいている教育ですし、80年間正座教育をつづけて、卒園生からO脚になったと苦情を受けたことは一度もございません。まずご理解していただきたいのは、どんぐり幼稚園は外山神社が経営している私立の幼稚園だということです。正座は宗教教育の一環《いっかん》なんです」

「正座が、どんぐり幼稚園の教育の根幹にあるということですよね？　だったら、なぜ入園説明会で正座のことを黙ってたんですか？　虚偽の事実を口にすることだけが嘘じゃありません。口にすべき事実を口にしないことも立派な嘘なんですよ。わたしは正座教育があるということを知らず、息子をどんぐり幼稚園に入園させてしまいました。息子は、みかん組さん、すいか組さんになることをとっても楽しみにしているんです。退園させたら、きっと挫折感を味わい、深く傷つくと思います。退園はできないという前提に立って、こうやってお願いしているんじゃありませんか！」

　背中にがらんとした気配が感じとれた。振り向くと、ゆたかがいちごちゃんルームのドアにしがみついて、こちらの様子を窺っていた。あさみ先生も、りさ先生もいない。ゆたかを一人置き去りにして――。

「このまま話しても水掛け論ですし、子どもの前なので、また改めて……ゆたか、靴とおカバン持っておいで」

ゆたかはカバンと靴をいっしょに抱えて出てきた。

「では、また、改めまして……」

「さようなら」

「さようなら」

ゆたかは砂だらけの靴を履き、一歩一歩を引き摺りながら近付いてきた。鼻が詰まっているのか口で息をしている。手を繫ぐと、もがき逃れようとしているかのようにピクピクッと指が動いた。

「ゆたか、今日ケーキあるんだよ。ハッピバースデーしようね……ハッピバースデートゥーユー　ハッピバースデートゥーユー……」

指のピクピクが止まった。

「ちがうよ！　たんじょおびぃはぁ　うぅれしいなぁ　おおきくなるから　うぅれしいなぁ　たんじょおびぃはぁ　だぁいすぅきさぁ　おおきくなるから　だぁいすぅきさぁあぁぁ」

「幼稚園のお歌？」

「おたんじょうびかいで、うたうんだよ」

「へぇ……でも、それは子ども専用の歌だよね。大人になったら誕生日が来ても大きくならないし、死んだ人は歳とらないもん」

「しんだひと？」

「今日は、パパの誕生日なんだよ」

「パパ、しんじゃったの？」

「あっ、ううん、ゆたかのパパは生きてるよ。ママのパパが死んじゃったの。ママが高校生の時に……」

「ふぅん……」

抱き上げて自転車に乗せると、ヘルメットをかぶったゆたかは空を見上げた。

「しんだひとは、おそらにいるんでしょ？」

ゆたかの頰は木漏《こも》れ日を受けて輝いている。

「いるのかな？」

「ママのパパもおそらにいるんだよ。でも、どうしてみえないんだろうね？」

女はハンドルを握ったまま空を見上げたが、眩しくてすぐに瞼を閉じた。瞼の闇の中で赤い和金の尾鰭《おひれ》のような太陽が泳いでいる。顔を下に向け、そうっと瞼を開けると、息子の目に顔ごと吸い込まれそうになり、女は再び瞼を閉じた。

＊

たんじょおびぃはぁ　うぅれしいなぁ　おおきくなるから　うぅれしいなぁ……70

1号室から723号室までが連なる長い廊下に出たところで、歌声と歩みはつっかえた……なに？……ごみ袋……うち？……うちだ……女はゆたかに手を引っ張られる恰好で、705号室と704号室の前を通り過ぎ……たんじょうびぃはぁ　だぁいすぅきさぁおおきく……ゆたかの歌声も途切れた……

「ごみおいてある」

「うん。ゆたかはここでストップね。ママ、ちょっと点検してくるから。ストップだよッ！」

　703号室のドアの前には半透明のごみ袋が置いてあった。ごみ袋の中身は、爆発物や死体ではなく、ごみのようだった。

　女はごみ袋に顔を近付け、一つ一つのごみを点検していった。

　北海道3・8牛乳の紙パックは、洗って乾かして**回収ボックス**へ、クリネックス、のびのびサロンシップ温感の空箱は潰して縛って**古紙**、使用済みの湿布、緑のたぬき天そばでか盛の容器、すべての花にひとにぎり！　醗酵油かす中粒の空袋は**不燃**で正解、明治ブルガリアのむヨーグルトはストローさしたままだけど、容器は**可燃**、ストローは**不燃**、ホカロンは袋も中身も**可燃**で正解、何口か吸っただけで押し潰したり、フィルターの手元まで吸い切ったりで、甚だ一貫性のないKOOLの吸殻は**可燃**……誰かが、うちのごみだと勘違いして持ってきたんだろうけど、誰が？　何を根拠に？　女は袋の内側に貼り付いているレシートを読んだ。

セブン-イレブン　新宿高田馬場1の南店　2012年06月20日　04：16
ピザパン　¥125込
梅ちりめんおむすび　¥120込
ヤクルト5本入り　¥183込
直巻おむすびとり五目　¥126込
手巻おにぎりこんぶ　¥115込
ポンみかんいよかん　500ML　¥168込
キリン　アミノサプリ　900ML　¥199込
サントリーウーロン茶ペットボトル　500ML　¥147込
合計　¥1，183
お預かり　¥1，183
お釣り　¥0

午前4時に、ピザパンとおむすび三つ買う人って……で、乳製品好きで、ヘビースモーカーで、ガーデニングやってて、もうすぐ夏だっていうのに大量の温感湿布とホカロン……お年寄り？　学生さん？　男？　女？　でも、37号棟のごみステーションに棄ててあったってことは、37号棟の住人なんだよね？　湿布とホカロンと花の肥料を無視すれば、独身男性のような気もするけど、都営住宅に入居できる独身者はかなり低所得の、50歳以上、身体障害者、原爆被害者、戦争で障害を負った人、生活保護を受けている人、海外からの引揚者じゃないと無理だから……ああ！　ごみ棄てた人の推理なんかしてる場合じゃない！　棄てなきゃ！　こんな食生活してると思われてるなんて、心外だ！　侮辱だ！　名誉棄損だ！

「ちょっと、ゆたか、お部屋の中で待っててくれる？」

「ヤだよ、こわい」

「下にごみ棄ててくるだけだから」

「すぐかえってくる？」

「すぐよ、すぐすぐ」

女は息子を押し込めるように部屋に入れて鍵をかけると、ごみ袋をつかんでエレベーターホールへと走った。

七階から一階に降りるまでの間、幸いなことにエレベーターは止まらなかった。37号棟の外に出ると、左右を見回し、誰もいないのを確認してから、ごみステーションに向かった。どうして、他人のごみを棄てるのに、こんな後ろめたい思いをしなきゃならないんだろう？　これは、冤罪《えんざい》だ！　犯人は分別しないでごみを棄てたヤツだ！　なんの証拠もなしにわたしの犯行だと決めつけて、うちの前にごみを置いた自治会のヤツらも同罪だ！

ごみの出し方について

一、生ごみ、紙くず等は火・金曜日
　八時〇〇分までに出して下さい。
一、空きカン、空きビンの回収は、火曜日
　新宿区リサイクルへ。
一、分別ごみ、燃えないごみは、水曜日
　八時〇〇分までに出して下さい。
※粗大ごみは各自が都清掃局へ
　申告して下さい。
※収集日の前夜には絶対に出さないで下さい。
　皆さんのご協力よろしくお願い致します。
　　　　37号棟自治会　環境部

音を立てないように金網の扉を開け、アライグマやレッサーパンダなら二、三頭は飼えそうなごみステーションに入っていった。ごみ袋から手を離し、金網越しに公園の方を見ると、いた！　人がいた！　さっきまで誰もいなかったのに、一、二、三人の女がのら猫に餌をやっている。たぶん、見られた。このままこそこそ逃げ帰ったら、自治会にチクられるかもしれない。わたしはなにも悪くない。後ろめたくなんかないし、人目なんか気にしてないってとこを見せてやらないといけない。ゆたかは、だいじょうぶ？ベランダの鍵も、玄関の鍵も閉めた。まだ一人で鍵を開けることはできない。泣くだろうけど、10分くらいだったら、だいじょうぶ。オーケー、だいじょうぶだ。

女はベンチに座り、赤、黄、緑の鉄棒の脇で餌を貪《むさぼ》っている猫たちの丸い背中を眺めながら右手で左のてのひらを揉みほぐした。

「いくらだっけ？」

「男の子？　女の子？」

「女の子」

「女の子は九千円」

「いや、だから、払うの九千円？　違うでしょ？」

「あ、五千円五千円」

「五千も要《い》らないんじゃない？」

「いや、だから、メスが九千円補助されんでしょ？」

「補助」

「だから、本来は一万、いや、二万円か」

「五千円だよ、五千円」

「五千円にしてくれるの?」

「元は、一万二千円くらいなんだけどね」

「いや、だから、補助の残りをいくら払えばいいのかなって」

「三千円くらい?」

「そう、三千円くらい」

「いや、だから、何人かで、だからカンパしてさ、ほら、んで、向こうにほら、あの、何てったっけ? タダにしてくれるとこ、あったじゃない?」

「あそこは、色んなもん注射されるから、やめた方がいいよ」

「いや、だってぜんぜんないよ、それ」

「なかった?」

「うちのグレはしたんだけど、うん」

「タダのとこで?」

「そう、タダのとこで」

「いや、だから、それはね、だから、あの人かな?って思うのよ、だから」

「ん?」

「あぁ、あの、36号棟に住んでる人だ」

「37」

「あぁあぁ、37号棟、それは、あの人に通した方がいいことはいいけど」

「ねぇ」

「でも、あの人は、常に選挙と引き換えだから」

「グレイって言うの？　お宅の猫、名前」

「グレ」

「グレ？」

「ノラよ、ノラノラ。あ、うちのは違うわよ。したのはノラちゃん」

「あらら」

「だから、そこはタダでやってくれたのよ」

「名前なんて言うの？　猫の名前」

「どっち？」

「え？」

「ノラじゃない方？」

「お宅の子」

「うちの子？　チャチャ、チャチャ」

「え？」

「チャ、チャ、チャチャ」

「チャチャチャ？」

「チャチャ丸だから、チャチャ」

「あぁ、聞いたことなかったから。チャチャかぁ、チャチャ」

　女は三人の女を眺めてみた。どの女も自分よりひと回りは上だ。もう、夫は定年間近、子どもは成人して家を出ているだろうし、更年期は、始まってるのかな？　終わってるのかな？……こういうおしゃべりに飛び入り参加できなければ、わたしは永遠に幼稚園の母親たちのおしゃべりに参加することはできないんだろうな……女は無意識のうちに、左手親指のささくれを立てたり寝かせたりし、立てたままぐっと突き立ててささくれから指を離し、薬指に食い込んでいる指輪を回してみた……**ご主人さま、何用でもお申しつけくださいませ、わたくしはあなたさまの忠実なしもべでございます**……いくら回しても指輪の精は出て来ない……裏に彫ってある呪文《じゅもん》が災いしているのかもしれない……

Be With You M to Y……

「ほんとに、つかまえられんの？」

「つかまえようと思ったら、つかまえられる」

「あの紙持ってかないとダメなんでしょ？　やっぱり」

「あぁ、あそこの、あれか」

「四谷第五の隣でしょ？　この前行ったあそこだよね、暮れのね、保健所のあそこ。もしつかまえたら、すぎはら先生でもいいわよね、みんなでカンパして」

「そうそうそうそう、えええええ、もちろんもちろんもちろんもちろん」

「うんうん、安いから安いから」

　やや長毛の白が多い三毛が一匹、短毛のタキシード模様が一匹、瓜《うり》二つのサバトラが二匹、餌が入った植木鉢の受け皿から口を離し、顔を洗う仕種《しぐさ》を始めたのは、ひと際大きな真っ白な猫だった。

「あら、レオちゃん、もういいの？　行っちゃうわよぉ」

「食べた食べた、食べたよねぇ」

「レオちゃん、あんたってほんとにハンサムくんだね。ほら、見て、このオッドアイ、右目はサファイヤブルーって言うの？　左目は琥珀《こはく》色って言うのかなぁ？」

「光の加減だけど、うぐいす色の方が近くない？」

　レース編みの黒いショールを肩にかけた肥《ふと》った女が、レオちゃんと呼びかけると、白猫は、ニャアと返事をして背伸びをし、ソシアルダンサーのような水色のフレアースカートの裾《すそ》に頭の天辺を擦り付けた。

　女はベンチから立ち上がり、餌やりおばさんたちの輪に近付けいていった。二匹のサバトラは女には目もくれず一心不乱に足先や股間を舐めている。いちばん小柄なタキシード猫は未練がましくパパッとライスかサトウのごはんとおぼしき紙トレイをザラッザラッと舐め、あまりに舐めまくるので舌にトレイがくっついて持ち上がってしまった。

「あら、ミーコちゃん、おっちょこちょい！」

「ふふふふ」

「ふふふふふふ、かっわいッ！」

三人の笑い声に紛れて、女の口から声が抜け出した。

「みんな丸々としてますね」

「太ってるでしょ？　栄養がいいからね。飼い主、じゃなかった餌やりさんに似てんのよ、ね」

「えへへっへっ」

「これ、みんなきょうだいなの。食べっぷりが違うから、大きさに差が出ちゃったんだけど、4匹ともきょうだい。暮れに段ボールに入れられて棄てられてて、うちにはもう9匹いるから、保護するわけにはいかないでしょ？　地域猫として面倒みようってことになって、手術したんですよ、みんなでカンパして」

見知らぬ女に活動内容を明かすソシアルダンサーの口を、痩せぎすの眼鏡女が目配せで封じた。

「ひなちゃんとこ行く？」

「うん、行く行く」

「行こう行こう」

三人の女は猫と器《うつわ》を置き去りにして、スズカケ広場の方に歩いて行ってしまった。一応餌やり禁止ってことになってるから、チクられるのを警戒したのか？　それとも、やっぱり、さっきのごみ棄てを目撃して――、女は37号棟に向かって足を動かした。パンクした自転車みたいに、小さな石や些細《ささい》な段差で全身が振動した。

エレベーターが14階から降りてくるまでの間、女は掲示板にぶら下がっている37号棟の自治会役員の名札を見上げていた。

会長	**萩木悦子**	**810**
副会長	**祖田征一郎**	**1107**
副会長	**吾郷京子**	**1313**
事務局長	**瀬川薫平**	**1005**
環境部長	**石岡卓也**	**1211**
防犯部長	**湖中彦市**	**318**
文化部長	**本間みどり**	**901**
集会室管理	**笹　和子**	**502**

ごみを持ってきたのは、たぶん女だ。文化部長の**みどり**と集会室管理の**和子**《かずこ》は管轄《かんかつ》が違うから、会長の**悦子**《えつこ》か副会長の**京子**《きょうこ》だとみるのが妥当だろう。だとしたら、このままじゃ済まないかもしれない。エレベーターがガクンと揺れて上昇し始めると、胸の重みが重みを増して息をするのも苦しくなった。

「ただいまぁ」

返事がない。なんかあった？　リビングのドアを開けると、赤、青、黄、白、緑、黒のレゴが床一面に散らばっていて、ゆたかは顔も上げずにブロックとブロックをくっつけていた。

女は洗面所に行き、ごみ袋とごみステーションの取っ手を触ったバイキンだらけの手にキレイキレイをたっぷりつけて洗い流した……頭が痛い……濡れた十本の指で強く圧《お》すと、頭蓋骨の継ぎ目がはっきりと感じとれる……一枚一枚剝がして両手で脳を取り出し、窓から投げ棄ててしまいたい……もう、なにも、考えたくない……疲れた……ほんとうに疲れた……頭も痛いし、目も痛い……左目の下がヒクヒクひきつって……緊張した時の癖だ……ものごころついた時からの癖……子どもの時は、何かをする前にしか緊張しなかったのに……何かをした後も……何もしなくても……わたしはどうして家の中で緊張してるんだろう……緊張が頭に立て籠《こも》っている感じ……泣くか叫ぶかでもしたら緊張が緩められるのかもしれないけど……額が破裂しそう……親指で目頭《めがしら》の上あたりを何度も圧して目を開けると、鏡の中に息子の頭部が映っていた。

「これ、おちたら、ぜったいしぬよ。だれもかれもがしぬんだよ」

ゆたかは右手を頭上にかかげてレゴを鏡に映した。

「飛行機？　どうやって飛ぶの？　翼がないのに」

「じゃじゃじゃあ、ちょちょっとみやすいところに、ちょちょちょっと、こっちに」

ゆたかは興味を示してもらえたことがうれしくて、母親のブラウスをつかんでリビングに引っ張っていき、テーブルの滑走路《かっそうろ》にレゴの飛行機を着陸させた。

「あのねぇ、とぶまえはねぇ、ここをこうやってうごかすの。いきおいがつくまで、てでうごかすの、ブルンブルンって」

「手動なんだ、すごいね……でも、そろそろお昼寝の時間かな」

「ブルンブルン！　ピューンピューン！　じえいたいのひこうきをかいりょうしたひこうきだから、とおくまでいけるの、ピューンピューンピューン！」

「ゆたか、もう、おぉしまいッ」

「うぅうぅんと！　とおくまでいけるんだよ！　ピューンピューンって！」

「おしまいだよぉ」

「ピューンピューンピューン、ピュウウウウウウウウ」

「ゆたか！」

取り上げると、翼のない飛行機は二人の間に崩れて散らばった。

「あぁあ！　せっかくつくったのに！」

「また、つくればいいでしょ」

ゆたかの顔が揺らいで、口から泣き声があふれ出した。

「もとどおりにして！　ねぇ！　もとどおりにしてよ！」

「なんで、そんなことで泣くの！　泣きやみなさい！　そして、眠りなさい！」

「そしてってていわないで！」

「そしてのどこがいけないの？　そして眠りなさい！　そして眠りなさい！　そして眠りなさい！」

不意に女の口から金切り声がほとばしった。

アァァァァ、アァァァァァァ、アァァァァァァァァァァァァ……

ゆたかは恐怖で両目を見開き、敷きっぱなしの布団の上に後退《あとずさ》った。

アァァァァァァ、アァァァァァァァ……

ゆたかは机につまずいて転んだ。

女は歯を食い縛って口をイーの形にした。

アァァァァァァ、アァァァァァァァァァ……

女の息子は新生児のように両手両脚をばたつかせ、顔を真っ赤にして泣き叫んでいる。息子の声にも自分の声にも意識がない気がする。失神するかもしれない、と思いながら、震える手でゆたかの服を脱がせた。髪の生え際も耳の裏も首筋も脇の下も背中も股間も汗びっしょりだった。脱がせた下着で汗を拭ってパジャマに着替えさせてやると、泣き声は終息していった。

フェッ、フェッというしゃくりあげが、ブルンブルンというプロペラ音に変わり、すっと手が上がったかと思うと、胸の上にふわっと着地した。

女は後ろに下がって、視界から息子を消した。

女の体を受け止めたのは、椅子だった。

机とデスクトップのパソコンは女の夫のものだったが、椅子は女のものだった。

カタミ……イヒン……ヨメイリドウグ……パパのひと目ぼれ……小5か小6の夏休み……わたしは台所に立ってお鍋のカレーを掻き混ぜていた……玄関のチャイムが鳴った……お鍋の火を止めてドアを開けると、パパはこの椅子を肩に担《かつ》いでいた。

今日は立ち会いだったんだけど、建築現場の向かいにあった骨董屋がなんとなく気になって、昼休み、缶コーヒー飲みながら通りを渡ったら、店先にこの椅子が並べてあったんだよ、思わず座っちゃったら、店の奥から主人らしき人が出てきてさ、と言訳《いいわけ》じみた説明をして、パパはわたしの前に椅子を置いた。

基本的には呑まない人だったんだけど、たまに晩酌《ばんしゃく》をすると、真っ赤な顔でこの椅子に座って、骨董屋の主人の関西弁を真似て受け売りをした。

あぁあぇえですよ　座ってください　椅子は座ってみぃひんとわかりませんから遠慮せんと座ってみてください　昨日まで5脚あったんですが　昨日外国人のご婦人が4脚買《こ》うて行ってしもたんですよ　座面はエルム材の一枚板で　普通のチャーチチエアーよりちょっとぶ厚いんですわ　チャーチチェアー言うたら教会の椅子ですねんいまはアンティークブームでけっこう出回ってるんですが　これは1890年頃につくられたもんで　こんな古い年代の品にはなかなかお目にかかれまへん　いわゆるレアもんですわ　うちのはほとんどイギリスのアンティーク家具なんですけど　なんでイギリスのんを仕入れてるか　売ってるか言うたらね　あのぉ要するにイギリス本土

と日本国の部屋の間取りが非常に似てるわけで　島国で狭くてですよ　家具もほとんどいっしょなんですわ寸法的に　あぁそれ手ぇ入れてみてください　背面に聖書ボックスが付いてるんですよ　新聞や週刊誌なんかをちょっと入れとくのにええ具合でしょう　それとそこほら　そこの裏を見てもらえますか　座面の裏側にガムがへばりついとるんですよ　牧師さんのお説教を聴きながらくちゃくちゃやっとったんですかねそうそうそれそれ　その黒いのですわ　この椅子にはないんですが　ナイフでイニシャル彫ったり　ラブレター書いてある机なんかもありましたね　わたしはアンティークイコール傷やと思ってますねん　百貨店みたいにサラのもんを売るんじゃなくてアンティークを売るいうことはですね　どう言うたらええんかな　傷という傷をペーパーで落として　戦後流行《はや》った石油系の安もんのラッカー塗装でテカテカツルツルさせるなんて　ちゃう思うんですわ　手間《てま》隙《ひま》惜しんでるのとちゃいますよ　100年かかってせっかく付いた傷なんやから　生かしてやりたい　はしらぁのきぃずぅはぁおととぉしぃのぉいう心境ですわ　日本でも　むかしは卓袱台《ちゃぶだい》いうて　全部ムクの漆《うるし》塗りみたいなヤツがけっこうあったわけや　おじいちゃんおばあちゃんの代から大事にしてたヤツが　それを戦後　高度経済成長期で　安もん買《こ》うてほかして安もん買うてほかして　ほんま日本人は馬鹿やねん……

椅子自慢をぶっているパパはほんとうに愉快そうで、わたしも、へぇとか、ふぅんとか、なるほどぉとか言って、すっかり椅子に馴染《なじ》んでいるパパと、パパに馴染んでいる椅子を眺めるのが好きだった。

パパが死んで、この椅子に座った時、はじめてパパの死を受け容《い》れることができた気がする……たった一人の告別……たった一人の追悼……この椅子に座って目を閉じると、自分が限りなく希薄になって、埃《ほこり》とともに光の中を漂っているような気持ちになる……この椅子に座っていた人は、もういない……この椅子に座っているわたしも……

女は目を開けた。ガラス戸から射していた光はベランダまで後退し、女と椅子は薄闇に沈んでいた……3時……この時間になると、いつも寝過ごしたような気分になる……そう言えば、山手線で寝過ごしたことがある。バイト先の人たちと渋谷で呑んで終電に乗り遅れ、ハチ公口のマイアミで朝になるのを待った。山手線外回りの始発は、カーブを曲がると先頭車輛の運転室まで見通せるくらい空《す》いていて、山手線じゃないみたいだった……巣鴨まで9駅、20分、寝れる……長いシートの角に座って、冷たいパイプをこめかみに押し当ててうつらうつらしていたら、新宿を過ぎたあたりで体が傾《かし》いで……ゴト、ゴト、ゴト、ゴトッゴトッ、ゴトゴトッ、ゴトゴト、コトコトコト……**次は巣鴨、巣鴨、お出口は右側です、都営地下鉄三田線ご利用のお客さまはお乗り換えです**……ヤバイ、起きなきゃと焦ったはずなのに、目を開けたのは、五反田だった……ゴトッゴトッ、ゴトゴトッ、ゴトゴト、コトコトコト……脚……脚、脚脚……通勤ラッシュだ……横になってるなんて顰蹙《ひんしゅく》だと思っても、体を動かすことはできない……眠い……眠い……眠る……プシュウーキキ、キキ、キィ、キ……キ……キ……ゴト、シュー、ルルル、コト……**東京、東京です、ご乗車ありがとうございました、お忘れものございませんよう、ご注意ください**……立ってる人がいない……東京でみんな降りたのか……ベルが鳴っても乗ってこない……ラッシュアワーが過ぎたとしたら、いったい山手線を何周したんだろう……**5番線、ドアーが閉まります、ご注意ください**……ゴト、プシュー、トン……ルル――ゥー、ゴト、ゴト、ゴト、ゴトッゴトッ、ゴトゴト、コトコトコトコト――ルルゥーン、カタッカタッ、カタ、タタタタァ――……**次は、御徒町《おかちまち》、御徒町です、東京・品川方面行きです、御徒町、御徒町です**……御徒町で降りて、反対側の山手線内回りに乗り換えれば、13分で巣鴨に着くのに……ゴト、ゴト、ゴト……このまま終電まで寝過ごして……ゴトッゴトッ、ゴトゴトッ……線路の上に横たわって始発電車を待つ……ゴトゴト……肉は潰れ、骨は砕け……コトコトコト……内臓や脳味噌が飛び散って……何千何万という人が……あくびをしながら……うたたねをしながら……せきばらいをしながら……文庫本を読みながら……英単語を憶えながら……ゴト、ゴト、ゴトッゴトッ……わたしの骸《むくろ》の上を……ゴトッゴトッ……だれも悼《いた》まない……ゴトゴトゴトッ……わたしは祝福する……線路に花束を投げてやりたいくらいだ……カタッカタッカタッカタッ……揺れた……カタ……揺れてる……カタッカタッ、カタタタァ――……近付いてくる……電車が？……駅が？……ゴトッゴトッ……動いてる？……ゴトゴトッ……止まってる？……ゴト、ゴト、ゴト……どこに行きたいの？……ゴトゴトッ……どこにも行きたくないの？……ゴトッゴトッ、ゴトゴトッ……この円環の中から抜

け出したいの?……ゴト、ゴト、ゴト……この円環の中に閉じ込められたいの?……**お**
お!　二重の鎖をかけられて縛られた虜よ!

女は目を開けた。

椅子から立ち上がった。

携帯電話を握ってベランダに出た。

104を押した。

「はい、104のニシムラです」

「ニシムラさん、国学院大学の電話番号を教えてください」

「渋谷区の国学院大学ですね、代表番号でよろしいですか?」

「お願いします」

「ご案内します、ありがとうございました」

女はアナウンスされた番号を記憶し、すぐに電話をかけた。

「はい、国学院大学総務課でございます」

「わたくし、フリーライターのニシムラと申すものなんですが、神道学の古谷教授にお話を伺いたいんですが」

「はい、ちょっとお待ちください」

ミレミレミシレドラ～ドミラシ～ミソシド～ミミレミレミシレドラ～ドミラシ～レドシラ～……さて問題!　この曲の作曲者は誰?　ベートーベン!　ピンポーン!

「研究室の方にお回しいたします」

ミレミレミシレドラ〜……でも、いまは「エリーゼのために」じゃなくって、ジャッジャッジャッジャーン！　ジャッジャッジャッジャッジャーン！　チャララッ、チャララッ、チャララララッラッラァ〜……

「もしもし」

ジャッジャッジャッジャッジャーン！

「あのぉ、わたくし、正座について調べているんですが、神道研究のオーソリティーである古谷先生に是非お話をお伺いしたく、お電話をした次第です。質問は一つです。神道において、正座することには、どんな意味があるんでしょうか？」

「正座ですかぁ……神道における正座……はっきりした意義や定義があるわけではないと思いますが……」

「でも、神前で御祓《おはらい》などを受ける時、正座しますよね？」

「たしかに、祭式の中で正座の姿勢を取ることはありますが、じゃあ、どういう場合に、どういう理由で正座をするのかというと、神道として定められているわけではないんですよ。拍手《かしわで》を打つにしても、神社によって2回だったり4回だったりばらつきがあるものですからね」

「でもですよ、祭式の中で正座の姿勢を取るわけですよね？　それは、やはり宗教的な意味合いがあるということじゃありませんか？」

「祭式に正座を取り入れているとしても、正座に宗教的な意味合いがあるということにはなりません。正座は神道だけではなく仏教の葬儀や法事などでも見られますが、仏教にしても、正座に宗教的な意味合いが込められているわけではないと思いますよ。まぁ姿勢としてきちんとしている、ぐらいのことじゃないでしょうかね」

「じゃあ、いったい、いつから、正座が神道の祭式の中に取り入れられたんでしょうか？」

「古代や中世では、むしろ胡坐《あぐら》だったり立て膝だったりしたみたいですよ。はっきりしたことは言えませんが、印象で言うと、明治以降に広まったんじゃないでしょうか」

「明治以降ですか。正座の歴史は意外に浅いんですね。あのですね、都内のある神社系の幼稚園では、お弁当の時間に正座が義務づけられているそうなんですね、宗教教育の一環として」

「正座が宗教教育の一環、ですか？　聞きませんねぇ」

「ありがとうございました」

女は通話を切ると、間髪《かんはつ》容れず104をプッシュした。

「はい、104のナカザワです」

「ナカザワさん、神社本庁の電話番号を教えてください」

「銀座本庁？　ですね？　ご住所を教えていただけますか？」

「代々木です」

「代々木ですね？　はい、もう一度恐れ入ります、お名前ですが……」

「じ、ん、じゃ、ほ、ん、ちょ、う、です」

「銀座本庁ですね？　銀座は中央区にある銀座と同じ文字ですか？」

「え？　ぎんざ、じゃなくて、じんじゃ、です。ぎ、じゃなくて、じ！」

「どのようなご商売でしょうか？」

「全国八万の神社の包括《ほうかつ》組織です」

「ちょっとお待ちくださいませ……あぁ、神社本庁ですね。お待たせしました、ご案内します、ありがとうございました」

「ナカザワさん、ありがとうございました」

女は神社本庁の番号を指で押さえた。

「神社本庁でございます」

「あのぉ、わたくし、正座について調べているフリージャーナリストのナカザワという者ですが、神道において正座をすることにどんな意味、意義があるのかを教えていただきたいんです」

「星座、で、ございますか？」

「はい、正座です」

「少々お待ちください」

シミソシミソ〜ファ、ファ〜ミミレドド〜……ごみ回収車の音楽……違う……**車が動**

きます、ご注意ください……**左に曲がります、ご注意ください**……新宿区のごみ回収車は音楽を流していない……でも、むかしはこの曲だった気がする……いつから無音になったんだろう……レファシレファレ～ド、ド～シシラソソ～……

「お待たせして申し訳ございません、えっとお名前の方、もう一度よろしいでしょうか？」

「わたくし、ナカザワと申します」

「ナカザワさま……えっと、雑誌、の？」

「わたくし、フリーのジャーナリストでございます」

「あぁ、フリーで……わかりました、もう少々お待ちくださいませ」

シミソシミソ～ファ、ファ～ミミレドド～……なにゆえに、神社本庁の電話の保留音が「乙女の祈り」なのでしょうか？　まぁ、手を合わせて祈願する場所なわけだから、イメージっちゃあイメージですけどね……レファラレファ、ソシミソシ、シドシドシラシソ～ファミ～……

「もしもし、お電話、広報課に代わりました」

「神道において正座をすることにどんな意味、意義があるのかを教えていただきたいんです」

「はい、あの、星座をお祀《まつ》りしている神社は少ないということは、まず、ご存じでしょうか？」

「いえ、知りません。そこから教えていただければ……」

「どのようなことにお使いになられますか？　ご著書か何か？」

「そうですね、はい」

「学術的なことですよね？」

「まぁ、はい」

「担当の者に代わりますので、少々お待ちくださいませ」

シミソシミソ～ファ、ファ～ミミレドド～……ピアノの発表会で弾《ひ》いた……手がまだ憶えてる……バダルジェフスカってこの一曲しか知られてないんですよねぇ……代表作となる「乙女の祈り」を18歳の時に作曲して、23歳で死んじゃいましたからねぇ……「かなえられた祈り～乙女の祈りへの答え」って曲もあるんですけど、知る人ぞ知るって感じですかねぇ……これ、最初の、ミッミレッレドッドシッシラッラソッソファッファミドってとこ、1オクターブをフォルテで連打するから、子どもの手にはキツイんですよねぇ……あぁ、思い出した……わたし、失敗したんだ……パパとママと妹が最前列に並んで座ってて……席に戻ると、パパは、失敗するのも大事な経験だ、と肩を叩いてくれたけど、ママは怒って口きいてくれなかった……妹の手を引いてホールを出て、駅に向かってずんずん歩いて行っちゃって……あの1ヵ月か2ヵ月か後にパパとママは離婚したから……わたしの失敗のせいで……わたしが失敗しないで弾けてたら……レファシレファレ～ド、ド～シシラソソ～……

「もしもし、お電話代わりました」

「神道において正座をすることに、どんな意味、意義があるのかを教えていただきたいんです」

「あのぉ……セイザって……座る正座の方ですか？」

「はい、そうです」

「あ、あ、すいません。星の星座の方かと思ってたんで」

「座る方です」

「神道において、正座にどのような意義があるのかというご質問ですか？」

「ええ」

「失礼ですが、どのようなご趣旨《しゅし》でご質問されているんでしょうか？　あのぅ、それだけだと、ちょっとどういう風にお答えしていいのか、わかりかねるところがありまして……」

「神道の祭祀や、剣道や柔道など道場に神棚を祀《まつ》っている武道では、正座を取り入れていますよね……要するに、神道と正座は関係あるのか、ということなんですが……」

「武道場では基本的に正座しないわけですけど……そういうことは、お調べになられましたか？」

「……いまから、ですねぇ……」

「あのぅ、始める前はですね、正座をしますけれど、普段の、たとえば乱取りの時は正座しないんですよ。詳しいことは、武道場の方に直接ご確認いただいた方がいいかと思うんですが、乱取りで何が起こるかわからない、人が倒れてくる可能性もあるわけで、それで、いちばん動きやすく、怪我をしない姿勢というのは、あのぅ、いくら座を正して待つと言っても、正座だとパッと動けませんよね」

「はい、武道の方は理解しました。知りたいのは、神道と正座の宗教的な繋がりです。わたしたちが神社で御祓《おはらい》を受ける時、正座をして神前に額《ぬか》ずきますよね」

「正座は、正しい姿勢だというんじゃなくて、字の通り、座を正すんだと、身の振る舞いを正すための姿勢だと、わたくしは考えるんです。あのぅ、目上の人の前に立たれる時、姿勢を正しますよね？　それと同じように、神さまをお参りする時にもですね、身嗜《だしな》みを整え、座を正し……もっとわかりやすく言えば、神さまは尊いお方なわけです。みなさんが、たとえば、上司の方であるとか、御来賓《ごらいひん》をお招きした時に、胡座《あぐら》をかいてお迎えするというのは、原則されないと思いますし、神前に参るというのは、神さまに対してお願い事をし、お力をいただくということですから、丁重《ていちょう》になるのが普通なのではないでしょうか」

「つまり、神前で正座をするのは、宗教ではなく、常識だということですね？」

「ええ、正座は神道の教義に従って定められたものではなく、生活習慣に過ぎません。生活習慣として根付いたものが、座り方の作法として神道の中に入ってきたんじゃないでしょうか？」

「では、食事の最中に正座させるのも宗教教育ではないわけですよね？」

「神社本庁として、そういった見解あるいは指導をしたことはございません。正座とは、かくあるもので、かくある場ですべきだという考えや解釈があったとしても、それは人それぞれだとしか言えませんね」

「人それぞれ、ですか……では、いつから正座イコール日本人というようになったんでしょうか？」

「歴史的なことははっきりとは申し上げられませんが、あのぅ、男性女性ともに、むかしは袴《はかま》を着用していて、板の間中心の生活でしたから、みんな胡坐《あぐら》の姿勢を取っていたようですね。平安時代の絵巻物や百人一首の絵札を見ても、誰も正座などしていません。戦国時代の武将もやはり、胡坐ですね。おそらく江戸時代、女性の衣服が袴から着物に変わり、畳中心の暮らしになって、女性から一般に普及したのではないでしょうか」

「それは、神社、神道においても同じですか？」

「そうですね、古代、中世の資料の中に正座の記述はありませんから、近世以降の生活習慣の延長として入ってきたんでしょう。確かに、あのぅ、神職が神さまをお祀りする時に正座の姿勢を取ることがあります。ただし、正座でなければならないと決まっているわけではないんですよ。神社によっては、あのぅ、畳のない神殿もありますし、元より神主の服装は正座には全く不向きですからね」

「正座は畳や着物文化に根差した生活習慣であって、神道の教義にはなんの関係もないとしたら、現代の日本人の生活は畳や着物から遠ざかっていますし、正座そのものが時代遅れなんではないでしょうか？」

「それは、あのぅ、なんともわかりかねますが……」

「とても、参考になりました。突然の電話にご丁寧に対応してくださり、どうもありがとうございました」

女はチャーチチェアーに座った。デスクトップの電源を入れて、祈るように両手を握り合わせる。レラソレレラ〜、画面いっぱいに、病院の真っ白な産着《うぶぎ》にくるまれたゆたかが現れる。ぎこちなく開いた小さな手の先にあるWのアイコンをダブルクリックすると、ゆたかは消えて、ワードの白い画面が差し出された。

女はキーボードの上に十本の指をのせた。


本日は、お忙しい中、話し合いの時間を設けて下さり、どうも有り難うございました。藤林様の「正座は宗教教育の一環」という御言葉に疑問を感じ、神道学の権威である國學院大學の古谷教授と、神社本庁に「神道において正座をすることにどんな意味、意義があるのか？」という質問をし、御回答を頂きました。結論から申しますと、正座と神道は無関係で、従って、正座を宗教教育の一環とするのは無理があるのではないか、ということなのです。以下、お二方の意見を要約致しましたので、御参考にして頂けると幸いです。

1.　國學院大學　古谷教授

●神道の祭式の中で正座の姿勢を取ることがあったとしても、神道として定められているわけではない。
●正座は神道だけではなく、仏教の葬儀や法事などでも見られるが、仏教としても宗教的な意味合いがあるわけではなく、姿勢としてきちんとしている程度の意味しかないのではないか。

2.　神社本庁

●正座と神道は無関係。
●神主の服装は、正座には不向き。
●神社本庁として、食事の最中に正座をすべき、などという指導をしたことはない。
●古来、日本家屋は板の間で、日本人は袴を着用し、胡座の姿勢で生活をしていた。江戸時代、女性の衣服が袴から着物に変わり、畳中心の生活となって、正座は女性から一般に普及した。つまり、生活習慣の延長として神道の中に入ってきた。
●正座は畳や着物文化に根差した生活習慣であって、神道の教義には何ら関係がない。畳や着物から遠ざかっている現代人には、正座は不要なのではないか。

女はプリントアウトしたA4の紙を持って、ファックスのところまで歩いた……冷たい……わたし、いつの間に靴下脱いだんだろう……もうすぐ7月なのに……冷たい……氷の上を歩いてるみたいだ……足の裏を浮かせるように歩いても、冷たい……オンフックでファックス送信……ピーヒョロロロロロロ〜……ヒョロロロロロロ〜……襖を開けると、ゆたかは寝た時のままの姿勢で寝ていた……いくら耳を澄ましても、寝息が聴こえない……臍《へそ》の緒《お》や母子手帳などがしまってある簞笥《たんす》のいちばん上の引出しからピンク色の聴診器を取り出し、両耳から聴診器をぶら下げ、息子のパジャマに右手を潜り込ませて……トック、トック、トック、トック……生きている……心雑音もないし、肺雑音も聴こえない……だいじょうぶ、元気そのものだ……

ゆたかを妊娠していた頃、新宿区役所の母親学級で、「もうじき母親になる、いまの楽しみをお一人ずつ話してください」とマイクを回され、ある妊婦が「おなかに聴診器を当てると、赤ちゃんの鼓動を聴けるんですよぉ。自分の体の中に二つの心臓があって、二つの鼓動が聴けるなんて神秘的じゃないですかぁ。聴診器を買ったら、主人ともどもはまっちゃって、主人も仕事から帰ると、もう真っ先に聴診器をおなかに当てて聴いてるんですよぉ」と楽しげに話していたのに触発《しょくはつ》され、渋谷の東急ハンズで性能が良さそうなのを選んで購入した。帰宅してすぐに聴診器を付け、おなかの隅から隅まで探してみたが、胎児の心音を見つけることはできず、仕方なく自分の心音を聴いた……ドゥックッ、ドゥックッ、ドゥックッ、ドゥックッ……生きている……もう生きることから免《まぬが》れることはできない……ドゥックッ、ドゥックッ、ドゥックッ、ドゥックッ……夕暮れ時だった……心音とともに部屋の中に押し寄せてくる夕闇が、胎児を台無しにしてしまうような気がして……ドゥックッ、ドゥックッ、ドゥックッ、ドゥックッ、ドゥックッ……

女は椅子に座った……ミッミレッレドッドシッシラッラソッソファッファミ……「乙女の祈り」の旋律が女の中に降りてくる……祈りがかなえられたのは、死んだからだ……生きている限り、祈りの答えなどない……ただ、祈るだけだ……

＊

女は食べ終えた食器をシンクに沈めると、冷蔵庫からバースデーケーキを取り出した。蠟燭は、大きいのが三本、小さいのが八本……38歳……享年の蠟燭を灯すなんて、悲しい……悲し過ぎる……生きていればいくつなんだろう……昭和27年生まれだから……60歳……還暦だ……赤いチャンチャンコ着たパパなんて想像できないけど……大きいのを六本もらえばよかった……

ん！　蠟燭、買ったでござる……包みを開けた記憶がない、ということはでござるよ、玄関が怪しいでござる……ジリジリジリジリジリ……忍法、影走り！　あった！　あったでござる！　水色のリボンをほどきぃ、オレンジと黄色の水玉模様の包装紙をやぶりぃ、ここに現れたるは、青いスライムと金魚が入ってるてのひらサイズの金魚鉢、アンテナの先に紙ばさみが付いてる大きなパチンコ玉、電子レンジでつくれるせっけんとリップのセットでござる……拙者、何ゆえにこのようなものを買ったでござるか？……衝動買いだとしてもでござる、偶然というものは存在しないのでござる、使い道は自《おの》ずから定まっているものでござる……その証《あかし》に、この一字一字ペロペロキャンディーのような棒が付いてるHAPPY BIRTHDAY TO YOUのミニキャンドル、無意識ではござるが、拙者が亡きパパ上の誕生日のために用意したものに相違ござらぬ……ややッ！これは、亡きパパ上からの密書ではござらぬか？……HAPPYBIRTHDAYTOYOU……むむぅ……PAPA……TOY……BIRD……YOUTH……むぅぅぅ……YとHが残ってしまったでござるがぁ……Yはゆみの頭文字で、Hはひろむの頭文字……恐れ入ったでござる……さすがは拙者のパパ上……やはり密書でござった……しかしぃ……パパ……玩具……鳥……青春……とは、はて？……パパの青春……鳥の玩具……パパの鳥……青春の玩具……青春の鳥……パパの玩具……

女はチャッカマンで一字一字に火を灯《とも》すと、ケーキを携《たずさ》え、教会の通路を歩く聖歌隊のような面持《おもも》ちでリビングに進んだ……ハッピバースデートゥーユー　ハッピバースデートゥーユー　ハッピバースデーディアパァパァ　ハッピバースデートゥーユー……

ゆたかは夕食のハンバーグのソースを口の回りに付けたままレゴに熱中している。

「はぁい！　やめてくださぁい！　ママが怒らないうちにやめなさいよ。ママを怒らせても、なぁんにもいいことないからね。ママもイヤになる、ゆたかもイヤになる、ゆたかはママに怒られて楽しい？」

「たのしくない」ゆたかの顔は微動だにしない。

「じゃあ、ママが言うことは、1回で聞きなさい。ママに2回以上言わせない。さぁ、席について」

女は通販で購入したストッケ社のトリップトラップチェアを引いて、ゆたかを座らせた。世界で最も厳格なドイツのGSマークをゲットし、お座りしたての赤ちゃんから大人になるまで、成長に合わせて座板と足乗せを調整できるという勝《すぐ》れ物だ。

女は夫の買ったベニヤの合板テーブルの真ん中にケーキを置いた……あの人は、サイズが合って、安ければOK、物にはなんのこだわりもない人で、物にまつわる物語にも無関心……パパとは正反対の性格だ……

蠟燭はもう半分以上溶けていて、生クリームの上にピンクやブルーやオレンジ色の蠟を垂らしている。

ゆたかの右手にはレゴの車輪が握り締められている。

「レゴを置いて」

ゆたかは関節が白くなるまで車輪を握り締めてから、てのひらを開いて床に落とした。

女は電気を消した。

「歌って！」

ゆたかは砂利《じゃり》を詰め込まれたような重い声で歌い始めた。

「たんじょおびぃはぁ　うぅれしいなぁ　おおきくなるからうぅれしいなぁ……」

歌う息で炎が揺らぎ、ゆたかの顔の中に亡き父親の面影が揺らいだ……似てる……目のあたりが……そっくり……似てるなんて思ったことなかったのに……**パパは蠟燭をフーする時のゆみの顔がいちばん好きなんだな　生きてて良かったと思うんだな……**

「おじいちゃんの代わりに、フーしよう」

「たんじょおびぃはぁ　だぁいすぅきさぁ　おおきくなるから　だぁいすぅきさぁぁぁあ」

女はゆたかの肩を抱き、頬と頬をくっつけた。

「パパ！　おめでとう！　せーの！　フー！」

女は一人で蠟燭を吹き消し、パチパチパチパチと拍手をしながら立ち上がって電気をつけた。

「さぁ、ケーキ食べよう」

「ぼく、いちご」

ゆたか氏《うじ》は生クリームやチョコレートやあんこなどの甘いものが大嫌いで、ショートケーキだったらいちご、たいやきだったら尾っぽしか食べないでござるし、ビスコの中のクリームはスプーンでこそげ取ってやらなければ食べないのでござるが、ゆたか氏がひと口も食べないとしても、年一回の誕生日くらい大きなバースデーケーキで祝ってやりたいのが親心というもの。幸い、ゆたか氏のパパ上は大の甘党だったから、いっしょに暮らしていた時は拙者と二人で分担していたのでござるが——、お誕生会に招待できる友人は拙者にもゆたか氏にもいないでござるし、ケーキを御裾《おすそ》分けできる隣人もいないのでござる。かと言って、生ごみとして処理するのはモッタイナイというか、縁起が悪いでござらんか。だから、パパ上が長野に単身赴任してからは、いちごショート1ピースに小さな蠟燭を灯して、ささやかに祝っていたのでござるが、本日は拙者のパパ上の還暦の宴《うたげ》でござる！

「いちご！」ゆたかは拳で机を叩いた。

「ちょっと待ちなさい。あんた、生クリームがちょっとでも残ってたら、べェェするんだから」

忍法！　いちご舐め！　べェロベロベロベロニンニンニンニンニンニン、べェロベロベロベロニンニンニンニンニンニン、拙者、生クリームといっしょに農薬も舐め取ってやるでござる。季節はずれのいちごは、まず、アメリカ産のストロベリーだと思ってよいでござる。いちごはそのまま食べるから、農薬が怖いでござるが、忍者は常に覚悟をしているものでござる。おのれいッ、農薬め！　べェロベロベロベロ、ニンニンニンニンニンニンニン、べェロベロベロベロ、ニンニンニンニンニンニン、劇物と毒物に指定されている殺虫剤テブフェンピラドとエンドスルファン！　殺菌剤のトリフルミゾールとプロシミドン！　発癌性が問題になっているカルバリル！　メソミル！　キャプタン！

拙者、受けて立つでござる！　テヤーッ！　ニニニニニニニーンニーン！

「はい、アーンして！」

「かたじけないでござる」

「え？　どうしてそんな言葉、知ってるの？」

「ママ、いつも、つかってるじゃん」

ヒィヤーッ！　拙者、忍びの身、ゆたか氏《うじ》に正体を見破られるのはマズイでござる。

「アーン！」

と女はゆたかの口の中にいちごを入れかけて、「ダメッ！」と叫んだ。

「ごめん！　ゆたかちゃん、このいちご、何産だかわからないからダメ！」

女は自分の口にいちごを入れて、早口でまくしたてた。

「アメリカ産のストロベリーの可能性は高いけど、100パーセントじゃないし、ベリー類は関東でもセシウムが検出されて、キノコ類や乳製品とともに避けるべき食品の筆頭だから、細心の注意を払わなきゃダメなんだよ。ママが悪かった。明日、長崎産のさちのかか福岡産のあまおう買ってあげるからゴメンねゴメンねゴメンね、ゆたかゴメンね、ゴメンねゴメンねゴメンね」

「いいよ、もうねむいから」

にんと？　眠いとな？　いま何時でござるか？　7時半？　子どもが起きている時間

は過ぎたのでござる！　ほぉたあるの　ひぃかあり　まどのゆうきぃ　ふぅみぃよむ
つぅきいひ　かぁさぁねつうつぅ……

「さあ、ゆたかちゃん、自分みがきして来てくれる？」

しからば、つぎの戦に参るでござる！　拙者の七つ道具は、歯と歯茎の境目にある歯肉溝のプラークを擦り取るＥＸウルトラフロスＳ！　みがきにくい奥歯の裏もしっかりとケアできる歯科専用プラウトＳＯＦＴ！　パパとママの仕上げみがき用　生えはじめ～永久歯　クリアクリーンKid's！　フッ素入りウ蝕予防ホームジェル　レッドベリー味！　うがいコップ！　ぶくぶくペッ用のステンレスボウル！　ゆたか氏《うじ》が頭をのせる座布団でござる！

「みがいたよ」

「早いなぁ、ちゃんとみがいたの？」

「みがいたよ！」

「じゃあ、仕上げするから座布団の上に横になって」

「ねむいよぉ」

「そりゃあ、眠いでしょうよ。でも、虫歯になるとねぇ、口の中にブスブス注射して、ペンチでメリメリッて引っこ抜くんだから、怖いよぉ！　痛いよぉ！　歯医者さんに『お母さん、押さえといてください』って言われたら、ママ、ゆたかの腕と脚をぎゅっと押さえなきゃならないんだからね。ゆたかが泣いても暴れても、放さないからね。そんなこと、したい？」

「したくない」

「じゃあ、横になって」

忍法！　プラークコントロール！　口を開けるでござる！　もっと開けるでござる！　いたな！　ばいきんまん！　やや！　下の前歯に牛豚の合挽き肉が挟まっているでござる！　アーンでござるよ！　ばいきんまん！　このぉ、おじゃまむしぃ！　逃がすものかぁ！　待てぇ！　ばいきんまん！　えーい、おまえのような汚いヤツはこうしてやるぞぉ！　きゅっきゅっきゅうっと歯ぁをみがこぉ　ちいさなしぃろいぼぉくの乳歯ぃ　きゅっきゅっきゅっとみぃがいたらぁ　きゅっきゅっきゅうっとひぃかるよぉ……ゆたか氏《うじ》、一つなんとか口を開《ひら》いてくださらぬか！　アーンでござるよ、アーン！　ややや、これは一大事！　ゆたか氏の目が閉じているではござらんか！　ゆたか氏！　ゆたか氏！　目を醒ますでござる！　これはダメでござるなぁ……しからば、ごめん！　唇をめくらせてもらうでござる！　仕上げはおかぁあさぁん　グリグリィシャカシャカァ　グリグリィシャカシヤカァ　上の歯ぁ　下の歯ぁ　前歯ぁ　奥歯ぁ　グリグリシャカシャカ　グリグリシャカシャカ　シュワァ　食べたらみがく　やくそくげんまぁぁん　チントンチン！

ごはんの前にお風呂に入れておいて正解でござった。あとは、布団に運ぶだけでござるな。忍法！　重量上げ！　カーッ！　ぬぬぬ！　重いでござる！　先月の健康診断では身長98・5cm、体重16・6kgでござったが、これは米袋二つ、塩袋三つはありそうでござるぅ……参るでござるぅぅぅ……これまた修行でござるぅぅぅぅ……ニンニンサンシィィ……ニンニンサンシィィィィィ……にんともぉぉぉ……かんともぉぉぉぉ……もう少しでござるぅぅぅぅ……拙者、腕と腰が限界でござるぅぅぅぅぅ……着いたでござる……しかし、油断は禁物、この体重が首にかかったら頸椎《けいつい》を痛めるでござる……抱き下ろす手順は、赤ちゃんの頃から変わらないのでござる……頭を右腕でしっかり支えたまま、おしり、腰、背中の順に下ろし、最後にそうっと頭を下ろして首の隙間から腕を抜くのでござるよ……そうっと……そうっと……よく眠っているでござるな……しからば拙者、失礼つかまつる、ニンニンニンニンニンニンニンニン……

女はリビングに戻って、携帯電話を手に取った。

Title　私とHしてくれないの？
Text　もう今から行きます！　このままじゃ一生会えない気がするから…役所の通りの公園だったら分かりますよね？　先に行って待ってますから！　待つのは今日が最後になっちゃうかもしれないけどずっと、ずっと待ってます。こんな終わりなんて私悲しくて生きていられないよ…連絡下さい。
Title　私のメールは届いてますか？
Text　携帯に返事を貰えませんか？　会いたいです。会って下さい。割り切って考えてもらえませんか？　私は不倫として貴方に抱かれる事で家庭を大事にできます。貴方は私を抱く事でお礼を下さる、そういう事で私たちの関係は作れないでしょうか。今夜も主人は帰って来ません…どうしてか分かりますか？　不倫です。主人に言っても同じ事の繰り返しだからもう言わないと誓いました。だから貴方と不倫の関係を築き、夫婦の関係を安定させたいんです。迷惑な話なのはわかってます、でも私も女なんです！このまま一生を終えたくありません。もう一度、他の男性に抱かれたいんです。お願いします。私と会って下さい。


転勤パパからのメールは、ない。

あんな風に切ったら、むかしだったら血相変えて電話して来たのに。

女だ。

きっと、もう半同棲状態なんだろう。

あの人の声からは、他の女の手料理のにおいが漂って来る。

転勤の荷ほどきを手伝いに行った時、一度だけ会社で逢ったことがある。あの女は、川瀬さんには本社の時からほんとうにお世話になっております、と営業スマイルで名刺を差し出し、わたしの髪型や化粧や服装や靴にチェックを入れて、わたしの背中で眠るゆたかの顔を覗いて、ゆたかくんはお母さん似ですね、とのたまいやがった。

同期入社だそうだから、もしかしたら、わたしたちの結婚生活とほぼ同時進行なのかもしれない。

それとも、ゆたかを妊娠している時に――。

妄想だ、と笑うでしょう。

何を根拠に、と怒るでしょう。

笑いも怒りも、あの女と自分を匿《かくま》うためのカムフラージュなんでしょう？

こっちが証拠を見つけて事実を突き付けたら、向こうも事実を披露《ひろう》してくれるんだろうか？　どんなステキな事実だって、わたしは疵《きず》付かない。疵付け、疵付けられるほど、わたしとあの人は親密じゃない。もし、仮に、万が一、疵付いたとしても、失うものは何も無い。在るとしたら、不幸だけだ。不幸を失うことは悲しいことなんだろうか？

不幸を失ったら、もっと大きな不幸がやって来るんだろうか？　でも、もう、限界だ。

もう、願い下げだ。もう、ごめんだ。もう、飽きた。うんざりッ！

女は網戸の取っ手に手をかけた。ギシギシと音を立てて、なかなか開《あ》かない。思い切り引くと、はずれた。倒れた網戸を足でどかし、素足でベランダに出て、携帯電話を開いた。

テンキンパパ
トゥトゥトゥトゥトゥトゥトゥトゥ、トゥルルルルルルルルル……

「……もしもし？」

「…………」

「もしもし?」

「わたしですけど……」

「あぁ……」

「寝てた?」

「あぁ」

「こんな時間に?」

「何時だ?」

「8時」

「あぁ……朝、早かったからな……ゆたかは寝たのか?」

「さっき、寝かせました……」

沈黙が両腕を伸ばし、二人の間の隔《へだ》たりをさらに隔てようとしている。

女は沈黙を吸い込んで、何か言葉にしようとしたが、声が喉《のど》にしがみついて離れてくれない。そもそも、わたしは、何を言おうとしているの? 何も言いたくないの? いまわたしが目にしている箱根山の黒い森と、いま夫が目にしているものには、おそらく全く繋がりがないんだろう。

「パジャマは何色?」

「は?」

「裸なんじゃないの?」

「……………」

沈黙の中で、すっと息を呑む音が聞こえた。

「何気持ち悪いこと言ってんだ」

「気持ち悪い？　わたしのどこが気持ち悪いの？」

「気持ちの悪いこと言うなって言ってるんだよ」

「パジャマの色を訊くことが、どうして気持ち悪いんですか？」

「裸なんじゃないの、とか……」

また、沈黙――。女の意識は、三人のクリスマスの精霊に伴われて自分の過去、現在、未来を旅するスクルージのように、スズカケ広場を抜け、いつもゴールにしている水飲場を通り過ぎ、どんぐり幼稚園へとつづく急坂を上って箱根山の周りをふわふわと漂い始めた……ここに引っ越してきた日……満開の桜の中……二人で箱根山に上ってお花見をして……

「夏休みは？」

「忙しいな」

「そっちに行くわよ」

「来るなら、こっちも予定があるから、早めに言ってくれ……」

今度の沈黙からは、何かを言おうとしている緊張が伝わって来る……きっと言いにくいことに違いない……沈黙が重過ぎて、想像することができない……さっさと言ってほしい……こんな沈黙の中で待たせるなんて……

「……お互い……前向きに生きないか？」

「はぁ？」

「後ろ向きに生きるのはしんどいだろ？」

「わたしのどこが後ろ向きなんですか？」

「来春、東京本社に戻ることになったんだが……お互い一人になって、自分の人生を見詰め直すいい機会だと思うんだ」

「お互い一人じゃなくて、二人でしょう？」

「あぁ、ゆたかのことはきちんと話し合いたい。親には子どもの未来の可能性を閉ざさないようにする責任がある、というのがおまえの口癖だが」

「おまえって言うの、やめてください」

「じゃあ、きみが」

「あなたに、きみ呼ばわりされたくありません。わたしには、ゆみって名前があるんです、父がつけてくれた大切な名前が」

「客観的に考えて、だな、あなたと居ると、ゆたかがダメになることは目に見えている。親ならば、ゆたかにとって、何が最善かを考えるべきで、ゆたかはおれと居た方がいいと思う」

「そんなの通るわけないでしょ！　何年も放ったらかしにしてッ！」

「通るか通らないかは、やってみないとわからないじゃないか」

「裁判で争うって言うんですか？」

「だからぁ、そんなことにならないためにぃ、話し合うんでしょうがぁ」

「会社の同僚と不倫しているあなたに、親権をどうのこうの言う資格や権利はありませんし」

「……………」

「モリサキヤスコ」

名前を口にした途端、ビンタされたように耳がジーンとなって、夫と自分の声が遠退《とおの》いた。

「そんなこと、森崎さんに失礼だろ！」

「失礼なのは、あなたでしょう！　その部屋で、毎日なにしてんですか？　いま、そこに居るんでしょ！　モリサキヤスコに代わりなさいッ！」

ツーツーツーツー……切られた……切ってやろうと思ってたのに……女は倒れた網戸をまたいで、バニラエッセンスといちごのにおいが立ち込めているリビングに戻った。バースデーケーキの前に座る。フォークを突き刺して、食べる、食べる、食べる、食べる食べる食べる、食べているうちに怒りがぶり返して来る。ケーキの固まりが喉を通過して、食道から胃に下りていく感じが、気持ち悪い、吐くかも……

女はスポンジが露出したケーキの残骸に蠟燭を灯していった……大きい蠟燭が三本、

小さい蠟燭が八本……38歳……一本一本吹き消していく……28歳……18歳……**鎖の環の一つずつ一つずつ**……8歳……**もうじゅうぶんです！　これ以上見たくありません　見せないでください**……**私の時間は短くなった　急げ！**……7……6……5……4……3……2……1……ゼロ……**打てよ、死よ、打てよ**……

　女は脱衣所の鏡に映る自分の顔を見て、ぎょっとした……生え際の白髪……目尻と目の下の皺《しわ》……頰は弛《たる》んでるし、顎《あご》を引くと首にまで皺が寄る……でも、どうしてだろう？　鏡を見るたび、13歳ぐらいだと思って見てしまうのは……加齢についていけない……慣れることができない……13歳ぐらいの頃は、朝起きたらまず鏡、学校に行く前に鏡、授業中に鏡、学校のトイレで鏡、駅のトイレで鏡、電車の中で鏡……美人の範疇《はんちゅう》には入ってなかったけれど、茶色がかった目とか、上唇のカーブとか、セーラーの襟《えり》にかかる髪の毛とか、鏡に映るパーツパーツは気に入ってなくもなかった……鏡を見るたび、悪くないな、と思ってた……

　女は服を脱いでいった……アンダーバストがきつくなり、ブラをしなくなって1年経《た》つせいか、ずいぶん臍《へそ》に近付いてしまったおっぱい、たぷたぷと揺れる二の腕、ふとももには静脈、おしりにはセルライト……ゆたかが生まれて、自分のことにはかまわなくなった……違う、ゆたかのせいじゃない、かまう楽しみがある自分じゃなくなってしまった……だれかの体の下になったり上になったり、顔を顰《しか》めたり声を上げたり、服を脱がされたり床に落ちた服を掻き集めたり……その手のことは想像するだけで鬱陶《うっとう》しいけれど、見知らぬ誰かとの行為を想像するより、あの人との行為を想像する方が……おぉ！　身の毛がよだつ！　おぉ、穢《けが》らわしッ！

女は水になる一歩手前のぬるま湯の中に入った。

脚を折り、顎のあたりまで沈めて、静かに目を閉じる。

はじめてゆたかを沐浴《もくよく》させたのは、わたしではなく、あの人だった。背広を脱ぎ、Yシャツの袖を男らしく捲《まく》り上げると、ゆたか、えらいぞ、いい子だ、きれいにしような、と語りかけながら、大判のガーゼを体にかけて、大きな左手で首と頭を支え、足からゆっくりベビーバスに入れた……小さなガーゼを右手でぎゅっと絞って、目頭から目尻にかけてそうっと拭き、頭を少し反《そ》らせて首の回りを洗い、せっけんを右手だけで泡立てて頭を包み込むようにして髪を洗い、頭ががくんと前に倒れないように注意しながら頭と胸を支えてひっくり返し、せっけんの付いたてのひらで円を描くように背中を洗い、おしりとおちんちんを洗い、もう一度あおむけにして、たらいに用意しておいたあがり湯を体全体にかけて、きれいなバスタオルの上に寝かせた……退院する前日に、沐浴のビデオを観て、沐浴室で助産婦さんがやるのを見学しただけだとは思えないぐらい、ていねいで、やさしく、しっかりとしていて、ゆたかが生まれて10日しか経っていないというのに、もう父親の顔をしていた。わたしは、あの厳粛《げんしゅく》で神聖な沐浴に立ち会った時、心から、この人を伴侶《はんりょ》に選んで良かった、と思った。

敵同士として顔を合わせる前に、もう一度だけ逢ってみたい気もする。取り戻したいとか、やり直したいとか、そんな甘い気持ちは露《つゆ》ほども抱《いだ》いていない。もうダメなのだ、ということの最終確認のために目を合わせる……意味ないか……女は目を瞑《つむ》ったまま右手で湯を波立てた……意味ない意味ない……もう手遅れだ……おしまい……沈黙が幕のように下りて……手脚の力が抜けて……無重力……しぃんとしてる……生きてないみたい……薄れゆく意識の暗がりの中で、なにかが手招《まね》きしている……なに？……近付いてみる……**箱根山**……**陸軍戸山学校趾**……

女は濡れた体にバスローブをはおってチャーチチェアーに座り、デスクトップを起動させると、Ｇｏｏｇｌｅの検索欄に打ち込んだ。

陸軍戸山学校趾　箱根山の検索結果　約50件中1—10件目

恒例　2003年度　お花見ウォーク　軍都・新宿を訪ね、軍医学校跡地で発見された遺骨たちに思いを馳せるフィールドワーク

〔コース解説〕

●公営社
大久保通りを新大久保駅から大久保駅に向かってずっと歩くと、右側に公営社という青い看板の葬儀屋があります。

89年7月22日、国立予防衛生研究所（現・国立感染症研究所）建設現場で大量の人骨が発見されました。近隣の弥生式住居址の調査をしていた戸山遺跡調査会は、埋蔵文化財ではないと判断し、牛込警察署に通報しました。そこで4体が科学捜査研究所にまわされ、残りは新宿区が墓地埋葬法に則り、身元不明の遺体として区内の葬儀社・公営社に保管されることになりました。（後に科捜研にまわった人骨は5体分と判明、他の骨と一緒に公営社に預けられる。）

その後、時の新宿区長・山本忠克氏（故人）は議会で独自鑑定を約束し、紆余曲折を経て、91年9月、札幌学院大学の佐倉朔《さくらはじめ》教授（形質人類学）に鑑定を依頼しました。鑑定は公営社の地下保管室で半年かけて行われ、個体数は前頭骨だけで62体、アジア系の外国人のものが多数混在しており、銃創、刺創などもあることがわかりました。

鑑定後、厚生省（当時）は土地管理者の責任として調査を開始し、逆に新宿区は、区長が代わっていたこともあり、人骨の焼却埋葬を主張しはじめます。92年3月30日に「戸山人骨の鑑定報告書」が完成すると、新宿区は翌年度から毎年人骨焼却予算を計上し始めました。

96年10月16日、731部隊の犠牲者遺族、敬蘭芝さんと娘さんの郭曼麗さんが、自ら起こしている国家賠償請求訴訟の原告として来日した際、新宿区役所を訪れ、遺骨の保管と身元調査を求めました。その後、公営社地下室に段ボール箱に詰められて保管されていた人骨は、14箱の桐箱に移されました。「人骨」が「遺骨」になった瞬間です。

●陸軍第一病院と陸軍軍医学校をつなぐ地下道（歴史の隠蔽？）
戸山研究庁舎の前の通りを国立国際医療センターの方にしばらく行くと、新宿障害者センター、戸山サンライズ等がありますが、その向かいの医療センターの石垣に、一部埋められたような跡が残っています。戦前、陸軍第一病院（現医療センター）と陸軍軍医学校（現感染研）は地下でつながっており、その地下道の入り口であったと思われます。つい最近までブロックが積まれ突き出ていましたが、97年に埋められ、現在のようになりました。

さらにその先の財務局若松住宅に入る道端に、車止めのような石塊が見られます。ここには以前は「医校会」と記されていましたが、人骨が発見された直後、「医療センター」「駐車禁止」などと書き直されました。

●陸軍軍医学校防疫研究室
1932年、陸軍軍医学校の中に防疫研究室が発足します。軍医学校の中にありながら、その中でさえ厳重に管理され、自由に行き来できない場所だったといわれています。そして、この防疫研究室こそが、生体人体実験を通して細菌戦の研究・開発をしていた731部隊をはじめとする防疫給水部隊と、日本の医学アカデミズムをつなぐ、ネットワークの中枢機関でした。実際、731部隊の部隊長・石井四郎は嘱託としてしょっちゅうここを出入りしていたそうです。

人骨《ほね》は告発する

＊

731……足すと11……イレブン……ベストイレブン……サッカー……サッカーといえば、サッカーボール、ピッチ、ゴール、イエローカード、レッドカード……赤、白、黄、緑、黒の食材五色バランス健康法を見事クリアしたでござる、あとは拙者にお任せくだされ。サッカーボールは、ごはんを球形に握り、五角形に切ったのりを貼り付け、昆布の佃煮《つくだに》を細く切って五角形を結べばいいでござるが、栄養のバランスと必要カロリーを考えて、おにぎりは大きめのを1個にして、中に鮭そぼろと白ごまと焼肉を入れるのでござる。ゴールは、のりを鋏で切って拵えるのでござる。ピッチは、芝でござるから思い切って緑にするしかござらんな。ほうれん草、キャベツ、ブロッコリー、さやいんげん、枝豆をみじん切りにして大胆に敷き詰めるでござる。イエローカードは薄焼卵、レッドカードは赤ピーマン……ム！　忘れていたでござる！　ワールドカップときたら、日の丸ではござらんか！　731弁当にとっても、日の丸はまさしく象徴でござるから して、四角いタッパーにプレーンヨーグルトを入れて、いちご、よりはプチトマトの方が、らしく見えるでござるな……しぃろぉじぃにあぁかぁくぅ　ひぃのぉまぁるぅそぉめぇてぇ　ああうつくしいぃ　にぃほぉんのぉはぁたぁはぁ……しかし、肝心要《かんじんかなめ》の日の丸がヨーグルトに沈んでしまう可能性もあるでござるな……しかれどもいかに御天道《おてんとう》さまといえども、日の出がござれば日の入りもござるというのが摂理《せつり》というもの……まぁ、止《や》むを得《え》んでござる、お許しくだされ……拙者、手はじめに大鍋で湯を沸かし野菜を茹でる準備をするでござるが、本格的に弁当づくりを始める前に、ゆたか氏《うじ》の朝ごはんの進み具合を偵察して参るでござる。

　本日のメニューは、納豆ごはん、鶏肉とこまつ菜の味噌汁、トマトとニラのスクランブルエッグ、ジャガイモとベーコンとピーマンの炒めもの、締めて10品目、約430キロカロリーでござるがぁ……ぬき足……さし足……しのび足……ヒタ……ヒタヒタヒタヒタ……ニンと！

「まぁだ、食べてない！　早く食べなさいよ、もぉ！」

「ママ、どうして、ヘンなおかおして、はやくたべなさいよ、もぉ！っておおきなこえでいうの？」

「それは、あんたがぜっんぜん食べてなくて、イヤんなっちゃったからだよ」

「ちがうよ、ママがげんきだからだよ」

「え？」

女は気を鎮《しず》めるためにゆっくり長く溜息を吐き、勝手に電波を受信して勝手に時間調整している電波腕時計をはずしてテレビの上に置いた。テレビを観ながら食べると、テレビを観ないで食べる時の半分しか咀嚼《そしゃく》しない、というニュースをネットで読んで、毎朝ゆたかが楽しみに観ていた『おかあさんといっしょ』を禁止にした。

「どうして、ハァってためいきつくの？」

「疲れたからだよ」

「つかれないでぇぇぇ！　げんきだしてぇぇぇぇぇ！」

今度は、息子を黙らせるために、眉間《みけん》に皺を寄せてこれ見よがしに溜息を吐いた。

「どうしたらげんきになるの？」

「それは、あんたが食べることだよ」

「じゃあ、ヘンなおかおしないで、あさみせんせいみたいに、ゆたかちゃん、がんばれ！っていって！」

「ゆたかちゃん、がんばれ」

ゆたかは、すっかり冷めてしまった味噌汁の中の鶏の胸肉をトーマスのフォークで突き刺した。

口に入れた。

噛んでいる。

喉は動かない。

口に溜めて噛んでいるだけだ。

「ゆたかちゃん、がんばれっていって！」

口から鶏肉が飛び出した。

「ひと口ひと口言わなきゃいけないの？」

「ママ、げんき？」

「ママのことはどぉでもいいから、は、や、く、た、べ、て！　あんたはしゃべり過ぎ！　お口はひとつしかないんだから、お口に物が入ってる時はしゃべらない！　しゃべりながら食べるなんて10年早い！　そういう風に口に溜めてるとね、口の中で食べものがまずくなって、余計食べるのがイヤんなるんだよ。10回噛んだらごっくん！　はいッ！　い―ちッ！　に―いッ！　さ―んッ！　し―いッ！　ご―おッ！　ろ―くッ！　し―ちッ！　は―ちッ！　きゅ―うッ！　じゅ―うッ！　ごっくん！」

鶏肉を飲み込み、パーシーのスプーンで納豆ごはんを口まで運んだ。

噛む。

飲む。

口を押さえた。

「吐くなッ！　もったいないッ！」

両頰をリスのように膨《ふく》らませて目に涙を滲《にじ》ませている。

うぇッうぇッぐぇぇぇぇぇぇ！

吐いた！

ほとんど箸《はし》をつけていない料理の上に！

吐きやがった！

女はゆたかの頰を引っぱたいた。

泣いた。

痛みを訴えるのではなく、自分自身を憐《あわ》れむような泣き方で。

女はハンドタオルをお湯で絞《しぼ》って、吐いた納豆ごはんで汚れた顔と首回りを拭いてやり、けろけろけろっぴのTシャツを脱がせて、スマイリーフェイスのTシャツをかぶせた。

「泣きやみなさい。ママがお弁当をつくってる間に、うんこをして、おしりを拭いて、手を洗って、歯をみがいて、お顔を洗って、タオルで拭く。順番を言ってみなさい」

「うんこ……顔……」

「違うッ！　うんこしたら手を洗う。あんたは、うんこを顔につけて平気な人？」

「ヤだ」

「もう一度、順番を言いなさい。どうすれば清潔か、自分の頭で考えながら言いなさいよ」

「うんこ……て……は……おかお……」

「よしッ」

女は台所に戻って、沸騰《ふっとう》しつづけて半分以下になってしまったお湯の中にほうれん草とブロッコリーを入れ、グリルの網にサラダ油を塗り付けて塩鮭をのせ、フライパンに油を敷いて牛肉を炒めた。

食事は楽しく食べさせて、食べたいという意欲を育《はぐく》むことがなによりも大切です、基本はできないことを叱るより、できることを褒《ほ》めて自信を持たせることです、お母さんが怖い顔をして無理強《じ》いすると、食べることが嫌いな子になってしまいます、との育児書にも書いてあるけれど、そんなのは建前《たてまえ》に過ぎない。子どものためになることなら、子どもが嫌なことでも、親が嫌なことでも、無理強いしなければならないのが育児というものだ。

この季節は食中毒が怖いから、なるべく食材には手を触《ふ》れない。おにぎりもラップで握る。サルモネラ菌の原因食品は肉・卵、腸炎ビブリオ菌は魚介類、ブドウ球菌は穀類、カンピロバクター菌は鳥豚牛、セレウス菌嘔吐型は米・スパゲッティ、下痢型は食肉製品・スープ・野菜・プリン、大腸菌の原因食品は多種多様――、女はプリントアウトして冷蔵庫のドアにマグネットでとめてある国立感染症研究所のホームページの週報を読んだ。

●ヒトから検出されているVero毒素産生性大腸菌　検出総数は84件で、うちO157が57件、O26が16件、その他の血清型が11件報告されている。第20週（5／12～）以降では、O157が千葉市4件、佐賀県4件、富山県1件、O26が福島県3件、千葉市1件、その他の血清型が宮城県3件（第20、21週：すべてO121）である。いずれも散発事例、または家族内発生事例からの検出報告である。

７３１弁当をミッキーマウスのナプキンで包んで黄色い園カバンに入れると、感染、感染、感染という言葉が大きくなり、女は自分の喉が鳩《はと》のように脈打つのを感じた。いまは考えない、いまは考えている時間がない。忍法！　乱れ吹雪《ふぶき》！　ニニニニニッ！水筒を園カバンにしまいぃ、まだしゃくりあげているゆたか氏《うじ》の半ズボンのポケットに、忍法！　風車《かざぐるま》手裏剣！　ビャーシャシャシャッ！　セサミストリートのエルモのポケットティッシュと、とっとこハム太郎のハンカチを押し込みぃ、ニニニカァッ！　出席するとシールを貼ってもらえる「おたより手帳」が内ポケットに入っていることを確認して園カバンを背負わせぇ、ピンクの園帽をかぶらせぇ、顔、耳、首、腕、脚にエンヴァニュ　サンブロックＡＢ　ＳＰＦ25・ＰＡ＋を塗ってぇ、ＤＳ２防塵マスクを装着させてぇ、虫除けスプレーをシュシュシュシュシュシュ！　あとは靴を履くだけでござるな、というところまで漕ぎ着けたでござるよ、ニンニンニンニン。

「ほら、よく見て、反対だよ。くっつけてみればわかるって毎日言ってるでしょ？　ゆたかぁ、ママに同じこと言わせないでよ。同じこと言われる方もうんざりだろうけど、同じこと言う方だってうんざりなんだよ。いい？　靴は反対に履かない。上履きは踏んづけない。ママ、見てないけど、わかるんだよ。踵《かかと》に踏んだ跡が残ってるから。踵を踏んでると、どうなるか知ってる？　地震が起きたら生き埋めになる、火事が起きたら焼け死ぬ、頭おかしいヤツが包丁持って入ってきたら刺される。子どもの足は軟骨成分が多くて柔らかいから、安物のいい加減な靴を履かせると、外反拇趾《がいはんぼし》になったり、指がくの字に曲がるハンマートゥになっちゃったりするんだよ。他のお友だちは、一足二千円もしないブカブカのズック靴にティッシュ詰めて履いたりしてるけど、あんたのは一足四千五百十五円もするミズノテックパークなんだからね！　スポーツシューズのミズノが医学博士と共同開発した発育インソールが入ってるの！　上履きだって、八百十九円のバレーシューズじゃないんだよ！　靴の中で素足に近い状態をつくり出すアサヒ健康くんで、二千九百四十円もするんだからね！」

「でも……ぼく……おともだちとおんなじうわばきがいい……マジックテープがたいへんで、ぼく、いつも、ビリになっちゃうんだから」

泣き過ぎて酸素が足りないのか、声というよりは息に近かった。

「早く履けるように練習すればいいだけの話です。それにマジックテープを止めるなんて、1秒もかからないでしょうが。ビリになることを靴のせいにするなんて、卑怯だよ」

抱き上げてチャイルドシートに乗せると、ゆたかはヘルメットと防塵マスクの中で大きなあくびをした。

女も自転車を漕ぎ出した途端に、睡魔に襲われた。拙者、ゆたか氏《うじ》を乗せているのだから、眠るわけにはいかないのでござる。しからば！　獅子丸！　拙者の腕に思いっ切り噛みつくでござる！　ワン！　いざ！　ガブ！　うッ！　ニン！　ニン！　ニン！　ニン！　ニン！　ニニッ！　パソコンの電源を落とし忘れたでござる！　帰ったら、すぐに落とさないと、731がモニターに焼きついてしまうでござるぞ！　ニン！　ニン！　ニン！　ニン！　見えて来たでござるぞ！　どんぐり幼稚園が！　終戦まで戸山一帯は陸軍の兵学校だったということは拙者も知っていたでござるが、ニンと！　この幼稚園は将校集会所跡だったのでござる！　早稲田大学理工学部、新宿スポーツセンターのあたりは戸山ヶ原射撃場だったそうでござるから、銃声が響くなか密議を行っていたのでござろうなぁ……ニントモカントモ……ゆたか氏、到着したでござる！

閉門間際だったので、今日も鳥居の脇はママチャリで満車だった。女は朝から百回は吐いているだろう溜息の記録を更新して、御神木の根に乗り上げる前に、安定のいい場所でゆたかを抱き降ろした。

手を繋いで鉄筋コンクリートの鳥居をくぐる。すぐ前に五人の母親が横に広がって歩いている。追い抜くスペースはないし、おしゃべりに夢中で後ろが詰まっていることなど眼中にないようなので、一定の距離を保って徐行するしかない。

「早く来ても、早く来てもさぁ、終わる時間いっしょなの」

「いっしょ?」

「なんでぇ?みたいなぁははは」

「ちっとも、それあっはっは」

「いかないよねぇ、言う時はさ、7時に起きるとか6時に起きるとか不可能なこと言うじゃん?」

「ほんとに起きれんのぉ?みたいな?」

「8時近くまで寝てるじゃん?」

「あ、うち、8時じゃ不可能なんで、ぬははは」

「あ、そっか」

「もう休みだね、みたいな」

「8時だとね」

「ダメだね、とか」

「何時に出るのうち? だいたい」

「あ、でもね、8時50分くらいかな」

「じゃぁ、そうでもないよね」

「そうそう、55分かな、最近は一

「あんま変わんないよねぇ」

「自転車は？」

「夏は暑いし冬は寒いから、いいやみたいな？」

「電動ほしいよねぇ」

「デンドー」

「おーいー、2対0ではじめぇ！」

「じゃんけぇんぽぉおん」

「ケツがおいしいケツがおいしい」

「ありすぅ！　ありすぅ！」

すいか組の男の子が蹴《け》ったサッカーボールが、牛歩《ぎゅうほ》で進んでいる女とゆたかの間を擦り抜けて行ったが、ゆたかはボールには目もくれずに大きなあくびをすると、いちごちゃんルームの踏段に腰を下ろし、重たげに頭を揺らしながら靴を脱いだ。

「ママ行くよ」

ゆたかが靴をぶら下げた右手でバイバイして、いちごちゃんルームに入っていくと、中からあさみ先生が出てきた。

「あッ川瀬さん、ちょっとよろしいですか？　あのぉ、ファックス拝読させていただきましたぁ。それでですね、わたくしどもの園長が、直接、お話ししたいと申しておるんですがぁ……」

女は一瞬なにを言われているのかわからず、あさみ先生のエプロンのドラえもんのポケットをまじまじと見てしまった。そうだ、正座だ、と気付いて、慌てて咳き込みそうになり、それをごまかすために笑うしかなかった。

「えっ……あっ……はい……いつがよろしいでしょうか？」

「来週月曜日、降園後、ということでいかがでしょうか？」

「あのぉ……ゆたかを預けるところが……」

「あっ、はい、ゆたかちゃんはこちらで」

「え？　いっしょに、ということですか？」

「いえ、すいか組さんの部屋で、りさ先生に遊んでてもらいます」

「あっはい、それは……あのぉ、わたしはどこで……」

「いつも通りお迎えに来ていただいて、みなさんがお帰りになるまでちょっとお待ちいただいて、いちごちゃんルームの方で、と考えているんですが、よろしいですか？」

「はい……」

「それでは、よろしくお願いします」

　女はどこへ行き、なにを考えたらいいか途方に暮れて、砂場の方へ歩いていくあさみ先生の背中を一歩、二歩追いかけた……どうしたんだろう？……言葉のやりくりができない……言葉が上手にしゃべれなかったり、舌が縺《もつ》れたりすることがありますか？　YES　急に箸《はし》が使えなくなったり落としたりしますか？　YES　めまいがしたりバランスが取れないことはありますか？　YES　片側の手足が痺れることは？　YES　物が二重に見えたり歪《ゆが》んで見えることは？　YES　一方の目が見えない、視野が欠けるということは？　NO　YESが3個以上あるあなたは、脳梗塞《のうこうそく》になる危険があります……

　あさみ先生はスコップで砂を掘っている女の子の隣にしゃがんで、何か話しかけている……園長先生と、何話せばいいんだろう？……そうだ、正座だ……正座……正座は問題……正座は拷問……正座するとO脚になる……正座は神道とは無関係……神社本庁の誰かさんは正座を星座と勘違いして、星座をお祀《まつ》りしてる神社は少ないって言ってたけど、少ないってことは、在るってことだよね？……星座ってギリシア神話でしょ？……ゼウスとかアポロンとか……どんぐり幼稚園でもときどき子どもたちにスライド見せてるけど、アマテラスオオミカミとかヤマトタケルノミコトとか古事記や日本書紀の世界でしょう……その星座神社の御は何座なんだろう？……おうし座……ふたご座……てんびん座……みずがめ座……かに座……あぁ……もうすぐあの人の誕生日だ……毎年ちょっとした物とゆたかの絵を送ってるんだけど……今年はどうしよう……ゆたかにパパの顔でも描かせて……でも、顔忘れちゃってるよね……写真見せて……むかしの写真しかないな……女は園庭を見回して息子の姿を探した……いちご組は三十人……女の子も男の子もみんな園庭で遊んでいるのに、ゆたかは……いない……先生も……みんな園庭に出てる……ゆたか、いちごちゃんルームでなにしてるの？　絵本？　お絵描き？　ねんど？　トイレ？　今朝なに食べさせたっけ？　えーっと、納豆ごはんと、鶏肉とこまつ菜の味噌汁と、トマトとニラのスクランブルエッグと、ジャガイモとベーコンとピーマンの炒めものだ……怪しいとしたら、鶏肉か卵だな……サルモネラ……カンピロバクター……大腸菌……

「あっらまぁ、いつ立ったの？」

「今日立ったか、昨日立ったか、そんな感じ。うわぁ、ちょっと待ってぇ、どこにいるのぉ？」

「ここに並んで、ここに」

「そっかぁ」

「朝早いとねぇ」

「まぁちょっとね、おうちでゆっくりね」

「わたしは、待ってる、ふふふ」

「ははは」

「ははは早く？って」

「そうだよねぇ」

「ねぇ」

「うちの中でちょっとってわけにはいかないから、ちょっと公園とかなんかぐるぐる行くんだろうなぁって」

「そうなのよねぇ、ふふふふふ」

「暑いから出す？　みたいな？」

「うんうん、あ、そうだねぇ、あっ、うん」

「そうなのぉ」

「じゃぁ今度じっくり、うふふふふ」

「おほほほほ」

「2階でぇ」

あさみ先生がなにかを取りにいちごちゃんルームに入って、ゆたかの手を引いて園庭に戻ってきた……あ、もう、マスクはずしてる……踵《かかと》を踏んで足を引き摺って……水溜りだらけなのに……予備のシューズはあるけど、もし明日雨だったら、降園後すぐに洗って干しても乾かないだろう……まぁ、いざとなったらドライヤーで乾かせば……

あさみ先生は、れおんくんとかいとくんに両手を引っ張られ、しょうたくんにおしりを押されて御神木《ごしんぼく》の白樫《しらかし》の方へ行ってしまった。一人残されたゆたかは足元のスコップを拾って、鉄棒を叩き始めた。砂場でトンネルを拵《こしら》えていた男の子が突然砂をつかんで立ち上がり、ゆたかの顔めがけて投げ付けた。アンダースローで！　確実に目を狙って！　だれ！　こみやりんや！　だれも見てなきゃ、ひっぱたいて、つねって、けっぱくってやるとこなんだけど、これだけ母親たちの目があると——、他人の子どもを叱るわけにはいかない。

ゆたかはちょうど口を開けていたらしく、目を閉じたままペッペッと砂を吐き、目に入った砂を手の甲で擦《こす》った。

女は柵から身を乗り出して、叫んだ。

「ゆたか！　こすっちゃダメッ！」

女の大声を聞き付けたあさみ先生がゆたかに駆け寄った。水飲場で顔を洗ってもらっている。東京都の幼稚園と保育園の砂場は大腸菌と寄生虫の大繁殖場で、かなりの確率で犬猫回虫卵も検出されてるんですよ、園児が帰ったらビニールシートかぶせてるみたいだけど、猫はビニールシートにもぐるなんてお手のもの、回虫卵が体の中で成虫になったら、発熱、視力低下、肝臓障害などを引き起こすって知ってますか？　福島由来の放射性物質は全部で31種類で、セシウムだけじゃなくて、ストロンチウム90は１４０兆ベクレル、プルトニウム２３９は32億ベクレルも放出されていて、関東でも検出されてるんですよ。今年２月に南相馬で確認された１０８万ベクレルの黒い砂って知ってますか？　福島だけじゃなくて、５月に東京の江戸川区でも24万ベクレルの黒い砂が見つかったし、原発からいまだに毎日2640万ベクレルの放射能が放出されつづけているわけだから、東日本の幼稚園や公園に安全で安心な砂場なんて存在しないんですよ……でも、もう、目を離さなきゃ……切りがないし……赤ちゃんの時みたいにずっと見てることなんてできないんだから……これから、小学校、中学、高校と上がるごとに、親の目が届かない時間が増えて……見ちゃいけないんだ……目を離そう……うちに帰ってお迎えの時間まで眠ろう……目覚しと腕時計のアラームをセットして……

「なんかこぅ、あのぉちょこっとずつお金が出て来てるらしいんだけどぉ」

「あぁ、ほんとぉ」

「なんかあのぉほら何百円単位のをおろしに行くのもたいへんだからぁ」

「うんうんうん」

「ちょこっとなくなったらぁおろしてぇ」

「自分ちのものといっしょに買ってきてぇ、領収書がないヤツがぁ」

「あぁぁぁ」

「なんか出てくるんだけどぉ、なんかそれはね、領収書なんかつくってくれてぇ」

「あっ、つくってくれるんだ」

「うん、なんかそれにぃ、その金額だけ書いてぇなんかくれるってゆぅ」

「あっ、そうなのぉ」

「それでなんか班長さんを通して、あのぉリーダーを通してわたしなんかにくれるらしいのね」

「あ、あっほんとぉ」

「はーい！　いちごちゃぁん！　そろそろ朝のお歌が始まるよぉ！　あっ、ほら、スコップ出しっぱなしになってるよぉ、みんなの物だから、大切にしようねぇ、みんなと先生のお約束だよぉ。はい、あいらちゃん、手ぇ洗ってぇ、また、後で遊べるからね、はい、おかたづけだよぉ。かっくん、横入りはダメだよ！　順番だからねぇ、後ろに並んでくださぁい！」

　子どもたちは手を洗った順に園舎の中に入っていく。ゆたかはあさみ先生の腰に両手を回して完全に脱力し、ときどきあさみ先生の靴につまずいては抱き上げられ、なんとかいちごちゃんルームまで運ばれていった。いちご、みかん、すいかの三つの部屋のドアが閉められると、母親たちはぞろぞろと鳥居に向かって移動し始めた。

「あっヤだ！　りょおくん！　ごめぇん、落ちちゃったぁ」

「あっはははは」

「ちょっと、りょおくん、来て！　これやめて！　やぁめぇて！」

「ズボンはき替えたばっかなのね」

「あっほんとぉ」

「2度目はちょっとイヤよねぇ」

「それも泥水ぅ？みたいな」

「早く洗わないとなぁ？みたいな」

「ははは」

「ただでさえ、梅雨で乾きが遅いのにぃ」

「そうだよねぇ、湿気がねぇ」

「うちも長靴ぅ、でももう水溜りでバシャバシャ」

「あはは」

「ふっふっふ」

女が鳥居をくぐった時、朝のあいさつの歌が聞こえた。

せんせい　おはよう
みなさん　おはよう
きょうもなかよくあそびましょう
おててもきれい　おかおもきれい
よいよいよいこは　ここですよ
かみさま　おまもりくださいな

ママチャリのハンドルを握っても、スタンドを蹴《け》り上げても、母親たちはおしゃべりをやめようとしない。どんぐり幼稚園に通っているのは、ほぼ全員が戸山ハイツの住人なので、自転車通園、徒歩通園に拘わらず鳥居の前の坂を下りなければ帰れない。五十台以上のママチャリが一斉に坂を下りる、ブレーキかけつつ、おしゃべりしつつ……ママチャリの袋小路だ……送りの復路とお迎えの出待ち、どっちがキツイんだろうか……そりゃあどっちもキツイけど、どっちかって言えば……う～ん……お迎えの出待ちは、わざと遅れて、先生の話が始まっちゃえば、あとはゆたかの名前が呼ばれるのを待つだけで、ゆたかさえ帰してもらえば、ゆたかとおしゃべりできるし、だいたいうちの子はいつも居残り弁当だから、お迎えの復路はすぅいすいだ。送りの往路は……ゆたかと手を繋いで、おはようございます、おはようございます、おはようございます、と連呼すれば抜けられる……やっぱり、最大の難所は、送りの復路なんだろうな……でも、きっと、キツイと思ってるのはわたしだけじゃないはずだ……

話すべき話は口にしない。口にするのは、他に考え事をしていても相槌《あいづち》を打てるようなとりとめのない話だけだ。そんな話でも、いつも相手の出方を窺《うかが》って、用心と警戒を怠《おこた》らず、笑う時さえ、他の母親が笑い出すまで待機《たいき》して、誰かが笑ったら、遅れまいと慌てて笑う——、結局、自分と同じでなければ受け容《い》れられないんだ。一人一人違うということはわかっていても、違う、が、同じ、からはみ出た時点でアウトなんだ。だから、みんな違いを隠して同じように見せかけて、隠して、隠して、隠して……

「買って送ってほしいくらいだよねぇ」

「ほんとそうそう」

「向こうの人にね」
「絵柄を見てほしかったんだよねぇ」
「あはははは」
「あぁぁやめてぇぇぇ」
「今日は泥のはねかえりがぁ」
「ねぇ」
「もうねぇ、親指しゃぶり過ぎて、ふやけちゃって」
「あはははは」
「もうねぇ、親指のところがねぇ、穴あいちゃってるんだけど、もういいやぁって」
「あはははは」
「指紋の渦巻模様」
「それでまたぁ降りなさいって言っても降りたくない」
「あっはは」
「今日はドロドロになるよって言ってもダーメ」
「自分は、あのツンツルテンのがなくなったりして」
「あ、そうですか、良かったです」
「ありがとうございましたぁ」
「良かったね、やっぱり寝違えたんだぁ」

正面突破《とっぱ》あるのぉみ！　いざぁぁぁぁぁ！　女は自転車にまたがると、チンチーンとベルを鳴らし、思い切ってペダルを漕ぎ出した。拙者、先を急いでいるのでござる！　そこを通してくだされ！　忍法！　影走り！　ビャーッ！　倍速！　パパーッ！……みんな見ない振りをして見て、聞かない振りをして聞いてる……そして、わたしがいなくなったら、いまの見た？　見た見た、とはじめて楽しくおしゃべりすることができるわけだ。

公園を抜け出して空を見上げると、戸山の森は一枚のぶ厚い雲にすっぽりと覆われていた。

女は箱根山通りの車道をゆっくりと下っていった。

右手をご覧ください、大久保通りからつづく白いタイルの建物群は、研究所A棟、B棟、外来棟、教育研修棟、放射線診断棟などが連なる国立国際医療研究センターでございます。戦前は陸軍第一病院だったそうで、この敷地内にも、終戦時、大量の人骨標本を埋めたという元看護婦の証言がございます。信号を右折して左手に見えますのが、国立感染症研究所、陸軍軍医学校跡地でございます。この通りをさらに100メートルほど上がりますと、陸軍第一病院と軍医学校を繋いでいた地下道の入口がございまして、雨の日などは地下道を歩いて通勤していたそうですが、危険だからという理由で97年に埋め立てられてしまいました。

箱根山通りに戻ります。諏訪《すわ》通りに向かって右手に見えますのが、早稲田大学戸山キヤンパス、左手に見えますのが、学習院女子大学でございます。この一帯も陸軍の敷地で、近衛《このえ》騎兵連隊兵舎《きへいれんたいへいしゃ》の一部は、いまも学習院の校舎として利用されております。

いま一度、右手、国立感染症研究所をご覧ください。89年に奇妙な人骨が多数発見された事件よりも前に、実は、この地で大きな事件が起きていたのでございます。

研究所の、品川区から新宿戸山地区への移転が明らかになった87年のことでございます。隣接する早稲田大学、周辺住民らが「遺伝子組み換え等による新しい未知の病原体が出現する時代なので、そのような病原体を住宅地で扱うことになる。予防法も治療法もわからない病原体を住居専用地域で扱うことは公衆衛生に反し、人権無視になる」と主張し、情報公開を求めましたが、研究所を管轄《かんかつ》する厚生省はこれに応じなかったのでございます。

88年12月13日、怒った住民、早大生らは研究所予定地を取り囲み建設を阻止《そし》しようとしましたが、機動隊によって制圧され、早大生30名が逮捕されたのでございます。

89年3月、住民と早稲田大学教職員は、「戸山地区への移転および感染症実験等は、周辺住民に対して生物災害をもたらす危険がある」として病原体実験業務の差し止めを求める訴訟を起こし、我が国初のバイオハザード裁判として、マスコミで大きく取り上げられました。原告の主張は、地震などの災害によって病原体が漏出《ろうしゅつ》する危険があるというものでしたが、２００１年3月、東京地裁は原告側の訴えを、「想像に過ぎない」「不安に過ぎない」「推測や可能性を述べたものに過ぎない」という理由で排斥《はいせき》したのでございます。原告側は直ちに控訴、東京高裁で審理が行われ、判決は2003年9月に言い渡されました。「病原体が漏れて住民らに感染する具体的危険性があるとまでは認められない」という内容で、原告側は再び敗訴して、最高裁に上告するも棄却されたのでございます。

一方、戸山人骨事件の方は、92年に新宿区が「厚生省と協議するが、区としては焼却・埋葬する方針」と発表したのを受け、109名の新宿区民が、人骨焼却差し止めを求めて東京地裁に提訴いたしました。2000年12月に最高裁によって住民側の敗訴が確定いたしましたが、7年間の裁判闘争の結果、将来の由来調査を視野に入れた人骨の現状保存を勝ち取ることができたのでございます。

女は両足をついて振り返った……巨《おお》きな黒い石が見える……あれが、きっと慰霊碑だ……鳥？……カラス？……ううんもっと大きい……はばたくというよりは、慰霊碑から脱け出そうとしてるように見えるけど……目の錯覚かもしれない……

どうして、なにも知らなかったんだろう？

どうして、なにも知らずに、暮らしてたんだろう？

ここに越してきたのは12年前、2000年だから、人骨が発見されたり、学生が逮捕されたりした80年代後半の出来事を知らないのは仕方ないとして、人骨焼却差し止め訴訟の判決が2000年12月、実験差し止め訴訟の判決が2001年3月――、ちょうど越して来てすぐのできごとだ。

女は額の汗をTシャツの袖《そで》で拭《ぬぐ》って、父親の誕生日27621を指で崩し、今日の年月日1222でロックして自転車を離れた……とにかく眠りたい……0・1秒でも早く布団にゴールしたい……女はエレベーターのボタンを押した……さぁ、いま、ゲートが開いたッ！　第731回、感染研記念！　注目の先頭争いですが、先頭を行きますのはユミブライアン！　3馬身から4馬身差をつけて、ユミブライアン、先頭を走ります、さぁ、先頭は依然ユミブライアン、他の馬も追い上げてきたッ！　しかし先頭はユミブライアン、ユミブライアン先頭ッ！　各馬一斉にムチが入るッ！　ユミブライアン先頭のまま、第4コーナーを回って最後の直線だぁぁぁ……

だれ？……

一人はチャイムを押し、もう一人はごみ袋を持って……

うちだ……

「なに、か？」

「あの、これ、お宅のごみですよね？」

半透明ごみ袋から透《す》けて見えるのは、白いケーキの箱……溶《と》けてアルファベットだかなんだかわからなくなったミニキャンドル……ブロッコリーの茎《くき》、さやいんげんの筋《すじ》、枝豆の枝……731弁当のピッチだ……

「うちのごみですけど……どなたさまですか？」

「37号棟、自治会会長の萩木《はぎき》悦子《えつこ》です」

「副会長の吾郷京子《あごうきょうこ》です。この白い箱は資源ごみですよ」

「これはですね、昨日、息子の誕生日でデコレーションケーキを買ったんですよ。内側に生クリームがべったり付いてます。食品などの汚れが付着した紙類は燃やすごみとして出す決まりになってますよね？」

「……燃やすごみに出すんだったら、手でちぎって小さくしてください」

「そんなこと、『広報しんじゅく』には書いてありませんでしたよ」

女は怒りで頬が上気《じょうき》しているのを意識しながらチノパンのポケットから携帯電話を取り出し、104で新宿区役所の番号を調べ、ボタンをプッシュした。

「新宿区役所でございます」

「ごみの分別についてお伺いしたいんですが」

「かしこまりました。生活環境課にお繋ぎいたします」

シミソシミソ〜ファ、ファ〜ミミレドド〜……「乙女の祈り」の旋律の中で、自治会長と副会長の表情が驚きから憤《いきどお》りに変わっていった……レファシレファレ〜ド、ド〜シシラソソ〜……

「もしもし、お電話代わりました」

「ごみの分別についてお訊《たず》ねしたいんですが、生クリームが付いてるケーキの箱は、何ごみとして出せばいいんでしょうか？」

「あぁ、はいはいはい、それはですね、あのぉ、燃えるごみ、可燃ごみで出してください」

「燃えるごみですか？　資源ごみじゃないんですね？」

「あのぉ、たとえばケーキの箱でね、あのぉ、クリーム付いたりとか、ピザァ、ピザなんかありますよね？　ピザの箱で油が付いたりとか、そういうものは資源になりませんので、可燃ごみになりますので、はい」

「自治会の人に細かくちぎれと言われたんですけど」

「えっとですね、たとえばあのぉ、普通のごみ袋ありますよね？　ごみ袋に入るものでしたら、その大きさでだいじょうぶですよ。えー、ダメなのはね、ごみ袋とか、あのぉごみ容器とかにきちんと入れて出さないとダメなんですよ。たぶんそのまんまで出されたから、あのぉ、袋の中に入れなさいと、たぶんそういうことだと思いますね。ですからきちんとですね、袋に入れて、袋が破けない程度にね、大きな箱だったらもうちょっと小さくして出してくださいということですね、はい」

「5号のケーキの箱ですから、袋が破けるような大きさではありません。わたしは、それをきちんと潰してですね、半透明ごみ袋に入れて出したんですよ」

「そう、ですか、それならぁ、」

「可燃で出して問題ないんですね」

「はい、問題ありません」

女は電話を切って、静かに鋭《するど》く言った。

「新宿区としては、可燃で問題ないそうです」

「あなたは鬼の首を取ったみたいに、新宿区としては、とおっしゃるけど、37号棟の自治会としては問題なんですよ」会長は女の顔に向かって吐き出すように言った。

「37号棟に住むものは、37号棟の決まりに従ってもらわないと困るんです。37号棟の決まりに従いたくないいんだったら、ご自分専用のごみステーションをつくったらいかがですか?」副会長は腕組みをして脇腹の肉をつまんだ。

女は携帯電話のリダイヤルボタンを押した。

「生活環境課をお願いします」

シミソシミソ～ファ、ファ～ミミレドド～……自治会長が空咳《からせき》をしている……レファシレファレ～ド、ド～シシラソソ～……写真のポーズみたいな腕組みをしていた副会長が両腕をほどいて脇に垂《た》らした……もう、吠《ほ》え面《づら》寸前ですな……シミソシミソ～ファ、ファ～ミミレドド～……

「もしもし、お電話代わりましたぁ」

さっきと同じ男性だ。

「もう一つお訊ねしたいんですが、ごみステーション以外の場所にごみを棄てることは可能でしょうか?」

「えっとですねぇ、原則的にはですね、ごみステーションというのはですね、付近の住民の方々で、あのぅ、ご相談なさってですね、ここへ出しましょうあそこへ出しましょうと決めてるんですよ。ですから、行政がですね、あそこへ出しなさいここへ出しなさいという指示はできないんですよ。これ、清掃車が通る道筋でしたら、どこでもけっこうですよ、と言わざるを得ない。単独でですね、決められた場所以外に出すとか、原則的にはダメなんですよ。自分ちの前、近く、最短のごみステーションで、ご近所の方々とご協力していただくということですね」

「原則的にはダメでも、自治会で認められればだいじょうぶということですか？」

「……そういうことになりますね……自治会ないしご近所で、ね」

「色々教えていただいて、ありがとうございました」

女は電話を切って、二人の女に向き直った。

「自治会で認めていただけますか？」

「それは、わたしたちだけでは決められないし、例外を認めて、じゃあうちもうちもってことになって、10も20もごみステーションができたら、清掃員の方がたいへんじゃないですか。少しは他人の身になって考えてみてくださいな」会長は亀のように喉を反らし、てのひらでパタパタと首をあおいだ。

「例外を認めることはできませんね」副会長は大きな乳房の下で十本の指を揉み合わせている。

風が強くなり、横殴りの雨が髪や服を濡らしたが、37号棟の自治会長と副会長は雨を完全に無視していた。

「37号棟には37号棟のルールがあるんですよ」と会長。

「それに、あなた、可燃の日に何袋出してます？」と副会長。

「何袋といったって、1、2袋ですけど？」

「あなた、37号棟全体で何人暮らしてるかご存じ？」と会長？

「299世帯、568人ですよ」と副会長？

会長はケムマキに、副会長は獅子丸に似ている。顔つきと体つきは対照的なのだが、声としゃべり方はそっくりで、腹話術《ふくわ》のように口を動かさず、輪唱《りんしょう》のようにかぶってしゃべるので、どっちがしゃべっているのか聞き分けるのは難しい。

「みんなが出したいだけ出したら、あのごみステーションはあふれてしまうんですよ」

「限られたスペースだから、1世帯につき1袋と決まってるんです」

「お宅は、母子家庭なのに、どうしてそんなにたくさん出すのかしら？」

母子家庭という言葉が皮膚に染み込み、女は身震いした。

「母子家庭じゃありません。主人は長野に単身赴任してるんです」

「あら、でも、ここで暮らしているのは、3歳の男の子とあなただけでしょう？」

「月に4、5回は2袋よね？」

「見張ってるんですか？」

「見張ってやしませんよ、ねぇ」

「目に入る時もあれば、耳に入る時もあるんですよ」

「うちなんか、6人の大所帯ですけど、可燃はコンビニ袋一つで済みますよ、済ますんですよ、徹底的なリサイクルで」

「大量に出す、分別はしない、お宅、目に余るんですよ」

「生クリームが付いた箱は可燃だったじゃないですか。それに、この前、あなた方がここに置いてったごみ袋、あれ、うちのじゃありませんよ、濡《ぬ》れ衣《ぎぬ》です。とにかく、それぞれの家庭には、それぞれの事情があるんです。37号棟の自治会は家庭の中にまで立ち入るんですか？」

「事情があるのが、お宅だけだと思ったら大間違い。うちなんか、おじいちゃんおばあちゃんの介護もやってますけど、1袋以上出したことなんてありゃしませんよ」

「あなた方とお話ししても不毛《ふもう》だし、疲れるだけだから、これでおしまいにします」

　女は左手でごみ袋をつかみ、右手で鍵を回した。

「逃げるの？」

「時間の無駄ですから」

「逃げるんじゃない」

「自分の家に帰るだけです」

「逃げ帰るんでしょ、ねえ」

「あら、逃げた」

「あらあらあら」

ドアを閉めた瞬間、嗽《うがい》のような笑い声がガラガラと響いた。

女はごみ袋をベランダに叩き付け、チャーチチェアーに座った。デスクトップのモニターを睨《にら》み付ける。電源ランプが緑になっている。マウスにてのひらをかぶせて動かすと、「人骨は訴える」の組パネルが浮かび上がり、クリックすると、茶色く変色した頭蓋骨の写真が大きくなった。

頭蓋が切り取られた少年

●左の写真B４の頭骨は、フォルマリンによって固定された約15歳の少年の標本。頭蓋は頸椎《けいつい》から切断され、右頭部が鋸《のこぎり》によって大きく切り取られている。頸部には皮膚などの軟部が多量に残っていたが、脳はなかった。

ドリルで穴を開けられた標本

●右の写真B５の頭骨は、ドリルと鋸を使って頭蓋の一部を切り取る脳外科手術の開頭術に類似。類似例はこの他にもある。鑑定は「これらの外科手術類似の手技は、頸部で切断された死体の頭部に対して実施されたものと推定される。その目的はおそらく手術の予備実験ないし練習であろうと想像される」とした。

骨に受けた仕打ちは骨によって語られるけれど、血や肉や皮や内臓や目や鼻や舌や歯茎や指や爪や髪や脳や肛門や性器に受けた仕打ちは、何によって語られるんだろうか？　その命が肉体から引き摺り出される瞬間、何か叫んだんだろうか？　その声は、その命を奪ったものの耳にしか響かなかったんだろうか？　その耳からその響きはすぐに拭い去られたんだろうか？　まだ響きつづけているんだろうか？　その響きを、語ることによって外に逃がしてやることはできないんだろうか？　いま、スクルージを過去に導いた幽霊が出て来てくれるのなら、わたしは、人骨一つ一つの、この世に生を享《う》けてその生を奪われるまでの、人骨標本となって遺棄《いき》されるまでの、全ての時間に立ち会い、全てを目撃したい。

でも、どうして？

どうして、わたしなんだろう？

お起《た》ち！　そして私と一緒においで！

女は腕時計を見た。１時15分！　もう歩きじゃ間に合わない。レインコートを羽織《はお》る。新しい半透明ごみ袋を引き出し、Ｔシャツの中に押し込む。鍵を閉める。廊下を走る。エレベーターで１階に降りる。キーロックを父親の誕生日に合わせる。サドルにまたがる。ジャンジャンジャン！　立ち乗りで坂道を上がる。まくれッ！　風でフードがめくれる。まくれッ！　雨で眼鏡が濡れて前が見えない。ゴール！　駐輪場には一台も停《と》まれる。

っていない。自転車停めて、走れッ！

　鳥居をくぐると、色とりどりの傘が幼稚園を包囲していた。


「今日も休みかなぁと思って、じゃあまた今度ぉ」

「べぇちょべちょになりそうだぁ」

「ぎぃりぎり、ほら」

「また体重増えちゃってさ」


「厳しいよね」

「でも、あたし同期だから、なんつーか」

「めいちゃんはだいじょうぶなの？」

「めいはだっていっしょに1時半だから」


「えッ、すっごいきれい」

「あっはっはっは」

「頭ら辺にかかっててね」

「うん」

「で、帰りぐらいには、もうダメでぇ」

「そうそう」

「ばぁーっとね、すごかった、うわぁーとかって」

「へぇ」


「ハワイ?」

「幼稚園だから、休んでもいいやって。うちの、7月8月は休みとれないから」

「どうだった?」

「海、静かなんだよねぇ、ずぅぅぅっと。そんで太陽の光があの、こぅ、キラキラしてて、ね、輝いてて、ワァイキキって感じ?」

「もろワァイキキって感じじゃん」

「うぃひひふふ」


「ただねぇ、信号機と、で、で、電線?がね、ちょうど富士山にかかるんだよねぇ、写真が現実的になって」

「そうそう、あれ?みたいな」

「あれぇなくなってほしいなぁとか思って」

「電線はいいけど、信号はねぇ」

「そう、ちょっとなぁみたいな」

「まさになぁ、いい感じで入っちゃうんだよねぇ信号」

「ちょうど真ん中だからねぇ」


「駐車場の方?」

「コープの前の道をまっすぐ行ったところ。ううん、ちょうどね」

「そうそう、あそこを上に、まっすぐまっすぐ、あの道沿いなの」

「なんか抜かりないからさぁ、お店が」

「うわぁ、ヤだなぁ洋服」

「これから」

「これから?」

「あっそう?　わたしは帰る」

「あっそう」

「また今度ね」

きょうもたのしくすぎました
なかよしこよしで　かえりましょう
せんせいさよなら　またまたげつようび
ぐっどばい

いちごちゃんルームのドアが開いた。

バーバリー柄の傘とチューリップ模様のピンクの傘の隙間からあさみ先生の顔が見えた。

「今日は、ホールで、のりや鋏《はさみ》やクレヨンを使って、お友だちといっしょに大笹用の七夕飾りをつくりました。夏休みまであと2週間ちょっとですが、行事がたくさんありまず。7月9日から12日までは個人面談です。日程はこちらで決めさせていただきたいんですが、もし、ご都合の悪い日がありましたら、月曜日までに担任の方にお知らせください。

あと、16日に園長先生を囲む会があります。これは、7月8日までに出欠を出してください。7月3日は親子で七夕制作をします。笹飾りを仕上げて持ち帰っていただきますが、安全確保のため、笹は子どもに持たせず、おうちの方が持っていってください。7月6日は七夕祭です。ホールに大笹を飾って、祭壇に海の幸と山の幸をお供《そな》えして、玉串《たまぐし》をあげて、保護者会からのクッキーとジュースをみんなでいただきます。ホールの飾り付けなど、おうちの方にご協力いただきますので、よろしくお願いします。

あと、水着です。お天気のいい日はビニールプールに入って遊びます。お名前を書いたスーパーのビニール袋に、体を拭《ふ》くタオルといっしょに入れてください。これも月曜までです。晴れた日、蒸し暑い日には、どんどん水遊びや泥遊びをするので、女の子も動きやすい半ズボンがいいと思います。砂に泡を混ぜてふわふわにしたり、色んなところに泡を塗ってみたり、洗剤の空容器で水鉄砲をしたり、お洗濯がたいへんだとは思いますが、よろしくお願いします。では、お名前呼びまぁす！」

女はフードをかぶり直した。居残り弁当だと20分は待たされる。

「ゆたかくん！　りんやくん！　ゆりちゃん！　しょうたくん！　そらみちゃん！」

えッ！　いちばん！

女は、すみません、すみません、と傘を掻き分けながら最前列まで進んだ。

りさ先生は女の耳にもぐり込むように囁《ささや》いた。

「ゆたかちゃん、お弁当落としちゃって、食べてないんですよ。わたしのおにぎりを一つあげました。わざとじゃないんです。手がすべっちゃったみたいな感じで。ねぇ、ゆたかちゃん」

女は靴を履いているゆたかに半透明ごみ袋をかぶせた。頭と体がすっぽりと隠れて、てるてるぼうずみたいだ。ゆたかの手を引いて雨の中へ歩き出す。傘がないのも、自転車で迎えにきたのも、女だけだった。

「ゆたか、濡れちゃうから、早く早く」

「どんぐり、みーっけ！」

ゆたかはしゃがんで、割れたどんぐりの実をつまみあげた。

「これって、たべれるんだよ。ゆでるんだって、りさせんせいがいってたよ。ママ、おうちでゆでてくれる?」

ごみ袋の裾《すそ》が水溜りの泥水に浸かっている。

「立って！　ポイしなさいッ！　木の実は危険！　栗から続々とセシウムが検出されて出荷停止になってるの。どんぐりは食品じゃないから検査されてないけど、どんぐりを大量に食べるツキノワグマの肉からセシウムが検出されてるのよ。木の実が危ないっていうのは常識よ、常識！」

ゆたかは濡れた手にどんぐりを握り締めたまま立ち上がった。いつもだったら、指を一本一本抉《こ》じ開けてでも没収するところなのだが、視線を束ねて注目している担任と母親たちから一刻も早く逃れたかった。女は黙って息子をごみ袋でくるむようにして抱き上げ、自転車のチャイルドシートに乗せた。

＊

「うわぁ、うわぁ、ずぶ濡れになっちゃったね、だいじょうぶ？　だいじょうぶ？　まず、お風呂入ろう。お湯ジャーーッと出せばすぐ溜《た》まるからね。もう入っちゃおう。すぅぐ溜まるからね」

女は息子の服を脱がし、自分の服も脱いだ。

ゆたかはまだ拳を握っている。

「ゆたか、それ、ママにちょうだい。取り上げない、洗って返すから、ちょうだい！　ママが約束やぶったことある？」

「……ない」

「じゃあ、信じなさい。ママを信じて、グーをパーにして。ほらぁ、ママもゆたかも裸んぼでおかしいでしょ？　洗面器の中で遊ばせてあげるから、はいッ！　さいしょはグー！　じゃぁんけん！　パー！」

ゆたかはパーを出した。

女は落ちて転がったどんぐりを拾い、せっけんで洗った。

何ベクレルなんだろう？

洗うと何ベクレルになるんだろう？

安全とは言えない……

でも、いまは泣かれたくない……

いま泣かれたら、もう……

どんぐりを息子のてのひらに載せてやる。

シャワーを浴びる。

顔を洗う。

目を閉じる。

眠気に脚を揺らされる。

ここで眠ってはいけない……

でも……眠い……

「ママ、みて！　どんぐり、ぐらぐらしてきた！　にえてるよ！」

目を開ける。

湯船をまたぐ。

ゆっくり腰を落とす。

お湯があふれる。

こんなに溜まったってことは、何分眠ってたんだ？

ゆたかは洗面器を鍋《なべ》に見立ててどんぐりを湯がいている。

「ママ、もうちょっとしたら、おあじみしてね」

「ゆたか、お口に入れちゃダメだよ」

「しってるよ、ほうしゃのうがこわいからでしょ」

「そう、怖い……怖い……」

そういえば、去年は戸山公園でどんぐりを拾って、白いペイントマーカーとサインペンで、トトロの顔とおなかを描いて、あの人に贈った。パパ、お誕生日おめでとう。一つはママ、一つはゆたかが拵《こしら》えました。幼稚園の御神木のどんぐりなので、御守りになると思います。なにかあったら、二人のトトロが助けてくれますように……

湯船の角に砂時計がある。

いつから、ここにあるんだ？

女は砂時計を手に取った。

「これ。ゆたかが置いた？」

「ちがうよ、ママだよ」

「いつ？」

「きのう」

「え？　昨日？　憶《おぼ》えてないなぁ」

「ママ、すながぜんぶおちるまで、あったまんなさいっていったじゃん」

「言ったっけ？」

「いったよぉ！」

「じゃあ、言ったんだ……」

「ママってわすれんぼだね」

ゆたかはひさしぶりに声を立てて笑った。

「ママぁ、カメのしたいがあったんだよ」

「したいって、死んだ亀？」

「そう、あれはかんぜんにしんでたよ。だってハエがたかってたもん」

「亀はさぁ、生きてて元気な亀でも、サルモネラ菌、赤痢菌、病原性大腸菌、カンピロ

ハクダ菌　シデルシデ　虫卵を持ってる場合があるんだよ。それに、昨年から1年以上野ざらしなわけだから、相当被曝してると思う。ゆたか、触《さわ》ったの？」

「ぼく、さわってないよ」

「お友だちが触ったの？」

「まぁ、そう、だね」

「誰が触ったの？」

「おぼえてないなぁ」

「まったく、ママの口真似《まね》してぇ。憶えてないはずないでしょ」

「おぼえてないはずないでしょ」

女も笑って、笑いながら砂時計をひっくり返した。

「さぁ、砂が落ちるまであったまるでござる。しからば、ゆたか氏《うじ》、なにか歌をうたってくだされ」

「おやすいごようでござる、どんぐりころころ　どんぶりこ　おいけにはまって　さぁたいへん……」

「忍者たるものいかなる季節いかなる場所といえども、じっと身を潜《ひそ》め耐え忍ぶことが肝要。水中座禅も重要な修行の一つなのでござる、ニンニン」

女は湯の中で座禅を組み、三段腹の二段目あたりで左てのひらに右てのひらを重ね、親指の先を合わせた。

「ゆたか氏《うじ》、これは定印《じょういん》といって、心の安定を表し、お釈迦《しゃか》さまが悟《さと》りを開いた時の姿をとらえたものでござる。ゆたか氏《うじ》も、一ついかがでござるか？　悟りが開けるかもしれないでござるぞ」

「どんぐりころころ　どんぶりこ　おいけにはまって　さぁたいへん……」

さては歌い出ししか知らないでござるな……はて？……次の歌詞はなんでござるか？……思い出せないでござる……どんぐりころころ　どんぶりこ　おいけにはまって　さぁたいへん……

「忍法！　息吹き！　ぷくぷくぷく……ぷくぷくぷく……」

女は湯の中に口を沈めた……どんぐりころころ　どんぶりこ　おいけにはまって　さぁたいへん……可燃……人骨……不燃……正座……資源……放射能……離婚……いちばん切迫してるのは離婚なんだろうな……パートに出るとしたら、幼稚園に送ってってお迎えまでの4時間だから、コープのレジ打ちぐらいかな……コープのあたりは陸軍幼年学校の跡地なんだよね……13、4歳で入学して、卒業後は陸軍士官学校に進学する幹部候補生だったんだって……養育費……生活保護……母子家庭……児童扶養手当……やっぱり朝から夜まで保育園に預けて働かないとダメなのかな……でも、10年以内に来るでしょう、ドカーンとでかいヤツが……あっちにドカンと来たら、4号機の使用済燃料プールの千五百三十五本の燃料棒がメルトダウンして大量の放射性物質が風に乗ってやってくる……、こっちにドカンと来たら、浜岡の九千本の燃料棒がメルトダウン……放射能も怖いし、感染研の建物が全壊して、得体の知れない病原体が撒き散らされるのも怖い……瓦礫《がれき》と遺体の下から人骨標本がざくざく出るのも怖い……考えてみれば、ここに引っ越してから、ゆたかを授かったこと以外は、全くいいことがない……引っ越そう……あの人が東京に帰ってくる前に……でも、どこに？……日本は地震国で活断層だらけなのに全国くまなく原発がある……80キロ圏内に入らない場所、あることにはあるけれど、実際は静岡県の茶葉や長野県のりんごからもセシウムが検出されているわけだから、次なる大地震と大津波と原発事故の可能性を考えたら、逃げられる場所なんてどこにもない……沖縄には原発はないけど、フィリピン海プレートはあって、先島諸島なんかじゃ、85メートルの津波に襲われたという古文書も残ってる……外国？……原発がなくて、治安がいい国に移住する？……でも、先立つものがございませんのよ……ここに住みつづけるしか、ないか……都心で、この広さで、四万円以下っていうのはない話だもんね……確か離婚しても、配偶者と一親等の親族は居住を許可されるんじゃなかったっけ……養育費とは別に、ゆたかが成人するまで家賃は払いつづけてほしい……慰謝料とれるんだろうか……裁判になるんなら、いまのうちに不貞の証拠をつかんどいた方がいいよね……もう誰が見てもやってるだろっていう決定的写真を……でも、誰に頼むんですか？……先立つものがございませんのよ……格安の興信所ってないのかな……一千万円の生命保険の受取人はわたしだけど……離婚して、モリサキヤスコと再婚したら、名義変更されるんでしょうね……受取人はカワセヤスコ……わたしより3歳下だから35

か……まだまだ産めますな……ゆたかの腹違いの弟か妹を……あぁ、死んでくれないかなぁ……死んでほしいんですけど……死な、死に、死ぬ、死ぬ、死ね、死ね！

砂時計の中の時間が、落ちた。

＊

蒸すでござる。

暑いでござる。

寝苦しいでござる。

でも、まだ目覚しは鳴らないのでござる。

眠っているのではござらん……ニン、ニン、ニン、ニン……拙者、園長との一騎打ちを目前に控《ひか》え、英気《えいき》を養っているのでござる……しかし、暑いでござるな……いやいや、これまた修行のうちでござる……忍……忍……ニ〜ン……心頭《しんとう》を滅却《めっきゃく》すれば火もまた涼しでござる……クッ……クッ……クゥゥゥ……暑いッ！

女はタオルケットを蹴飛《けと》ばしてベランダのガラス戸を開けた。

フーッ……いぃい風でござるぅ……いぃいお天気でござるぅ……梅雨明けはまだ先でござろうなぁ……

てるてるぼうずが揺れている。

縊《くび》れ死んでいるように頭をガクッと前に倒して……

やや！　おぬし、だいじょうぶでござるか？

拙者、決して怪しいものではござらぬ。

ちょっと失礼つかまつる！

女はてるてるぼうずの頭を反らしてみた。ゆたかが紫のマジックで描いた目、鼻、口――、右目のあたりのティッシュがほつれて泣いているように見える。一本線の口が波打っているのは、苦痛？　嘲笑？　不信？　首はティッシュ一枚で繋がっている状態で、いつちぎれてもおかしくない。

ヒュウウウウウウウ！

てるてるぼうずがくるくる回る。

ヒュウウウウウウウ！

壁のカレンダーが画鋲《がびょう》ごと吹き飛ばされる。

ヒユウウウウウウウ！

ムッ！　におうでござる！

ベランダには半透明ごみ袋がひとぉつ、ふたぁつ、みぃっつ……

生ごみは水きりをして**お出しください**。

食用油は紙や布に染み込ませるか凝固剤で固めて**お出しください**。

植木の葉や枝は50センチ程度の長さにしてから、2～3束ずつ**お出しください**。

蛍光管は紙ケースに入れて**お出しください**。

割れた食器やガラスなどの危険物は、厚紙に包み「危険」と表示して**お出しください**。

スプレー缶やライターが原因で清掃車の車輌火災が発生しています、スプレー缶やライターは、必ず最後まで使い切ってから**お出しください**。

最近、「燃やせます」「有害なガスは発生しません」と表示しているビニール容器、プラスティック容器があります、新宿区では、ビニール系、プラスティック系でできている物は不燃ごみに**お出しください**。

可燃ごみは、蓋付きの容器か中身の見えるポリ袋に入れて、収集日の朝8時までに集積所へ**お出しください**。

不燃ごみは、蓋付きの容器か中身の見えるポリ袋に入れて、収集日の朝8時までに集積所へ**お出しください**。

お出ししません！

燃えるごみも、燃えないごみも、
お出ししません！

蠅《はえ》がたかったって、蛆《うじ》が湧いたって、
お出ししません！

臭《くさ》くたって、鼻がひん曲がったって、

お出ししません！

女はガラス戸を閉めた。消臭剤をスプレーしながら部屋を歩いて回る。アルカリ、酸をはじめ、有・無機質など、あらゆる性質の悪臭を同時に消臭します、と書いてやがるのに、臭《くさ》ッ！　臭ッ！　痛ッ！　女は跳《と》んだ。チャーチチェアーの座面に右足を載せて裏返す。土踏まずに画鋲が突き刺さってやがる、チキショー！

女は画鋲を引っこ抜いて、カレンダーを留め直した……〈6月25日、正座会談、決裂or和解〉……いまさらジタバタしても仕方ないでござる……運を天に任せるしかないのでござる……ニンニンニンニン……鏡台に座って眼鏡をはずし、化粧ポーチのファスナーを開ける……入園式以来でござるな……その前は……はて？……七五三でござるか？……ムゥ……どれじゃどれじゃ……半年に一度だと、手順を忘れていかんでござるな……まずは、と……リキッドファンデーションを、てのひらにワンプッシュ！……ムム！　酸《す》っぱ臭い！……これはヤバイかもしれぬ……化粧品にも消費期限があるでござるからして……粉系はまだいけそうでござるが……ムムム！　この口紅はかなりぃ……表面に汗をかいているでござるよ……余裕で10年は使っているでござるからなぁ……忍……忍……忍……忍法！　百面相《ひゃくめんそう》！　伊賀伝来のカバーリングファンデーションでシミを塗り潰し、平筆《ひらふで》で目下のクマと口回りのシワにニーンニンニンニン、フェイスパウダーをパータパタパタパタパタ……しからば、拙者、眼鏡をかけてベースメイクの仕上がりを点検するでござる！

嫌だ……お面みたい……白過ぎて……送り迎えで焼けちゃってたんだ……額の生え際が茶色く残って……腕も土方《どかた》焼けしてるし……でも、それ以前に化粧ノリ悪過ぎ……ファンデーション、地図みたいに浮き上がってるし……いくら、アイライナーやマスカラで目をぱっちり見せたって、リップライナーやグロスで唇をぽってり見せたって、そんなのは二の次で、まず、目が行くのは膚《はだ》なんですよッ！　化粧映《ば》えするのは若い膚だけなんですよッ！　老いた膚に塗りたくったたって、塗れば塗るほど老いが目立つだけなんですよッ！　だいたいねぇ、老いを化粧で隠そうって了見《りようけん》が浅ましいッ！


鏡よ、鏡、この国でいちばん醜い女はだぁれ？

お妃《きさき》さま、あなたがこの国でいちばん醜い……

女は顔を洗って化粧を落とし、度の強い眼鏡をかけて背筋を伸ばした。

いざ、出陣でござる！


「さようなら！」

「あッ、さよなら」

「さようなら！　お買い物？」

「うん」

「じゃあね！　ほら、りんやもあーちゃんにバイバイして！」

「りんやくん、バイバーイ！」

「もぉ！　あーちゃんはちゃんとバイバイできるのに、ヤーだ照れちゃってるのぉ？」

「さようなら！」

「さようなら！」

「あれ、けっこう塗ると割とすぐ治らない？　割と、ねぇ？」

「かぶれるよ、ねぇ」

「あれ？　あれ？」

「オムツかぶれ用の？　あぁなに？　やさしいヤツ？　メリーズ？」

「あぁ、はいはいはいはいはいはい」

トゥルルルルルル、トゥルルルルルルル、トゥルルルルルルル……

「もう、あぁ、どこ入れちゃったんだろ？　あった！　ちょっとゴメンね、出るね……もぉしもぉし？……あぁ、でも、ほら、来る？……いま？　いま幼稚園だよぉ、お迎えがさ……帰りにぃ？……うんうん……うん、じゃあ、ゴメン、来る？……うん、わかった、ゴメンね……はーい……帰りに？……いいよいいよ、いいったらぁ……じゃあねぇ、さようなら！」

「さようなら！」

「さようなら！」

「かーなちゃん、バイバーイ！」

「また、明日ねぇ！」

「はぁい、ママちゃん、これどぉぞ！　ママちゃーん！　これどうぞ、どぉぞぉ！」

「しょーたー！　ダーメーだーよー！　自分の持って出ないとぉ！」

「ヤだよぉ、ヤだッ！　ヤだヤだヤだヤだヤだヤだヤだヤだ、ヤですッ！」

「さようなら！」

「さようなら！」

「かゆみ止めってヤツ？」

「かゆみ止め」

「だからそれで、かゆみはひいてるんだけど」

「せっかく少しは余裕でてきたから、お膚もキレイにしなくっちゃっとか思って塗っちゃったりして、逆にひどくなっちゃったりしてぇ」

「なんかそれでお医者さん行くのヤだよね、なんかさ、これでおさまると思ったのにぃ」

「いっひっひっひっひ」

「ていうかさ、なんか、ヘンなさ、結婚式の前とかってこぉおやってやるじゃない？」

「うん、うん」

「あれやるとぉ、なんか、毛穴開いちゃうみたいでぇ、すっごいテッカテカになっちゃったのぉ、わたし、やったことなかったのにぃ、なんかパックやったりぃ、そしたら毛穴すっごい開いちゃってぇ、もうなんかお式のときテッカテカでぇ、脂《あぶら》ぎっちゃったのかなぁ」

「うぃっひひははふふふ」

「写んないのよ光っちゃって、なぁんかぁははは、やぁけに光っちゃってぇへへへ、目鼻立ちがぁはははははははは」

「そうっほほほほほ」

「さようなら！」

「さようなら！」

「あ、さようならぁ、どう？」

「だいじょぶそ」

「よかったねぇ。熱は？」

「熱はないの」

「あ、ほんとぉ？　だいじょうぶだった？　さようなら！」

「さようなら！」

「ちょっとアレだよねぇ」

「ねぇ、なんか」

「きつくね？」

「きついよねぇ」

「さようなら！」

「さようなら！」

「男の子バージョンと女の子バージョンがあるね」

「それがいいかもしれない」

「どこ行くの？」

「最終的には」

「大人用のいいヤツ塗った方がいいよ」

「膚に合わなかったりしてぇふふふ」

「3個セットで、いくらくらい？」

「1580円」

「そんな安かったら、わたしもっとふふふふふ」

「さようなら！」

「さようなら！」

「何センチ？　何センチ？　ごめん、何センチ？」

「ひとり1点限りならさ」

「あッ、買ってきてもらったの？」

「これからこれから」

「さようなら！」

「さようなら！」

「さようなら！」

宮司《ぐうじ》はどんぐり幼稚園の行事に参加する時の常装《じょうそう》ではなく、外山《とやま》神社の大祭《たいさい》用の輪無《わなし》唐草紋《からくさもん》の黒袍《くろほう》に白八藤紋《しろやつふじもん》の紫奴袴《むらさきぬばかま》、繁紋《しげもん》の冠《かんむり》までかぶっていた。

「こんにちは、このたびは……」女は気後《おく》れしながら会釈《えしゃく》をした。

「お座りになってください」

宮司に園児用の椅子を勧《すす》められて、腰を下ろした。

おしりははみ出すし、脚は余るし、長居は無用ということか——。

「ファックス拝読いたしました。いやいや、よくお調べになりましたね。たいへんだったでしょう？」

宮司は平然と笑みを浮かべた。いつもは、説明会や入園式で挨拶《あいさつ》する姿を保護者席から見ているだけなので、こうやって間近に顔を合わせるのははじめてだった。

色白なのに漆器《しっき》みたいに底光《そこびか》りしている顔は、神主《かんぬし》というより大仏……耳なんかすごい福耳だし、揉上《もみあ》げあたりの巻き貝パーマなんかモロなんですけど……

「いろいろ難しくお考えになっているようなので、まず、神道《しんとう》について、わかりやすくご説明したいと思います。少々長くなりますが、お楽にお聞きになってください。

まず、神道には仏典や聖書のような聖典はありません。教祖が存在しないので、明文《めいぶん》化《か》された教義もございませんが、『古事記』『日本書紀』を読めば、神々の系譜、祭や禊《みそぎ》など、神道の起源を知ることができます。

宇宙のはじめに一つのものが存在し、やがて天と地に分かれ、イザナギ、イザナミという男女の天の神が顕《あらわ》れ、川、草、木、海、国土を生み、おしまいにこの世を治める三神を生みました。それが太陽の神であるアマテラスオオミカミ、月の神であるツクヨミノミコト、そしてスサノオノミコトです。アマテラスは神々のお住まいになる高天原《たかまがはら》を治められ、ツクヨミは夜を治められましたが、弟のスサノオは、海原を治めよという父イザナギの命に背き、母イザナミのいる根の国へ行くと言って数多《あまた》の乱暴を働きます。それに憤《いきどお》った姉のアマテラスは天岩戸《あまのいわと》に隠れてしまわれる。

天地は常闇《とこやみ》となり、様々な禍《わざわい》が起こります。八百万《やおよろず》の神々が集まり、どうすれば良いかを相談した結果、岩戸の前に榊《さかき》を立て、鏡をかけ、紙垂《しで》をつけて祝詞《のりと》を唱えました。そして、アメノウズメノミコトが、桶《おけ》を伏せて踏み鳴らし、胸や陰部まで曝《さら》け出して踊り、八百万の神々の笑い声が高天原に轟《とどろ》いたのです。

岩戸の中でこの騒ぎを聞いていたアマテラスは、何ごとだろうと扉を少しだけ開け、自分が岩戸に籠っているのに、なぜアメノウズメは楽しそうに舞い、八百万の神々は笑っているのかと問われました。アメノウズメが、あなたさまより貴い神が顕《あらわ》れたので喜んでいるのですと答えると、岩戸の陰に隠れていたアメノコヤネノミコトとフトダマが鏡を差し出しました。鏡に映る自分の姿を新しい神だと勘違いされたアマテラスが、その姿をもっとよく見ようと岩戸をさらに開けた時、タヂカラオがその手を取って外へ引き摺り出し、すぐにフトダマが岩戸の入口に注連縄を張って、もう中へ入らないでください とお願いし、再び光が満ちたのです。

髪と手足の爪を切られ高天原を追放され、出雲国《いずものくに》へ天降《あまくだ》ったスサノオノミコトは、ヤマタノオロチを退治し、オロチに食われるはずだったクシイナダヒメを妻としました。その地でオオクニヌシノミコトが生まれ、オオクニヌシノミコトはその名が示す通り国土開拓をすすめたのです。しかし、国を治めるのはアマテラスの子孫と決まっていたので、アマテラスの孫のニニギノミコトが天降ることになりました。アマテラスは鏡を渡し、わたしと同様にお祀《まつ》りしなさいと命じられ、稲穂を渡し、国運の隆昌《りゆうしよう》と永遠の発展を祝福されました。

ニニギノミコトは九州高千穂《たかちほ》に降臨《こうりん》し、三代を経《へ》てお生まれになられたのが、カンヤマトイワレヒコノミコトです。カンヤマトイワレヒコノミコトは東の大和《やまと》へと移り、橿《かし》原宮《はらのみや》にて即位され、ここに初代神武《じんむ》天皇が誕生されたわけです」

宮司は眠気を誘うような半眼《はんがん》のままリモコンを天井に向けて電源ボタンを押した。ピッと音がして緑色の運転ランプがつき、通風口から冷たい風が降りてきたが、氏子《うじこ》崇拝《すうはい》者《しや》に挨拶をするような口調はびくともしなかった。

「神話の世界が示すように、日本という国は神話から歴史へとつづいていて、神々や国土、自然と人々との繋がりが密で断絶がないんです。

まず、独特の風土があります。古来、四季の移ろいを五感で感じ取っていた日本人は、神も人も自然に従い、自然に包摂《ほうせつ》されていると考え、山や木や岩や泉や川や湖や海などにも神霊が宿っていると信じ、その信仰が、神、人、自然と共生する大らかで寛容な心《こころ》根《ね》を育《はぐく》んできたのです。

山が多い日本は川の流れが速い。流れる水と共に在《あ》る暮らしの中で、日本人は清きものを讃《たた》える感覚を磨きました。神々を祀るに際して、最も尊ばれたのは、心身が清浄であるということです。自然の中に在《あ》らせられる神々は、清き心、明るき心、正しき心には恵みを与えますが、穢《けが》れた心、昏《くら》き心、邪《よこしま》な心には容赦《ようしゃ》なく罰を下します。これが道徳です。これが民族の原点です。

日本人は約二千七百年の長きにわたって、こうした信仰、信仰に基《もと》づく道徳心を育んで参りましたが、必ずしもそれを宗教だと自覚していなかった。それは信仰心が弱いということではなく、それほどまでに神々と自然と人々が一体となって暮らしていたということなんです」

女は羽根が抜けていくようにゆっくりとふわふわと疲れ、もう何も考えられなかった。瞼を閉じないでいられるのは、冷房と椅子のおかげだ。

一方、宮司はしゃべりつづけているというのに、唇にも声にも疲れを滲ませていなかった。むしろ、楽しそうに見えた。

「嘆かわしいことに、現代の日本人は自然への畏敬《いけい》の念を失い、先祖代々神霊が宿っていると信じられてきた山々を切り崩し、川や湖を埋め立てています。人々の手によって自然と神々との契《ちぎ》りを破棄してしまった現代における神道の信仰は、神社と祀りの中にしか存在し得ないのです。

神社の多くは森の中にあります。町なかにあっても大きな木によって護《まも》られています。鎮守の森は、現代に残された貴重な信仰の場なんです。自然との調和の中に神さまをお祀りしている佇《たたず》まいを境内《けいだい》と呼び、その入口に建っているのが鳥居です。鳥居をくぐった瞬間から、一歩一歩神さまの在らせられるところに近付くのだ、と心を引き締めなければなりません。

身も心も清めた上で神さまにお供えものを献上し、真心こめて御奉仕することを、祀りと言います。語源は、たてまつるで、差し上げる、献上するという意味であると言われております。そして神さまの訪れを、まつ、その神さまに、まつらふということ、すなわち感謝の気持ちをもって御奉仕しなければならないということなんです。

祝詞《のりと》は、神々に申し上げる言葉の大切さを教えていて、言霊《ことだま》の込もった大和《やまと》言葉こそ神さまの心に通じることができる。その精神は和歌の伝統にも生きております。ちなみに、はじめて和歌を詠《よ》んだのはスサノオノミコトだとされております。八雲《やくも》立つ出雲八重垣妻籠《つまごみ》に八重垣作るその八重垣を……」

いつんなったら正座の話になるんだろう……この椅子だったら、地べたに正座した方がマシだよね……冷房効き過ぎだし……何度に設定してあるんだろ?……寒い……でも眠い……寒いけど、眠い……

唐突に、夫の体の重みと息遣《づか》いを感じて、女は目を開けた。

宮司の口は閉じている。

わたし、寝ちゃった？

宮司と目を合わせた瞬間、胸と腹に圧迫感をおぼえ、吐きそうになった。

「お疲れのようですから、正座の話に入らせていただきます。七歳までは神の子と言われますように、日本では古来、子どもを神さまの恵みを受けた授《さず》かりものとして大切に育てて参ったわけです。

近年、大切に育てるということと甘やかすということを履き違えた親御さんが増えているようですが、どんぐり幼稚園の教育理念は、神さまや御先祖さまに対する畏敬の念、他人と調和する謙虚な心、善悪に対するけじめある態度、日本人が培《つちか》ってきた生活習慣や伝統文化を育む、というものなんです。

正座は、日本の伝統文化である茶道、華道、武道で行われてきました。心技を習得するには、まず威儀を正して座りなさい、という教えですね。我々日本人は、客として和室に通された時、お楽に、と声をかけられるまでは正座を崩しません。お楽に、と声をかけられても、その家の主人が目上の方だったら正座しつづける、それが礼儀というものです。また、神道ではお祓《はらい》ということを最も大切にしております。身を清め、衣服を整え、清い上にもさらに清めて、鳥居をくぐって参道を進む。そして、正座をし、神前に額衝《ぬかづ》いて祓を受ける、これが神参りの心得なんです」

静かに語尾をしまったので、やっと終わったと座り直したが、第一声を発した時のようにゆっくりと重々しく口を切った。相手に、自分の考えが間違っていたのかもしれないと思わせることを狙った力のある話し方だった。

「わたくしどもが、お弁当の時間に正座させるのは、感謝の気持ちを表してほしいからなんです。毎日の食事をつくってくださるお母さまへの感謝、毎日働いてくださるお父さまへの感謝、そのお父さま、お母さまを生み育んでくださったお祖父《じい》さま、お祖母《ばあ》さまへの感謝、御先祖さまへの感謝、お弁当の材料となる米や野菜や果物をつくってくださった方々への感謝、魚を捕ってくださった方々への感謝、肉となる牛や豚や鶏を育ててくださった方々への感謝、野菜への感謝、魚への感謝、牛や豚や鶏たちへの感謝、それらを育んだ山、川、海、草、木、土への感謝、天、太陽への感謝——、正座とは感謝の形であり、敬意の表現であり、恐れ畏《かしこ》まり控《ひか》えている姿勢であります。その姿勢を自らの体で取ることによって、神々の存在を身近に感ずることができるんです。

　正座は長時間座っていると痺れて立てなくなることがあり、そのため敬遠されることが多いですが、いざという時には苦痛を耐えてでも正座しなければならない、そういった意識を幼い時に植えつけ、きちんと仕付けることが大事なんです。これが、どんぐり幼稚園の考えでございます」

　宮司は同情するように眉を下げ、柔和《にゅうわ》な声をさらに和《やわ》らげて言った。

「わたくしどもの幼稚園は私立でございますし、義務教育でもございません。もし、どうしても、こちらの教育方針と相容《あいい》れないということでしたら、」

「わかっております。こちらとしても、最終的にはやめるしかないと……」

襟元《えりもと》に落としていた視線を上げると、微笑んでいる口から二本の前歯が覗いていた。反《そ》っ歯で、左よりも右の方が飛び出ている。口より上は、見ることができない——。

「それでは、これで……」

顔中の皮膚をあり得ないほど緊張させて、両腿に手をついて立ち上がろうとしたその時、口にしようとも思っていなかった言葉が割り込んできた。

「神道では、人は死後どうなると説《と》いているんでしょうか？」

「え？」

「人は死んだらどうなるんでしょうか？」

宮司は咳払いをして、職員室の方を見た。

ドアは閉まっている。

もう一つ咳払いをして、女に向き直った。

女の目は正気《しょうき》だった。

「……神道では、天国や極楽浄土《ごくらくじょうど》という来世を説きません。生きて在るこの世にこそ価値を認めています。では死後の魂はどうなるのか。五十日祭、百日祭を終えると、一年祭、三年祭、五年祭、十年祭とつづき、以降は五年ごとに御霊祭《みたままつり》を行います。だいたい三代を経《へ》ますと名前が失われる、御先祖さまになるということですね。そうして、お盆や命日には家に帰り、子孫の営む祀りを受けられるというのが神道における御先祖さまのお祀りの仕方です。故郷の野山に還《かえ》る。自然に還る。御霊《みたま》は生きつづけ、子孫を護り、幸せに導いてくれるという考えです」

「不慮の事故……異国の地で客死《かくし》した人の魂を、祖国の野山に還すにはどうしたらいいんでしょうか？」

「神葬祭以外ということですと、たとえば戦没者の場合は、靖国《やすくに》さんの方にお祀りして、戦没者慰霊祭を毎年行っておりますね。手厚い祀りがなければ浮かばれないということです」

「1989年、国立感染症研究所、旧陸軍軍医学校跡地から、百体もの人骨が発見されたのをご存じですか？」

「……いえ……」

「身元は不明ですが、おそらく当時植民地だった満州、朝鮮の方々の骨なのではないかと指摘されています。終戦時、証拠隠滅《しょうこいんめつ》のために、この戸山に埋められた人骨はまだたくさんあるそうです。彼らの御霊は、祖国の野山に還ることができたんでしょうか？お盆や命日には家に帰り、子孫の営む祀りを受けることができるんでしょうか？」

「うーん……そのぉ……亡くなられた方の肉親が、故郷でお祀りをされれば、そこに御霊が来格《らいかく》されるということになろうかと思いますが……身元が不明だということは……お祀りする人がいないということで……祭祀《さいし》は成立しないわけですね……まぁ……浮遊というか……亡魂《ぼうこん》となって彷徨《さまよ》っているのかもしれませんね……」

「身元不明だと、亡魂となって彷徨うんですね……さまよう……」

女は立ち上がった。

静かに玄関の方に進んだ。

強張《こわば》ったうなじを曲げて振り返った。

なぜ振り返ったのかわからない。

口から声が出た。

「昭和天皇が使われたトイレ、まだあるんですか?」

「ええ……よくご存じですね……戦時中、ここは、将校集会所で、市谷の大本営陸軍部からも将校が集まって密議《みつぎ》を行っていたそうなんですが、一度だけ天皇陛下が使われたそうで……もちろん、わたくしどもは使用しておりませんよ、ははははは……」

宮司の笑い声は行き場を失って、途切れた。

もう、声は出そうもなかった。

女は深々と頭を下げた。

「まぁ、あと2週間で夏休みに入ることですし、夏休みの間にゆっくりお考えになったらいかがですか?」

宮司に見送られていちごちゃんルームを後にし、りさ先生に遊んでもらっている息子をすいか組さんの部屋に迎えに行った。

「すみません」

女はドアを開けた。

ゆたかはりさ先生に折紙を教えてもらっていた。

「ゆたか、帰るよ」

振り返った息子の顔を見た瞬間、体中の袋という袋がパンクしそうになった。

心臓ッ！　胃ッ！　肺ッ！　子宮ッ！


ゆたかをチャイルドシートに乗せて自転車にまたがると、女は腰を浮かしてペダルを踏み込んだ。箱根山を背にして、戸山の森を走り抜ける。追い風だ。髪の毛が口に入る。左手をハンドルから離し、襟《えり》の中に髪をたくし込む……どこの幼稚園に入れればいいんだろう……途中から入れてくれる幼稚園なんてあるんだろうか……どんぐりを退園したことを隠して、2年保育の幼稚園を探すしかないんだろうな……水飲場のところで坂が終わると、女はギアチェンジをして、ペダルを漕ぐ脚に力を入れた。また！　新しい！

幼稚園！　また！　新しい！　お友だち！　また！　新しい！　ママたち！　また！

新しい！　先生たち！　また！　合わなかったら？　また！　転園？　また！　新しい
幼稚園に？

「ママ、どこいくの？」

「お天気いいから、ちょっとお散歩」

「ほんとに？」

「ほんと」

「じゃっじゃっじゃあねぇ、おいけがあるとこ！」

「お池？　池なんてあったっけ？」

「あるよ！　あっちのこうえんの、だいがくがあるとこの」

「あぁ、あれは噴水だよ。噴水が出ないから、池みたく見えるんだね」

「かっくんがねぇ、あそこで、おたまじゃくしつかまえたっていってたよ」

「うちは飼わないよ」

「みるだけかぁ」

「見るだけがヤなら、おうち帰るよ」

「ヤだ」

「どうするの？」

「いく！」

女は明治通りに出て、エネオス、マクドナルドを通り過ぎ、コズミックセンター前の横断歩道を渡って、早稲田大学理工学部と財務省官舎の間の通りを走った。新宿スポーツセンターの駐輪場に自転車を停めて、ゆたかを抱き降ろす。

女は日射しに目を細めて前方を見た。

光をぶちまけたような日向《ひなた》しかない広場……

老人が右腕と左腕を反対方向に回しながら歩いている。

防犯パトロールの黄色いTシャツを着た三人の男が手に手に赤い誘導灯をぶら下げ、斜めに横切って行く。

ホームレスの青いビニールハウスの中からカレーのにおいが漂ってくる。

と、ゆたかと同じくらいの双子の女の子が手を繋いで駆け寄って来た。

靴を踏まれそうな勢いだったので、女は半歩下がってよろめいた。

「ここから、おかあさん、わかる？」

「ここから、ちかいよ」

ゆたかは母親の後ろに隠れ、両手で腰をつかんでおしりに顔を埋めた。

「あのくろいとこはいると、おうちなの」

真下から見上げられているので、無視するわけにはいかないが、いったいなにを言ってるんだろう――。

「えらいね」

と笑ってみせると、子雀のようにピョンピョン跳《は》ねて、手を繋いだまま鉄棒の方へ走り去った。

「じゃあ、かぞえるね。いぃち、にぃい、さぁん、しぃい……じゅう、じゅうさん」

「あはは、じゅう、じゅういちでしょ？」

「きょうはグラタン、きらい？」

「ううん、すき」

「やさいは？」

「やさいは、すき」

ゆたかはいつの間にか噴水に向かっている。

噴水池の周りは鳩だらけだった。

羽を膨らませ、扇のように広げた尾を引き摺りながら、ククドゥークククドゥーと雌を追いかけまわす雄、首を前に出して早足で逃げる雌、嘴《くちばし》を水に突っ込んでがぶ飲みしたり、水の中でバタバタバタッとはばたいて毛繕《づくろ》いしたりしている性別不詳の鳩、鳩、鳩――、いつ噴き上がったかわからない噴水池は、鳩の糞や羽、ポテトチップスの空袋、コーヒーの空缶、煙草のフィルターなどのごった煮の鍋のようで、青味泥《あおみどろ》がぶくぶくと沸いて腐臭《ふしゅう》を放っていた。きっとここは線量が高い……でも、もう測りたくない……測っても変わらない……防塵マスクDS2……COЭKCのガイガーカウンター……バッグの中に入ってるけど、出したくない……もうなにもしたくない……ツカレタ……もう……

「あっ、おたまのたまご！」

ゆたかが指差したのは、黒いつぶつぶが入ったトコロテンのようなカエルの卵だった。こんな水の中でおたまじゃくしが泳ぐんだろうか？　こんな水の中でカエルになるんだろうか？　こんな水の中で交尾して産卵するんだろうか？

「きょう、とりのしたい、みたんだよ」

「こないだは亀の死体で、今日は鳥？　どこにあったの？」

「とりい」

「さっき通ったじゃん」

「さっきもいたよ。あたまがないんだよ。こぉんなにおっきいの」

「そんなに大きいわけないでしょう。ゆたかと同じくらいの鳥なの？」

「うん？　じゃあ、これくらいかな？　でもおっきいよ。はねだけだったら、ぼくより
おっきいんじゃないかな。でも、あたまがないのよ。むしがいぃっぱいたかってるの。

ネコかカラスにやられたんじゃないかって、りさせんせいがいってた。ぼく、かみさま
のおうちにやるみたいに、てをパンパンってやってあげたよ」

「亀の死体、見つけたのはどこ？」

「もうないとおもうよ。ぼくはおすなばであそんでて、おともだちがもってきてくれた
だけだから」

「じゃあ、ゆたかはどこに死んでたか見てないんだ」

「みたよぉ！　くさぼうぼうのとこ、あるじゃん」

「どこ？」

「くさがいっぱいはえてるとこだよ。ゆきちゃんといっしょに、いしころひろってでね、
いしだとおもってひろったら、カメだったんだよ」

「触ったの？」

「うん。でも、ててはさわってないよ。おすなばのシャベルもってたから、シャベルでかんさつケースにいれて、りさせんせいのとこにもってってったの」

「観察ケースに入れたの？」

「いれたよ」

「うわぁ……どうやって消毒しよう……サルモネラ菌、赤痢菌、病原性大腸菌、カンピロバクター菌、ジアルジア、虫卵、セシウム、ストロンチウム、プルトニウム……棄てちゃって、新しいの買うしかないかぁ……ゆたか、お友だちが持ってきたの見せてもらっただけって言ったよね？」

「…………」

「ママに嘘ついたんだね」

「ぼく、うそつくの、おもしろいんだよ」

「嘘つかれる方は、悲しいんだよ」

悲しい、と口にした途端、わっと泣き出しそうになって、女は自分の胸を両腕で抱え込んだ。

「ママ、ごめんね。ないちゃダメよ。ててちょうだい」

女は息子に手を引かれて噴水を一周した。二周目の途中で息子の手はするりと抜け、双子たちのいるジャングルジムへと走っていった。女は噴水を回りつづけた……何も言われわれは、つづけられるかもしれない……幼稚園も……結婚も……何も言わなければ……何も言わなければ……エサ目当てに寄ってくる鳩がバサバサッと飛び上がり……そのはばたきの一つ一つに鼓膜をはたかれ……バサバサッバサバサッ……女は日向に立ち竦《すく》んで背中を丸めた……バサバサッバサバサッ……息子の笑い声が遠くで聞こえる……バサバサッバサバサッ……**身元不明**……**亡魂**……**彷徨う**……

＊

くさい……夜通し嗅《か》いで慣れたはずなのに……眠りが浅くなった隙を衝《つ》いて、鼻腔《びこう》めがけて押し寄せて来たんだろう……生ごみの腐敗臭……湿った雑巾のにおいがするパジャマ……くさい……でも、じっと嗅ぐ……朝の光に瞼を押さえ付けられ、目を開けることができない……瞼の中で目を回転させてみようか……はい、右回りぃ……はい、左回りぃ……朝の圧力に逆らって瞼を開いてみる……少しずつ……少ぉしずっ……薄暗い……霧が立ち込めてるみたい……朝じゃない？……瞼を閉じてた時は、あんなに眩《まぶ》しかったのに……夕方？……午前3時に寝て……夕方まで寝ちゃったってこと？……でも、眠ったっていう充足感は全くない……眠りの檻《おり》に閉じ込められ……出よう出ようと足掻《あが》きつづけて……疲労困憊《こんぱい》……ツカレマシタ……なぜ、眠らなければならないのか？……

今日が終われば、明日が始まる……今日と明日には隙間がない……1秒でも隙間があれば、明日を今日から切り離して、眠りの中に精神を解き放つことができるのに……つづいている……脈々と……綿々《めんめん》と……ずるずると……隙間なく……今日は木曜日で、明日は金曜日、土日は休みで、また月曜日がやって来る……それを繰り返せば、卒園式の日がやって来て……入学式の日がやって来る……そして、また、月、火、水、木、金、土、日、月、火、水、木、金、土、日……いつか、終わる……明日が今日から切り離され……今日が昨日になって……おしまい……でも、わたしの居ない明日は知らん顔してやって来る……わたしの居た昨日を、月、火、水、木、金、土、日、月、火、水、木、金、土、日と引き離して……ゆたかは、眠ってる……とても悲しそうな顔をして……朝なのに……眠ってるのに……眉のところに汗をいっぱい溜《た》めて……こんなに寝汗かいてたら、背中はきっとぐしょぐしょでござろうなぁ……やっぱり濡れているでござる……背中、おしり、シーツ、タオルケット……やれやれ、おねしょでござるよ……枕を脚の間に挟《はさ》んでるから、枕も手負いでござる……三夜つづけての奇襲《きしゅう》に、さすがの拙者も参ったでござるよ、ニンニン。

昨夜、あなたのパソコンでググってみました。親に厳しく叱られた翌朝や、クラス替えや担任の先生の交代や、いじめなどによってストレスが生じると、抗利尿ホルモンの分泌《ぶんぴつ》に影響して、ぐっしょり型の夜尿《やにょう》になると書いてありました。

幼稚園に行かせないで、家の中に閉じ込めているストレスが原因でしょう。

あなたにわたしと居るとゆたかがダメになる、親ならば、ゆたかにとってなにが最善かを考えるべきで、ゆたかはおれと居た方がいいと言いましたね。いまだったら、そうかもねと答えるのに、あなたはあれからメール一本くれません。毎月必ず給料日に振り込んでくれていた生活費も、振り込まれませんでした。きっと、わたしに家裁に持ち込ませようとしてるんですね？　モリサキヤスコの入れ知恵ですか？

　あなた、知ってますか？　おねしょの対処法は、**焦らず、怒らず、起こさず**だそうです。

　まず、眼鏡をかけて、パジャマとパンツを脱がせます、**焦らず、怒らず、起こさず、**すっぽんぽんのゆたかをダッコして、わたしの布団に移します、**怒らず、起こさず、**タオルケットでくるんでやります、**怒らず、起こさず、**おねしょの世界地図ができたシーツを剝《は》ぎ取ります、**焦らず、怒らず、**おしっこをたっぷり吸ったシーツとパジャマと枕を抱えて風呂場に行きます、**怒らず**浴槽にお湯を張って、汚れものをぶち込みます、**怒らず**洗面器にお湯を入れて運びます、**焦らず、怒らず**汗とおしっこでべとついた体を拭いてやります、**怒らず、起こさず**タオルをお湯でしぼって、おしっこの染みをたたきます、**怒らず**すすぎます、**怒らず**しぼります、**怒らず**たたきます、**怒らず**すすぎます、**怒らず**しぼります！　**怒らず！**　たたきます！　**怒らず！**　たたきます！　たたきます！　たたきます！

「いい加減、起きなさいッ！」

　ゆたかはいつの間にかタオルケットを頭の上まで引き上げている。

「もぉッ！　たぬき寝入りなんかしないッ！　あんたさぁ、いくつなのよ！　もう赤ちゃんじゃないでしょう？　そんなに紙おむつ当ててほしいかぁ？　えぇ？　お布団どうすんのよぉ！　２枚しかないのにぃ！　もぉぉぉぉ！もぉぉぉぉ！もぉぉぉぉぉぉぉぉ！　早く起きろッ！」

　タオルケットを引っ張ると、ゆたかは泣いていた。声のない涙で全身を震わせている息子の姿を見ても、不思議なことに何の感情も湧いて来なかった。

「起きなさい」

　ゆたかは母親の髪のにおいが染みた枕にしがみついている。その手を枕から剝《は》がそうとして、爪が伸びていることに気付いた女は立ち上がり、箪笥《たんす》のいちばん上の引き出しに手を入れた。

　黒い小さな革ケースから出てきた銀色の固まりは、女の小指よりも細くて薄い爪切りだった。

　ゆみ　これ　すごい切れ味だから気を付けろよ　爪を切ること以外のあらゆる無駄を削《そ》ぎ落とした世界一小さな刃物　ステンレスだから錆《さ》びないし　これぞまさしく　ドイツの職人魂の結晶《けっしょう》だよ　ひさしぶりに直球ド真ん中ストレート空振り三振って感じだったよ
　そんなに気に入ったんなら　パパが使えばいいじゃん

パパは　これで爪を切るゆみの姿を見たいんだよ　なんの飾り気もない美しさ　きれいだろぉ　ゆみのこと褒《ほ》めてんじゃないぞ
わかってますって！
ちょっと呼子《よびこ》に似てないか？　ゆみは呼子なんて知らないか　犬笛　バードコール
あぁ　ホイッスル
そうだね　似てるね
ここにこうやって爪を引っかけてだな　パチンと開く　もう一度やるからよく見とけぇ　ここにこうやって爪を引っかけてだなぁ
わかりますって！
まぁまぁまぁまぁ　こっちが爪切りで　こっちがやすり　この尖《とが》ったとこで甘皮を押すってわけだ　よくできてるだろぉ　ほんっとよくできてるよ　それから　ここ見て
ここここ　ここに彫《ほ》ってあるのがヘンケルス社のロゴなんだけど　肩組んで髭《ひげ》ダンスしてるみたいだろ？
男子トイレのマークが二つくっついてるようにしか見えないんですけど
ほんと　ゆみって身も蓋《ふた》もないよなぁ
えッでも　ぜぇったい　トイレマークだよ
チャラララッラ〜ララッラ〜ララ〜

パパからの最後の誕生日プレゼント……あの4ヵ月後に命を落とすなんて……わたしは16歳の時からこの爪切りしか使っていない……自分の爪も、あの人の爪も、ゆたかの爪も、この爪切りで切ってきた……

ゆたかは目を固く閉じ、胸の近くでタオルケットを握り締めている。

女は添い寝する恰好で、ゆたかの左手の親指の爪を爪切りで挟んだ。

パチン、新月のような爪が白いシーツに飛んだ。

暗いでござる……犯人は、遮光《しやこう》カーテンでござるな……そういえば、この1週間カーテンを開けていないのでござる……ごみだらけのベランダを見るのは嫌でござるし、外の光も嫌なのでござる……まだ電気はつけないのでござる……ご心配には及ばないのでござる……ゆたか氏《うじ》が誕生してからずっと週1のペースで切っているでござるからして……目を閉じたって切れるのでござる……切ってみせるのでござる……伊賀忍法四十八手！　忍法！　爪切り！　ニンニンニンニンニンニン、カーッ！　パチーン！　パチーン！　パチンパチン、パチーン！

「ゆたか、幼稚園、行こ。このままじゃダメになる。ゆたか、ゆたか、ゆたか、ゆたか！」

女は立ち上がって電気のスイッチを押した……脱いだ形のままの服や下着……コンビニ弁当やおにぎりの空パック……飲みかけのポカリのペットボトル……レゴ……折紙……クレヨン……いつ、こんなに散らかっちゃったんだ？……眠ってる間に、誰かの家に運び込まれて、誰かの人生を押しつけられたみたいな……これは、なにかの間違いだ、間違いは正さなければいけない、間違いです、これは、おぉぉおい！　誰か間違いだと言ってくれぇぇぇぇ！

女は遮光カーテンの端を少しだけめくってみた……半透明ごみ袋の山……あと1週間もしたら、置くスペースがなくなるだろう……梅雨が明けると本格的に暑くなるしくさいし……もう限界……

え？

あれ？

てるてるぼうず……

頭が……

ない？

ない……

ないよ……

落ちた？

ない……

「ママ、ぼく、ようちえん、いきたい」

振り向くと、ゆたかは素っ裸で正座していた。

正座はやめなさい、と言おうと息を吸った瞬間、

ピロロロロロロ、ピロロロロロロロロ、ピロロロロロロロロ……

だれ？

あなた？

モリサキヤスコ？

女は受話器を取った。

「もしもし？　川瀬さんのお宅ですか？」

「はい」

「ゆたかくんのお母さんですか？」

「はい」

「いちご組のすぎはられおんの母ですけど」

「あぁ……はい……」

「輪飾りの材料、ポストに入れておいたんですけど、つくっていただけました？」

「え？　輪飾り？」

「大笹の輪飾りです」

「あのぉ、息子ともども寝込んでいて、ちょっと外へ出てないんですよ」

「あのですねぇ、明日、七夕祭じゃないですか？　お母さんたちで係を決めて準備することになってるんですよぉ、川瀬さん、一昨日の七夕制作お休みだったじゃないですかぁ、あれはおうち用の笹だから別にかまわないんですけどぉ、あのあとミーティングがあったんですよぉ、あのぉ、もしご都合悪いようでしたら、ひと言お願いしますねぇ、ちょっと困ってしまうんですよぉ、無断で休まれると、それでですねぇ、みなさんで話し合って、会場係に決めさせていただいたんですぅ、もう3回集まってるんですけどぉ、一度もお見えにならないですよねぇ？」

「あ……はい……でも、知らなかったんです」

「いつ電話してもいらっしゃらないからぁ」

「具合悪くて寝てたんです」

「でも、輪飾りはつくってくださいねぇ、今日、ゆたかくんお休みするとしても、サイアクお迎えの時までには届けてください、明日が本番だから、夕方までに飾り付けなきゃならないんですよぉ」

「申し訳ありませんが、時間がありません」

「へ？」

「時間がないんです」

「他の母親には時間があり余ってるとでも？」

「あの、ゆたか、幼稚園やめますから」

女は両手でしっかりと受話器を寝かせた。

もう二度と起きないようにコードを引き抜いてやった。

「ぼく、ようちえん、やめるの？」

ゆたかはまだ膝を崩していなかった。

「ゆたか、正座はやめなさいっていつも言ってるでしょ！」

「これ、おかあさんすわりっていうんだよ」

「ママはそんな座り方しません。ゆたかのおかあさんは、だれ？」

「このひと」

ゆたかは女を指差した。

「じゃあ、ゆたかにとっては、おかあさん座りじゃないでしょ？」

ム！　お弁当！　拙者、ぬかったでござる……ウ〜ム、冷蔵庫の中には、昨夜コンビニで買ったツナマヨサンドとMEGMILKしかないのでござる……ごみの件で、自治会から苦情が来てからというもの、明るいうちは出歩けぬでござるし、夜、ゆたか氏《うじ》を一人残して遠出することもできぬでござる……いやぁ、忍者の道は厳しいものでござるからして、耐え難きを耐え、忍び難きを忍び……お弁当はツナマヨサンド、朝ごはんはコーンフレークしかないのでござる……

「お待たせしたでござる！　食べるでござる！」

女はテーブルの上にシリアルボウルを置き、玄米フレークを入れて、MEGMILKを注いだ。

ツナマヨサンドをナプキンで包んで、園カバンを開けると、1週間前の粘土が「おたより手帳」にこびりついていた。ウエットティッシュでカバーを拭いて「おたより手帳」を開いてみる。4月と5月の欠席日数はゼロだったのに、6月は、25日のさくらんほのシールを最後に空欄がつづいている。6月の月曜日はさくらんぼ、火曜日はかたつむり、水曜日はてるてるぼうず、木曜日は水玉模様の傘、金曜日はかえる……7月の曜日シールはなんなんだろう?……7月は本日の木曜シール一枚をもっておしまいとするでござる……

おしまい……

ゆたかは靴に足を入れると、ふうっと大きな溜息を吐き、マジックテープを止めた後にまた、ふうっと溜息を洩らして、踵《かかと》と踵をくっつけて膝《ひざ》を抱いた。

「ゆたか氏《うじ》、参るでござる! いざッ!」

女は右手でドアを開け、左手でゆたかの背中を押して外へ出た。

ベランダの生ごみの悪臭に、大変迷惑をしております。

臭いが付く為、ベランダに洗濯物を干せないといった苦情も多数あります。

ゴキブリやハエなどの被害も深刻です。

これからの季節、感染症などのリスクも高くなります。

再三再四、話し合いを求めて参りましたが、残念ながら応じていただけませんでした。

ここは都営住宅です。

ベランダや室内からごみを撤去していただけない場合は、東京都住宅供給公社と保健所に相談した上で、法的措置を講じるつもりです。

三七号棟自治会　環境部

ドア貼りしやがんの。ポスト、新聞受け、ドアの下、ドア貼り、一応段階を踏んでるつもりでしょうが、目的のために手段を選ばないやり方は、いかがなものかと思いますね、サラ金の取り立てといっしょじゃないですか?

女は37号棟の1階玄関を見下ろした。

出入りを監視されてるかもしれない。

いなさそうだ……

高い……

ここから落ちたら……

落ちる……


子どもの頃。母親と妹が出て行った後だから、7歳の時。高い所から物を落とすのがやめられなくなった。おこづかいの10円玉から始まって、いちごあめ、ねり消し、傘、靴――、ある日、うちの縁側で日向《ひなた》ぼっこをしていた、のら猫のミミちゃんの首になわとびを結び付けた。わたしはミミちゃんを抱っこした。メスの三毛で、真っ白なおなかにピンクのおっぱいが六つ並んでいた。毛並みがきれいで、こんなに人になついてるってことは、きっとどこかの飼い猫なんだろうな、と言いながら、パパは煮干や削り節をてのひらに乗せて餌付けしていた。なかよしのサッコにミミちゃんを見せてあげたかった。サッコのうちは、団地の8階だった。エレベーターに乗っても、ミミちゃんはわたしの腕の中で力を抜いて喉をごぉごぉ鳴らしていた。サッコは留守だった。ブザーを鳴らしても、ドアを叩いても、誰も出てこなかった。わたしはミミちゃんを塀の上に乗せて、お散歩させた。塀は行き止まりになった。ミミちゃんと呼ぶと、ニャアと赤い口を開けてお返事した。ミミちゃんの顎《あご》の下を撫でてやった。ミミちゃんは首を伸ばして空を見た。わたしは唾を飲んだ。ごくん、という音が聞こえた。緊張しているのではなく、緊張に取り囲まれて、それがじりじり迫ってくるみたいだった。わたしはミミちゃんを突き飛ばした。なわとびは離さなかった。ミミちゃんはヨーヨーみたいに跳《は》ねた。頭がかき氷を食べ過ぎた時みたいにキーンとして、息が苦しくなった。ミミちゃんはぐったりした。わたしもミミちゃんと同じくらいぐったりしていた。手を離した。遠くでベシャッと音がした。走って逃げた。うちに帰って、パパがつくってくれたカレーライスを食べた。なわとびには、わたしの名前が書いてあったから、何日かは電話が鳴るたび心臓が跳《と》び上がった。もし、あの団地の誰かから電話がかかってきて、猫のことを言いつけられたら、ミミちゃんをサッコのうちに見せに行った時、なわとび落としちゃったみたい、と嘘を吐くつもりだった。でも、誰からも、何も、言われなかった。パパは、ミミちゃん、おうちに帰ったのかな、と淋しそうだった。1週間経《た》って、サッコのうちに遊びに行ったら、ミミちゃんが落ちた場所には、何にもなかった。草むらや植え込みの中を探しまわったけれど、ミミちゃんも、なわとびも、見つからなかった。

わたしは猫を殺したかったのではなく、死を体験したかったんだと思う。死を見たかったのではなく、死にたかったのだ。塀の上に立ち、なわとびを両手に持って、跳ぶ――、でも、地面に叩き付けられたのは、わたしではなく、ミミちゃんだった。


二人は、30分も遅刻して幼稚園に到着した。

正門は閉まっていたので裏門にまわると、ちょうど子どもたちが園舎の中に入るところだった。

ゆたかは遅れて入るのが嫌なのか、ひさしぶりの通園が恥ずかしいのか、脚を突っ張らせている。

「ほら、行っといで」

「…………」

「おはようございます！」

あさみ先生が見つけてくれた。

「ゆたかちゃん、おはよう！　みんな待ってたんだよ」

「じゃあね、ママ、行くからね」

女は幼稚園に背を向けて歩き出した。

「おはようございまぁす！」

りさ先生の声だ。

「ゆたかちゃん、シール貼ってこようかぁ、ななちゃんもまだ貼ってないから、いっしょに行こう！　じゃあ、行くよぉ！　ゆたかちゃんとななちゃんのシール貼り競走！ヨーイー　ドン！」

駆ける音が遠ざかる。

ゆたか、良かったね。

先生方に優しくしてもらえて。

先生方はみんないい人だったね。

でも、今日で、さようならなんだよ。

ごめんね、ゆたか。

ママのせいで。

「かくれんぼするぅ？　かぁくれんぼすぅるもぉのよっといでぇ、かぁくれんぼすぅるもぉのよっといでぇ」

「もぉいぃかぁい！」

「もぉいいよぉ！」

鳥居のところに、鳥の死骸はなかった……先生方が始末したのか……先生か母親の誰かが通報して、清掃事務所の人が処理したのか……ゆたかの嘘なのか……嘘をつくのが面白いと言ってたから……だとすると、亀の話も、嘘？……わたしのミミちゃんの話も……嘘なのかもしれない……嘘、だと思いますか？

＊

女はひまわりの花束を右腕から左腕に抱き直して、国立感染症研究所の自動ドアの中に入っていった。左手の受付の方に進むと、手前に立っている警備員が近付いてきた。

女は自分から口を切った。

「お墓参りさせていただきたいんですが」

「お墓……まぁあのぉ……お骨を保管している施設ですね。じゃあ、ちょっとこちらの太枠の中ですね、日付とお名前と、あと所属されている団体名をですね、」

「個人なんですけど」

「個人の……かた？」

「はい」

「なにか、あの、歴史の研究家とか、そういう？」

「いえ。手を合わせたいと思いまして」

「あぁはい、じゃあちょっとあのぉ、申し訳ないんですが、あのぉご住所だけちょっと書いていただいて」

女が入庁票に名前と住所を記入している間、警備員は女の手元から目を離さなかった。

「あと、こちらの訪問先のところに、保管施設、と書いてください」

「これでよろしいでしょうか？」

「はい。じゃあ、いっしょに参りますので」

女は警備員のあとについて、自動ドアをくぐって外に出た。

建物に沿って右にまわり、建物と金網の間の細い道に入っていく。

「個人というのは、あまりないんでしょうか？」

「たまぁにありますけれど、それは別にあのぉ特に問題ありませんので。一応国の施設なんで、どういった方が来られたかという記録を取っとくだけですから、えぇ」

「だれでも、こうやってお参りすることができるんですね」

「あんまりたくさん来られると困っちゃうんですけども、一応我々がいるんで、あのぉ」

「希望者には、公開すると」

「ですが、頻繁《ひんぱん》に来られると、やりませんってことになってくると思います。基本的にあのぉ、感染症のぉとか、国民の健康栄養調査とか、そういったものを研究されたりですね、土曜祭日でも先生方いらっしゃるんですけども、ですから、この施設は鳥インフルエンザなどの研究のために建っているんであって、過去に何があったとか、あぁだのこぉだの言うってことは、基本的には、どうかと思いますね」

「なるほど」

「だからそのぉ、歴史上のことを研究する施設ではないんで、その方面の専門家はいないんですよ」

「出てきた骨は、どういった方の骨なんでしょうか？」

「どういった方のお骨にあたるかとか、あるいはあのぉ、どういった経緯でここに埋まっていたかに関しては、基本的に人骨がバラバラに出てきただけなので、はっきりわからないんですよ」

「はぁ」

「ですから、一応あちこちに色んなことが書いてあるとは思うんですけど、科学的に特に証明されたことは何もありませんので、えぇ、一応この施設を建てた時に、まぁ基礎つくったりする時に掘ったら出てきたってだけのことです。で、元々ここに、あのまぁそこにも書いてあるんですけども、むかしここに陸軍の医学校があった、」

「みたいですね」

「まぁ色んな憶測もあるでしょうけれど、まぁ当然、医学校なんで、あのぉ普通にあのぉ、普通のいまの医学校でも、あのぉ解剖とか普通にやってますよね？」

「えぇ」

「そういったものなんで、ちょっと身元なんかはわからないんですよ。元々バラバラなんですから—

「元々バラバラ？」

「ええ、しばらくあのぉ、新宿区の方で保管してたんですけども、まぁこちらで引き取って、まぁ、まぁここから出て来たんで、ここに置いとくってだけの話なんですよ。こちらです」

幽霊は墓の間に立って、一つの墓を指さした。

スクルージはぶるぶるふるえながら進み出た。

静和

「この慰霊碑に刻まれた、この、静和という言葉は……」

「慰霊碑ではなく、保管施設、ですね」

「どういう意味なんですか？」

「まぁあのぉ、心静かで、心穏やかなこと、のようですので、ええ」

「誰が考えたんですか？」

「たぶんそのぉ、ちょっとすみません、そのぉ、なんでこういう言葉になったかっていいうのはですね、保管施設設置のための検討、の小委員会みたいなものを設けていたようでして、当時ね、専門家からお話を聞いた上で、ええまぁ、国としてですね、人骨を長期保管する施設に相応《ふさわ》しい言葉としてですね、ええ案が出て、静和になったみたいなんですよ」

女はひまわりの花束を黒い大理石の献花台に寝かせ、両手を合わせた。

しかし幽霊は相変らず傍の墓を指さしているだけだった。

「こちらに説明書きがありますよ。昭和20年、終戦の時まで陸軍軍医学校があったという。まぁ標本だということは確かなようなんですが、あとは推測ですよね、全て」

指は墓から彼の方に向けられ、それからまた元に返った。

「731部隊の実験に、丸太として使われた満州や朝鮮の人々の骨じゃないかという説もあるみたいですが」

指はなおもそのままだった。

「ですから、ほとんど根拠というものはないんですね。まぁ区が一時的に預かっていたものなんで、まぁ、それをなんかこっちで引き取って、ここに入れたというだけで、特にそのぉ、まあたとえばDNA鑑定のような、そういう検査をしたという話は聞いていませんね」

女は静和の裏にまわった。

この時はじめて幽霊の手がふるえているようだった。

この地には、昭和20年まで旧陸軍軍医学校があり、平成元年7月に、戸山研究庁舎の工事に際し、同校の標本などに由来すると推測される多数の人骨が出土した。ここに、これらの死没者の方々に心から弔意を表する。

平成14年3月　厚生労働省

「ここ、これはなんですか?」

「ここに、ですから、保管してある、ね、この中に、」

「中を見せていただくわけには……」

「ちょっと、できないですね。特にあのぉ公開もしてませんし、えぇ」

「扉を開けることはないんですか?」

「まぁ、清掃と言いますかね、ほっとくと、虫とかゴミとか埃《ほこり》とかで汚れてしまいますので、それを取り除くのに年に1、2回掃除するだけで、ですから骨には触らないですね」

女はぶ厚い鉄の扉を通して、こちらを見ている骨たちの眼差しを意識した。窓のない真っ暗な石室に閉じ込められ、汗をかくこともなく、涙を流すこともなく、声を洩らすこともなく、ただ、眼窩《がんか》の窪《くぼ》みに闇だけを溜めて……

待っている……

待っているのだ……

「骨はあちこちから出てきたんですか?」

「まぁ、ある程度、そのぉ」

「まとまってたんですか?」

「そういうことになりますね」

「プールのあたりですよね?」

「プールじゃありません、調整池ですね。これはあのぉ、ここが坂になって段差になってるじゃないですか? だから研究の、その施設の方のですね、排水とか、あと雨水とか流れる時に、いっぺんに流すとあふれるもんで、ここでいったん溜めて流しているという」

「図書館のあたりからも出たそうですね」

「ええ、中にあのぉ、この研究所の研究員の方が利用される専門書の施設があるんで、まぁ要するに研究所の中にひと部屋あって、図書館というか、図書室ですね」

「一般公開は？」

「一般……あのぉ一応、図書の係の方にですね、あのぉ頼んでいただければですね、中にお入りいただけるかとは思いますけど、ただ図書の係の方も普通の事務員なんで、そういったお話はほとんど知りませんね。知ってるのは、その当時のことに関わった方のみですよね、えぇ」

「見たという人はいないんですか？」

「見た？」

「幽霊ですよ」

「そういった話は聞きませんねぇ……」

「あなたは先ほど、医学校で解剖を行うのは普通のことで、元々バラバラだったとおっしゃいましたね？」

「……ええ……まぁ……」

「元々バラバラの人骨なんてありますか？」

「それはちょっと……まぁ……ない、ですね……」

「どの骨も、一つ一つ名前がある、人の骨なんですよ」

　女は身震いした。

しゃべりたかった。

違う。

声を上げたかった。

「どの骨にも、誕生日があって、命日があるんです。どこかの母親が生んだ子どもで、どこかの家族の一員なんです。怒りっぽかったり、笑い上戸《じょうご》だったり、涙もろかったりする性格を持った、人なんです。でも、ある日、命を奪われて、名前を奪われた。骨には口がありません。自分の名前を知っていても、声にすることができません。名前がわからなければ、悲しみを悲しみとして悼《いた》み、痛みを痛みとして苦しむこともできません。名前さえわかれば、骨を抱いて呼びかけることができます。研究のための解剖なら、データーを残さないはずないじゃないですか？　名前はどこに保管されているんですか？　名前と骨をいっしょにして、故郷に還《かえ》してあげたいんです。身元不明のままだと、亡魂《ぼうこん》となって永遠に彷徨《さまよ》いつづけるんですよ」

女は憤りと悲しみで波打つ胸を拳で押さえつけた。

警備員は打ち下ろされた杭《くい》のように突っ立って、せめて目だけは遠退《とおの》きたいとでもいうように木立ちの向こうを眺めている。

どこかで鳥が鳴いている。

鳥の姿を探していると、木立ちの中にもう一つ石碑らしきものがあるのを見つけた。

女は近付いていった。

「これは？」

後からついてきた警備員は、きっちり櫛《くし》を当てた髪を指で崩し、その指を制服のボタンの穴に引っかけた。顔中の筋肉を強張《こわば》らせて、感情を外に出さないように努力している。

「これはあのぉ、これも陸軍軍医学校があった時に、戦前なんですけどね、ここにその当時のぉ……ちょっと年代がぁ……昭和か大正か、あるいは明治……あ、ここに書いてありますね、昭和四年になってますんで、昭和天皇、ですか？　天皇陛下が立ち寄られたということで、行幸《ぎょうこう》記念碑ですね」

昭和四年十一月七日　聖上行幸于陸軍軍醫學校臨衛生學教室閲軍醫業績臣親彦鞠躬解説
自第一室迨第九室於兵衣兵食之研究　叡感殊深移玉歩於屋上會細雨新霽陽光洩雲展望都
下風物龍駕始還翌月二十四日親彦蒙召咫尺　天顔恭講被服衛生之事且對　聖問前後殆二
時間講畢侍從長傳嘉賞之優旨嗚呼　上之軫念衛生如此臣等職在軍醫者何堪感激當相戒夙
夜奮勵以期報效也因茲樹碑記念行幸以傳鴻恩于千秋云

昭和五年十一月　陸軍軍醫監正五位勲三等醫學博士　小泉親彦撰

「天皇陛下は全ての部屋をご覧になられたんでしょうか？」

「……さぁ……」

「人骨標本は第何室にあったんでしょうか？　標本づくりは第何室で行われていたんでしょうか？　生体実験が行われていたとしたら、声は届かなかったんでしょうか？　猿轡《ぐつわ》を噛まされていたんでしょうか？　声帯《せいたい》を除去されていたんでしょうか？　それとも、絶望し切って声も出せなかったんでしょうか？」

「そんな……」

「もちろん、想像に過ぎません。想像に過ぎないという理由で、住民と早稲田大学教職員が原告となった病原体実験業務の差し止め裁判は敗訴したんです」

女は眉毛を大袈裟に動かしている警備員の顔をはじめて正面から見た……顔付きといい、眼鏡の形といい、ケンイチ氏《うじ》によく似てる……煙草くさい……きっとポケットに入れてるんだろう……パパが吸ってたショートホープのにおいだ……それとも、煙草はどれも同じにおいなのかな……

「昭和4年11月7日以降、昭和天皇がこちらにいらっしゃったことはあるんでしょうか？」

「こちらの記録には残っていません。なもんですから、たぶんこの1回だけだと思うんですけどね」

「今上《きんじょう》天皇は？」

「さぁ……いらっしゃってないいんじゃないですかね？」

警備員はきちっと測ったような沈黙を置いて、面会の終了を告げる看守のような声で言った。

「よろしいですか?」

「はい。どうも、ありがとうございました」

ここで身元がはっきりしているのは、昭和天皇と小泉親彦という人だけだ。こいずみなにひこと読むんだろう? こいずみしんひこ? のぶひこ? こいずみのぶひこ、こいずみのぶひこ、こいずみのぶひこ、と唱えながら女は警備員のあとを歩いた。

気配を感じて振り返ると、静和の慰霊碑の上に大きな黒い鳥が留まっていた。

カラスより大きい……

きっと、ゆたかが見たのと同じ鳥だ……

わたしを未来に案内してくれる鳥……

幽霊はその黒衣をさっと一瞬、翼のように眼の前にひろげたかと思うと、また引きおろした。

＊

女は山手線内でいちばん高い箱根山に上っていった。2週間前に上った時はそうでもなかったのに、左右から生い茂る雑草で石段がすっかり隠されている。石段を上り切った所で顔を上げると、六角形の櫓《やぐら》の真ん中に小さな老婆が座っていた。

黒いジャージの上にうぐいす色の布をイスラムのチャドルのようにかぶり、網タイツ状のピンクのショールを首に巻き付け、緑の毛糸のソックスと黒いスエードのデッキシューズを履いている。

誰かと話している、ピンクの携帯電話を右耳に当てて——。

「あなたの立場についてですね、わたしが話しているのは……そうですかそうですか、それはありがとうございます……これからたいへんなことがありますけど、あなたが神さまの御許《みもと》におられるということこそが……あなたはお聞きくださいましたので、わたくしが知り得ることをお話ししました……そうですか、ありがとうございます」

神さまの御許……なんかの宗教の信者さんか……

女は近付いていった。

老婆が耳に当てていたのは携帯電話ではなく、ピンク色の小型クリアファイルだった。

老婆はファイルをベンチの上に開いて立ち上がり、体を左右に揺らしながら、

「ンーンーンー……ンンンー……ンーンーンー……ンンーンンー」

と、六角形の櫓を反時計回りに歩き始めた。

六角形……黒ミサ……

誰かを呪い殺そうとしているのか……

女はベンチに腰かけ、ファイルから透《す》けて見えるルーズリーフに書かれた言葉を読んだ。

9月の風よ　私の魂を伝えておくれ
風よ　風よ　風よ
心あるなら伝えておくれ
青の彼方に　星のきらめき
銀河の涯てに　聖なる御霊の神さまがおわします
私の魂の神さま
心の尊き　尊き　憐れみの神さま
憐れみの宇宙の大いなる神さま
貧しく弱きものに望みたもう
心の美しき　美しき　憐れみの神さま
私の魂の神さま　宇宙の大いなる神さま

六本の柱の落書きと同じ筆跡だ。

「ンー……ンー……ンーンーンーンンー、ンンーンンー」

老婆は、風もないのに、風に向かっているかのように目を細め、体を斜めに傾《かし》げて立っている。

また、ゆっくりと歩き始める……ジャラ……ジャラ……鎖？……ジャラ、ジャラ、ジャラ……両手首に太い鎖をぶら下げている……ジャラ、ジャラ……身元不明……ジャラ……**浮遊**……**亡魂**……ジャラ……ジャラ……ジャラ……**空中には幽霊が充満していて**……ジャラ……ジャラ……**彷徨う**……ジャラ、ジャラ、ジャラ……**そうしている間も呻きどおしであった**……ジャラ……**おお！　二重の鎖をかけられて縛られた虜よ**……

「ンーンーンーンーンー……ンンー……ンーンーンーンンーンーンー……」

声がじっとりとした空気の中に立ち上ってくる。

「ンーンーンー、ンンーンーンーンーンンンー……あなたの伸びているそれは……そうですか、ありがとうございました……それは持っておりませんので、あなたはあなたのことをですね……そうですか、厳しく波及《はきゅう》していることは、さらなる波及をお祈りしましょう……ンーンーンーンー」

確か、ヒトラーの別荘も六角形だったはずだ。バイエルンの山を360度見渡せたそうだけど、ここは、山の天辺にいるのに、山を取り囲む木々の方が高くて、井戸の底にいるみたいだ。なにも見えない。誰からも見られない。ここでは、全てを見通しているはずの神さまさえも、瞼を閉ざしている気がする。

「10チャンネルですね……10チャンネル、観ませんか……そうですか……そうするとあなたは結局元気なんですね……元気そうにしていますね……あなたは都知事がどうして天罰と言ったのか、ほんとうに……ええ……それを波及すべきだというわけで指示を受けたということなんですから、都知事は……そうですそうです……そうすると……そうですそうです……最後はわたくしが……そうですか、それはわかりました……ンーンーンー、ンンーンー……」

手を伸ばせば触《ふ》れられる距離にいるのに、こっちを向く時もあるのに、見ない。見ないようにしているのではなく、見えていないみたいだ。もしかしたら、空間は同じでも、次元が別なのかもしれない。でも、いま、下界から誰かが階段を上ってきたら……わたしと、この女は同じに見えるに違いない。

つまり、狂っている、と——。

わたしの魂の神さま、

わたしは狂っていますか?

わたしの魂の神さま、

目を開けてください、

そして、見てください。

ンーンーンーンーンーンー……

ンンー……ンーンーンーンー……

ンンーンンー……

＊

「とりあえず歩けば？って」

「見てる見てる」

「あッ飛行機ね」

「これ上にあるから怖ぁい」

「そうそうそう」

「しんちゃんの昨日の面白くって」

「あ、でも繋がったとか思って」

「あはは」

「子どもたちじゃないもんねぇ」

「何枚か入ってるから、配っとくね」

「わたしも」

「なによ、テキトーに」

「気候に合わせられないって感じよね」

「もう、真夏だよねぇ、昨日34度だっけぇ」

「4月ぐらいがいいのかもねぇ。1年中4月だったらいいんですけどぉ」

「花粉ヤなんですけどぉ」

「スギ？　ヒノキ？」

「どっちもぉ」

「寒いと耳鼻科方面にくるしねぇ」

「でも、やっぱり、いまの時期はヤだなぁ、ずうっと雨ふっててぇ、蒸し蒸ししててぇ、雨で窓あけれないから冷房かけるっしょ？　そしたら寒いしねぇ」

「除湿は？」

「うち、リモコン壊れてて、除湿にできないの。冷房と暖房だけ」

「三寒四温《さんかんしおん》じゃないけどさ」

「そうだね、そうそうそうそう」

「嫌だけどぉ、それはそれでどこにも行かないっていうぅ」

「六千円でさ」

「ごめんねぇ」

「いいのいいの」

「だいじょうぶ？」

「今月いっぱい」

「うちもTシャツがさ、4枚組のをさ、靴下とかさ」

「てかね、涙目っていうか」

「道わかんないって言われてさ」

「お休みかなぁって。持ってくるか持ってこないかさ」

「いつでもいいのよ」

「メールしようと思ったんだけどさ」

「いいいいいいいいい」

きょうもたのしくすぎました
なかよしこよしで　かえりましょう
せんせいさよなら　またまたあした
ぐっどばい

「今日は、ホールの方で七夕祭の飾り付けを、おうちの方がやってくださっていたので、みんなでお弁当を持って戸山公園に行きました。4月の遠足の時はおうちの方といっしょにお弁当を食べて、今日は子どもたちだけだったんですけど、みんなこの3ヵ月の間に見違えるほどお利口さんになって、一人で上手に食べられました。ほんとにお弁当やお箸《はし》を落とした子は一人もいなくって、すごいねぇって、りさ先生と感心しました。それから、蒸し暑くて、子どもたち元気そうに見えても、体力落ちてます。おうちでは、ゆっくり休ませてあげてください。今日はお外でお名前呼びまぁす」

黄色い園カバンを背負った子どもたちが、靴を履き終えた順に走り出てきた。

「いちごちゃぁん！　小さいロケット、前ぇならええぇ！」

園児たちは両手を前に出し、前の子の背中を突いたり肩と肩をぶつけたりしてふざけ合っている。

「はぁい！　いちごちゃぁん！　お口チャックしてくださぁい！　先生、おっきな声で呼ばないよぉ！　よしきくん！　ゆたかくん！」

ゆたかは不安そうな表情で母親たちの群れを眺めていたが、女が手を振ると、子犬のように走って飛び付いてきた。

「ママ！」

女は喘《あえ》ぎながら笑った。

「ゆたか氏《うじ》、お帰りでござる。今日は歩いて帰るでござる。ママ上と手を繋ぐでござるよ」

ゆたかが、わたしを、見上げている。

うれしそうに、母親を、見上げている。

汗の玉が並んだ滑らかな額……

ゆたかの顔で目がいっぱいになる。

他にはなんにも見えない。

倒れるかも……

倒れちゃいけない……

女は自分の心拍の音を聴いた。

しなければならないことがある。

ひとりで……

行かなければならないところがある。

ひとりで……

さようなら
さようなら
さようなら
さようなら
「糸ある？」

「糸？　糸？　木綿《もめん》の？」

「なんでもいいよフツーの」

「ありまぁす！」

「ほんと？」

「縫物《ぬいもの》するからぁみたいな？　あっはっはははは、しないけど、とりあえずって感じでぇ――

「サンキュサンキュ」

「9時に行った方がいい？」

「アレだよね、ピピッて切って4枚で」

「4枚じゃない、8枚」

「8枚か？」

「うんそうそう2枚組だから、4つに切って2枚でやるから」

「このまんま？」

「このまんまぁ、糸ひょっと出してもらって」

「これをまずさ、ちょっと1回広げてもらって半分に切って、この折り目通りでもう1回切って」

さようなら
さようなら

「この段階で折ればいいんだよね？」

「これで1個分だから1個分」

「一部クショッてなってんのは、ショーちゃんがやってくれましたぁっはっはっはっ」

「やっちゃったんだぁ」

「ふぁっははは」

「やったかぁ」

「最初ね、なんかね、こうやって畳んでたら乗ってくんのぉ、わざとぉ」

「ふぇっへへへ」

「かなり、からかわれてる状態？」

「わたし何者？　みたいな？」

「ちょっと立ったら、その隙《すき》にガサッて」

「テメーは？　みたいな？」

さようなら
さようなら
さようなら
「なんかなんかテキトーに」

「眠るだけでもねぇ」

「間違いじゃないと思ったのね、わたしは」

「出てるけどね」

「読んでみたかったけど、つづきが、あの人の小説って」

「釧路でさ、釧路で」

「全然そういうのわかんないからさ」

「つづきはあると思う」

さようなら

さようなら
「あぁっははは」
「友人のA子さんとかってさ」
「顔だけモザイクだね」
「はぁ……はぁ……大騒ぎ」
「こんなんなって」
「なにも、こう」
「なんだその恰好は」
「片方だけ上がってて」
「ちがーう！」
「どうしようとかって」
「1回取ればぁ？ みたいなっはははっは」
さようなら
さようなら
さようなら
さようなら
さようなら

＊

小泉親彦
こいずみちかひこ
1884（明治17）年9月9日生
1945（昭和20）年9月13日没
福井県出身
陸軍軍医中将　政治家
父、小泉親正
三男
東京帝国大学医学部卒
見習医官
軍医
1914（大正3）年　軍医学校教官
1930（昭和5）年　軍医監

1932（昭和7）年　近衛師団軍医部長
1933（昭和8）年　軍医学校長
1934（昭和9）年　軍医総監　陸軍省医務局長
　BCG接種を実施
　結核予防に尽力
　厚生省設置に尽力
1937（昭和12）年　軍医中将
1938（昭和13）年　予備役
1940（昭和15）年4月29日　勲一等旭日大綬章
1941（昭和16）年7月18日～1941（昭和16）年10月16日　厚生大臣（第3次近衛文麿内閣）
1941（昭和16）年9月13日　勲一等瑞宝章
1941（昭和16）年10月18日～1944（昭和19）年7月22日　厚生大臣（東條英機内閣）
1943（昭和18）年2月「女子労働不必要」発言
1944（昭和19）年　勅撰貴族院議員
1945（昭和20）年9月13日　連合軍の取り調べを拒否し、割腹自殺

女は口を開け、喉のいちばん深いところで息を吸った。

終戦直後に自殺……死への緊急避難……あの骨たちの身元を知っている人たちは、もう、ほとんどが死んでいる……死者が口を割らない限り、明らかになることはないだろう……名前……生……死……骨は死ではない……骨は、骨だ……触れられるのは骨だけで、死には触れられない……死に触れるためには……死ぬしかない……でも、死では、終わらない？……亡魂《ぼうこん》となって彷徨《さまよ》いつづける？……永遠に？……命が終わっても、魂に終わりがないとしたら……

一匹の銀蝿《ぎんばえ》が頬に留まったが、女はそれに気付かず背中を丸めてマウスを動かしつづけた。Ｇｏｏｇｌｅで〈警視庁〉を検索し、トップに現れた警視庁のホームページをクリックする。左上の検索窓に〈身元不明〉と打ち込むと〈警視庁身元不明相談室〉が現れた。

帰りたい
帰してあげたい
家族のもとに

この1年間で東京都内において亡くなり、身元がわからないご遺体が、約200体あります。

これらの人は、身内の引き取り手がなく、無縁仏となっています。

あなたの身内の方等で
・突然行方不明になり所在が分からない方
・旅行や働きに出かけたまま音信不通になった方
はいませんか?

ご心配されている皆様のご相談に応じています。


男性、女性に分かれた一覧表があって、〈亡くなった年〉〈年代〉〈身長〉の条件をクリックすると、該当する死者の詳細《しょうさい》が現れる仕組みになっている。

30歳代は3件しかなかった。

番号　7
亡くなった日　平成23年7月13日ごろ
場所　東京都北区赤羽
年齢等　25～35歳位の女性

身体特徴　身長150〜160cm位
着衣等　青色Tシャツ
ベージュ色下着
紺色ジーパン
灰色帽子
青色運動靴（24・0）
所持品　乗車券
装身具　眼鏡・時計

番号　9
亡くなった日　平成23年11月21日ごろ
場所　東京都大田区池上
年齢等　20〜30歳位の女性
身体特徴　腹部17cm位の手術痕
身長150cm位
右あご下ほくろ・左眉つけ根
着衣等　黒色ジャンパー

所持品　灰色ズボン
Tシャツ
黒色短靴（22・5）
黒色手提げ鞄・手帳・ボールペン

番号　13
亡くなった日　平成24年2月15日ごろ
場所　東京都江戸川区小松川
年齢等　20～35歳位の女性
身体特徴　身長147～155㎝
髪を茶色に染めている
着衣等　グレー色トレーナー
Tシャツ（スヌーピーのプリント）
茶色縦縞模様Tシャツ

文字盤とベルトに血の付いた腕時計、股のところが大きく裂けたジーンズ、袖がちぎれたシャツ、ダウンジャケットの羽まみれになった黒いセーターと毛糸の帽子、キスマークとI love youがプリントされているTシャツ、カラスの翼みたいな真っ黒な鬘《かつら》、ひしゃげた眼鏡、銀行の紙袋、三十円しか入っていない小銭入れ、ウォークマン、生茶のペットボトル、携帯灰皿、印鑑と朱肉、真っ赤に錆びたジッポのライター、死んだ日に赤チェックがしてある手帳、JRの切符、百円ライター、五本も鍵がぶら下がっているキーホルダー、血を吸ってページが赤黒く変色したアン・ライス『肉体泥棒の罠』の下巻——。自殺なのか、他殺なのか、事故死なのか、行き倒れなのかは記されていない。遺体の写真もない。けれど、一体一体が最後に身に着けていたものは、とても個性的だ。青いビニールシートやコンクリート上に力なく広げられ、生の抜け殻《がら》のように扱われているにもかかわらず、その一つ一つがその人自身であるかのように、見て！　見て！　見て！と手を伸ばしてくる。死は甘いものじゃない。つらいものだと思う。想像を絶するほど痛いものだと思う。でも、生きていた時は、誰の目にも留まらなかった人でも、死は力ずくでその人の個性を肯定してくれる。その他大勢なんかではなく、唯一無二の存在だった、と——。

女は〈お気に入り〉のトップにしている〈人骨は訴える〉のホームページの〈お花見ウォーク〉を開いた。

大久保通りを新大久保駅から大久保駅に向かってずっと歩くと、右側に公営社という青い看板の葬儀屋があります……大量の人骨が発見されました……身元不明の遺体として区内の葬儀社・公営社に保管されることになりました……

身元不明の遺体が発見されると、警察署で検死が行われ、遺体と服と持ち物の写真が撮られる。爪や歯の一部がDNA鑑定用に残されて、遺体は公営社に移され、翌日か翌々日に荼毘《だび》に付《ふ》される。遺骨は骨壺に入れられ、無縁仏として納骨される――。

パパ……

パパの魂はあのロッカーの中に在《あ》るんですか？

パパを外墓《そとばか》に埋葬しなかったのは、わたしが死んだら無縁墓になってしまうから。

墓地は買うものではなくて、借りるものだそうです。1年以上管理料を納めない場合は、遺骨を取り出され、慰霊碑や供養塔に移されて他の無縁仏といっしょに合祀《ごうし》されます。残った墓石は、田舎《いなか》では一つにまとめて村全体を護《まも》る村神として崇《あが》めてくれるところもあるみたいだけど、都会の寺では、廃棄《はいき》に困って敷石にしたり踏み段にしたり塀に塗り込んだりしてるところも多いみたい……

一周忌までは、パパの遺骨を机の上に置いて、毎日、パパおはよう、パパいってきます、パパただいま、パパおやすみ、と声をかけていました。

お骨を手元に置くと成仏《じょうぶつ》できない、という話を担任の先生から聞いて、どうすればいいのか相談したら、先生が合葬墓のパンフレットを取り寄せてくれました。

霊峰富士をみはるかす高台に、とこしえの安らぎのかたち、合葬墓「やすらぎ」。
充実した施設・サービス面をはじめ、万全の管理・運営体制でお応えしています。
閑静な安らぎの地でありながら、交通の便にも恵まれています。

ご利用料金について　永代使用料　埋蔵室　骨壺1個用　100万円　骨壺2個用　180万円。

なんだか不動産屋の折り込みチラシみたいだ、と思ったら、ほんとうに不動産屋が管理している合葬墓でした。

電話して、春休みに見に行くことを決めました。車でご案内しますと言われたんだけれど、それじゃあほんとうに賃貸マンションを見に行くみたいだから、霊園の門のところで待ち合わせすることにしました。

山一つ丸ごと霊園で、周りには家も店もありませんでした。公園墓地という名の通り、街路樹《がいろじゅ》や植え込みがきれいに手入れされ、煙草の吸殻一つ落ちてなくて、アトラクションのないディズニーランドみたいでした。4車線はありそうな広くて白い舗装道路を歩いているうちに、生きている現実感さえ見失ってしまいそうでした。

きれいですね

ええ　清掃だけではなく　管理やサービスも充実してるんですよ　ご遺族の方がお参りにいらっしゃらなくても　毎月献花による祭祀を行いますし　別途費用はかかりますが　ご法要や献花代行なども承っております　前方に古墳のような緑の丘が見えますよね？　あれが合葬墓やすらぎです　残念だなぁ　晴れてれば　あの後ろにくっきりと富士山が見えるんですけどね

あのぉ　永代供養というのは　わたしが死んだ後も　永遠に供養していただけるとい

うことなんですか?
埋蔵室をご希望の場合はですね　お骨壺の状態で保管させていただくのは　埋蔵日から32年間となっております
32年後は……
ご遺骨をお骨壺から出して　土にお還《かえ》しいたします
土に還す……
合葬という形ですね　共同合祀場に合祀し　永代にわたって祭祀と管理を行います
32年というのは三十三回忌のことなんですね　いわゆる弔い上げとされる三十三回忌を迎えることで　完全に成仏し祖先の霊に昇華する　亡くなって30年もすれば故人を憶えている人もいなくなるということもあるんです　先ほどお伺いしたら　18歳になられたばかりということで　いまは想像もつかないと思いますが　30年後は50歳ですよね　ご結婚もされて　お子さまも成人されている　そろそろご自分の老後のことも考えなければという年齢ですよね
パンフレットに　埋蔵室へのご入場はいかなる場合もご遠慮いただいておりますと書いてあったんですけど　見せていただくことは……
それはですね　納骨される時に　代表の方がお一人だけ入るという形でですね
申し込み前は?
できませんね

命日とお盆に連れ帰るというのは？
えーっと　霊園内から持ち出すということですか？
一時帰宅ということです
あのぅ　お骨壺というのはロッカーの中に入るわけなんですけれども　それをまた出すというようなことは想定してないんですよ　そういうケースはいままで特になかったもんですからえぇ　たとえば外墓の場合もそうなんですけどもね　いったん埋葬したものを取り出して拝むというのは　まぁ普通の考え方としてですね　わからない部分があるんですけどもね
もし納骨して　10年20年が経《た》って　お墓に移したいと思った場合は？
保管期間は埋蔵した日から32年間ですので　期間内であれば　まぁ可能ですね
ご参拝は献花のみで　お線香などの持ち込みは固くお断りいたしますと書いてありましたが……
えー火気類は厳禁なんですよ
父が好きだった煙草もダメですか？
えー火をつけたらアウトですね
お菓子やお酒は？
えー一応ですね　参拝する所はみなさんごいっしょなもんですから　そういった物を置くスペースはないんですよ

手を合わせる間だけ置いといて　全部持ち帰るんでもダメ？

それは　それくらいでしたら別にね　かまいませんけどね　それとやはりこちらはカラスなんかもいますもんでね　果物とかお菓子なんかを置くと狙われるんですよ　そういう面でもご遠慮いただいてるんですが
フェアウェイみたいに刈り揃えられた芝の丘には、なだらかなスロープが延びていて、頂上には献花台と水盤《すいばん》がありました。埋蔵室の見学はできないということなので、パンフレットに載っていた四隅に金箔《きんぱく》をあしらった黒塗のロッカーの列を思い浮かべました。

桜が満開なので是非ご覧になってください、ここの桜がなによりの供養です、とおっしゃるご遺族の方も多いんですよと勧められて、霊園の桜並木を通って帰りました。

あの時は、亡くなって30年もすれば故人を憶えている人もいなくなる、という不動産屋の言葉に反発をおぼえたけれど、ゆたかが生まれてからは一度も行っていません。

パパのお墓参りをする人は、わたししかいないのに……

亡くなって22年で……

パパ……パパ……

パパ……

もうすぐ日付が変わります。

長かった一日が終わります。

ゆたかは眠っています。

とっても幸せそうな寝顔です。
二人で手づくりせっけんとリップを拵《こしら》えて、ひさしぶりに笑い合いました。
青いスライムの金魚鉢から取り出した赤い和金といっしょにお風呂に入りました。
ゆたかは口の中に金魚を入れて、ぷっと噴き出しました。
わたしもゆたかの真似をして、ぷっと金魚を飛ばしました。
笑って、笑って、おなかが痛くなりました。
ほら、唇に笑いの跡が残ってるでしょう?
パパ、見えますか?
パパ、聞こえますか?
女は眠っているゆたかに近付いていった。
閉じた目と唇を眺める。
閉じていない鼻と耳を眺める。
ゆたかは、これから、どうなるんだろう?
あの人と、あの女が育てるの?
あの女をママと呼んで……
わたしのことを忘れて……
忘れる……
忘れてほしい……

忘れないでほしい……

忘れさせない……

女は立ち上がった。

眼鏡をはずす。

いや、やっぱりかけよう。

眼鏡をかける。

ビニール製の青い洗濯紐《ひも》を握り締める。

息子の顔に覆いかぶさる。

おめでとうございます、元気な男の子ですと乳房の上にのせられ、ふぎゃあふぎゃあと頼りない声で泣き、ぴちゃぴちゃと口を動かしてお乳を吸った2030グラムの小さな赤ちゃん、この子を生み落とした時のように全身の力を集めて——、果てしない1秒1秒が流れ、心臓が痛みで張り裂けそうになった時、ゆたかの顔で音がした。

カリッカリッ……カリカリッ、カリカリッ……

歯軋《はぎし》りだ。

まだ、なにもしていないのに、
髑髏《どくろ》のように歯を剝き出して、
カリカリッカリカリッ……

女は洗濯紐から手を離し、眼鏡をはずして横になった。

目の奥で頭痛がじんじんしている。

妊娠していた時みたいに右手で腹を撫でてみる。

手をゆっくりと下におろす。

両手を合わせて股間に挟《はさ》む。

息子と肩が触れ合っているので、手を動かすことはできない。

瞼を閉じ、瞼の闇に目を慣らす。

納骨室の暗がりが見えてくる。

あらゆる暗がりがわたしめがけて押し寄せてくる。

手足が痺《しび》れ、快感が体の芯《しん》に達した瞬間、ゴォー、ゴトゴト、ゴトゴトゴト、ゴト、ゴト、ゴットン、ゴットン、ゴ、トン、ゴォー、ゴゴォー、ガー、ガガガー、ダダダダッ、ゴゴゴゴー、ガァー、ガー、キイイイイ！　キキイ、キキイ、キイイイイイイイ！

＊

時は流れた。

あとは、今日を生きるだけだ。

女はカーテンを開けた。

朝の光の中で、もう一度見てみたい。

生意気言ってすぼめる口……ちょっと上向きの鼻……睫《まつげ》毛と睫毛の間の綴《と》じ目……太いのに垂れている眉……上唇に沿ってうっすらと生えている産《うぶ》毛《げ》……いっぺんに見たら、もったいない気がする……目を醒《さ》ますまで……一つ一つ……少しずつ……ゆっくり……目に見える部分がこの世から消えて、目に見えない部分がこの世に残るとしたら……わたしはこの子が眠るたびに、この子の顔に近付いて……近付いて……こんな風に顔が見えなくなるまで近付いて……ただ、名前を呼びかけるだろう……ゆたか……ゆたか……ゆたか……

ゆたかは目を開いた。

見られていたことに驚いて、しまったというように目を閉じた。

「ねむいよぉ……ぼくたっぷりねむりたい……」

「今日は、幼稚園行かなくていいよ」

女は息子を抱き締め、じっと体温を感じた。

ゆたかは、母親の体をもっと引き寄せたいのか、引き離したいのかわからなくなり、もがくしかなかった。

「おばあちゃんち行こう」

「おばあちゃん?」

「目白のばぁば」

「しらない」

「パパのママだよ」

「ふぅん」

ゆたかは枕からずり下がってタオルケットに潜り込み、足の裏に足の裏をくっつけてきた。

「憶えてないかぁ、もうずいぶん前だからね。でもね、目白のばぁばにとっては、たった一人の大事なお孫ちゃんだから、ゆたかのこと、きっと、すっごくかわいがってくれると思うよ」

「ママ、どっかいくの?」

「あのね、ママのお友だちのお母さんが死んじゃったの。お葬式に行かなきゃいけないの」

「えー、ぼく、ひとり?」

「だから、目白のばぁばのとこに行くんじゃない」

「ヤだなぁ」

「ママ、行かなくちゃいけないの」

「ねるときまでに、おむかえにくる?」

「2、3日は無理だと思う」

「えー、じゃあ、ぼくもいくぅ！」

「ぼくは行けないとこなんだよ。ママひとりで行かないといけないの」

「いち、ねたら、おむかえにくる？」

「もう、ちょっと、かな？」

「に？」

「3、かな？」

「さん？　ぜったい、くる？」

「うん」

「じゃあゆびきりしよう。ゆっびきぃりげぇんまぁんうっそついたらはっりせんぼんのおますっゆっびきった！」

話しながら、強い手を伸ばして、スクルージの腕を静かに掴んだ。

「お起ち！　そして私と一緒においで！」


タイマーが鳴っている。

ゆで卵を流水で冷やす。

光っている。

水が。

殻を剝《む》き、包丁で卵を半分にする。

光っている。

刃が。

黄身を取り出し、白身だけ小皿に載せる。

光っている。

白身が。

ゆたかが嫌いな黄身を口に入れる。

目を瞑《つむ》って味わう。

これが、最後の食べものだ。

胃に残留するのは2、3時間——、ギリギリかもしれない。

卵の白身をお盆に載せてリビングのドアを開けると、ゆたかはゆっくり、とてもゆっくり食べていた。トースト一枚をガムのようにくちゃくちゃくちゃくちゃ嚙みながら、ゆっくりとベランダの方を見た。

「どうしたの?」

ゆたかは目を動かそうとしない。

「ゆたか、どうした?」

今度は、優しく訊《たず》ねてみる。

「ほら、みて」

ゆたかが指差したのは、遮光カーテンの隙間から射《さ》し込む朝の光だった。

「ひかってる」

ゆたかは冷めて固くなったトーストを光に向かって振りかざした。

「きれいだね……」

「うん、きれいだ……」

何秒かが何分かに伸びて、時は静まり返った。

女は何もかもを忘れて、うっとりと光に見入っていた。

光あれ……神は光を見て、良しとされた……

女は、自分が、まだ、生きている、ということに息を呑んだ。

The Last Breakfast……

このパンは拙者の肉でござる、このジュースは拙者の血でござると分け与える必要はない。

ゆたかはわたしの血肉を分けた、たった一人の息子だから……

保険証、母子手帳、通帳、印鑑、カード、着替え、化粧水、日焼け止め、虫除けスプレー、レゴ、絵本、昨夜二人で拵えたせっけんとリップをボストンバッグに詰める。洗面所に行って、顔を洗い、歯をみがいて、結婚指輪をせっけんではずす。この指輪は、あの人への最後のメッセージとして、パソコンの上に置いておこう……Be With

You M to Y……I Love You Forever Y to Mの指輪と合わせて四つ葉のクローバーにして、箱根山にでも埋めてくださいな……でも、あなたはきっと、アルミホイルかなんかにくるんで不燃ごみに出すんでしょうね……固いものを食べてはずれた銀歯を棄《す》てるみたいに……

女は白いソックスをはくのに悪戦苦闘しているゆたかを膝の上に抱き上げた。

「首と首をくっつけて、馬の挨拶《あいさつ》みたいだね」

「うまって、こういうふうにあいさつするの？」

「するよ、こういう風に」

「アハハハハハハハハ、キャハハハハハハ、ママぁ、やめてよぉ！　あついよぉ！」

笑いながら靴を履く。

笑いながら扉を開ける。

笑いながら鍵を閉める。

もう、ここに帰ってくることはない。

わたしも。

ゆたかも。

「ゆたか、鍵、ここ入れとくからね。ばぁばがここに来たいって言ったら、教えてあげて」

ボストンバッグを右肩にかけ、左手をゆたかの右手と繋ぐ。

木々が枝いっぱいに緑をつけ、夜通し晴れていた空に向かって背伸びをしている。

「今日はね、七夕なんだよ。こんなに晴れてたら、天の川も楽勝で渡れるね。織姫さんと彦星さん、逢えるよ」

「でも、わるいことしたんだよね」

「悪いこと？」

「わるいことしたから、あえなくなったって、えんちょうせんせいがいってたよ。おしごとを、なまけたからだって」

何か言葉を伝えたかったが、口が痺《しび》れて言葉が出てこない。たぶん、わたしが言いたいのは、織姫と彦星は仕事を忘れるほどお互いのことを大好きで、それは悪いことじゃなくて、いつかゆたかも、他の全てを、生きることさえ忘れるほど好きになれる相手と出逢えればいいね……

「さぁさぁのぉはぁ　さぁらさぁらぁ　のぉきぃばぁにぃゆぅれぇるぅ　おぉほぉしさあまぁあきぃらきらぁ　きぃんぎぃんすぅなぁごぉ」

体重が無くなったみたい。

歩いてないみたい。

でも、足音は聴こえる。

心がどこかへ流れていきそうだ。

エレベーターの前で、女は体から眠気と疲労を振り落とすためにジャンプした。

「ママって、げんきだね」

ゆたかも笑いながらジャンプした。

明治通りでタクシーを拾い、トランクにボストンバッグを積んで、ゆたかを先に乗せてから乗り込んだ。

「目白の学習院大学までお願いします」

「混みますよ」

「仕方ありませんね」

車内に充満している煙草のけむりを追い出すために、女は開閉ボタンを押して窓を全開にした。今日みたいに日射しが強くて風が弱い日は、光化学スモッグが発生しやすいんだけど——。

「朝はね、10時ぐらいまでは、ほとんど動かないんですよ」

「へぇ、タクシー乗るのはじめてだから」

「通勤もあるし、ちょっと先で工事やってんですよ」

「これ全部マイカーですか？」

「マイカーとか、トラックも多いでしょう」

「はぁ……」

「7時台はそんなじゃないと思うけど、8時に入っちゃうと、ほとんど動かないっつーか」

無意味な話をすることで、力を使い果たしたくない。力は、もうほんの少ししか残っていないから。

「ゆたか、ごめん、ママ、着くまで眠るね」

少しだけ眠ろう……悲しみに耐えるために……勇気を奮《ふる》い起こすために……目を閉じる……どんぐりころころ　どんぶりこ　おいけにはまって　さぁたいへん……ゆたかが歌ってる……どんぐりころころ　どんぶりこ　おいけにはまって　さぁたいへん……唇と舌を動かしてみる……声は出てこない……光が窓から流れ込んで……じっと座って眠ろうとしているわたしから、わたしが抜け出そうとしている……影……わたしの影？……わたしは水を覗き込み、水の中のわたしと目を合わせて……わたしの影はあおむけのまま沈み……深く、深く、深く深く深く……川なのか湖なのか沼なのか海なのかはわからない……底の見えない深い深い水……と、水底で瞼を閉じたわたしの影が浮かび上がってくる……水面に影の顔が現れた瞬間、巨きな黒い鳥が矢のように目の前をよぎり……影をくわえて飛び去って……バサバサッバサバサッ……翼が巻き起こす風に煽られ、わたしは落ちる……水の中に……足から水の渦に吸い込まれて……あぁぁぁぁぁぁぁぁぁぁぁぁ……

「お客さん、着きましたよ」

目を開ける。勇気は萎み、どうやって体を動かしたらいいのかわからないほど疲れ切っていたが、料金メーターに表示されている金額を財布からつまみ出し、緑色のトレイに紙幣と硬貨を載せた。

女はゆたかを先に降ろして、自分の影の真ん中に降り立った。

學習院大學

女のすぐ脇を、イヤフォンで耳を塞いだ無精髭の大学生が通り過ぎる。白いアンサンブルに膝丈の黒いスカートという出で立ちの女子大生はどことなく愛子さまに似ていた。校内は、赤坂御所のような石と植栽の塀で護られ、外から覗くことはできない。塀に沿って青々とした銀杏並木がつづき、車道の向こうにある目白小学校の校門の中に、紫陽花色の帽子をかぶった子どもたちが次々と入っていくのが見える。

まだ、あまり陽に曝されていない真新しい帽子とランドセル……

一年生だ……

わたしはランドセルを背負ったゆたかを、行ってらっしゃいと送り出すことはできない……

誰が、ゆたかを……

不意に、ボストンバッグの重さと、日射しの強さが耐え難くなる。

肩に紐《ひも》が食い込み、一歩一歩が膝に響く。

ゆたかが手にぶら下がってくる。

「ごめん、ゆたか、いま、ママ、つらいんだよ、重くって、暑くって……悪いけど、一人で歩いてくれる？」

女は学習院中等科、高等科と記された門の前で歩《ほ》を止めた。

初等科は四谷……目白から山手線に乗って、新宿で中央線に乗り換えて四ツ谷……歩きを入れて30分……通えない距離じゃない……お茶の水女子大学附属幼稚園に通っておられる秋篠宮悠仁さまは、そのまま附属の小学校に上がられるのか、それとも学習院初等科の門をくぐられるのか……ゆたかも、あと4年したら……折襟に紺の半ズボンの制服を着て「ごきげんよう」と悠仁さまと廊下で擦れ違う……

わたしさえいなくなれば、お義母《かあ》さんは初孫のゆたかに、惜《お》しみなく愛情とお金を注いでくれるはずだ。

お義父《とう》さんがご存命の頃は、何度か夕ごはんをご馳走《ちそう》になったり泊まったりしたこともあったんだけど、お義父さんがお亡くなりになってからは、葬儀や法事の席で挨拶するだけの関係になった。あの人にやんわりと訊いてみたことがある。お義母さんは、わたしの前に付き合っていた彼女と結婚するんだと思い込んでいて、二人で買い物に出掛けたり長電話したりするくらい仲が良かったらしい。それ以上は突っ込まなかったけれど、たぶん、わたしと二股《ふたまた》かけてたんだと思う。そうじゃないと、お義母さんの怒りは辻褄《つじつま》が合わないから。

横断歩道を渡って目白警察署の脇の路地を入って行く。**止まれ**の白い道路標示が目に入るが、止まるわけにはいかない。小川のような路地を下っていくと、目白という地名のイメージには合わないこぢんまりした家が密集している。人の気配はない。時折、どこか別の路地から、チャアンチャアンと自転車のベルの音や、ワンワァンキャンと犬の吠え声が響いてくる。路《みち》はどんどん細くなる。どのうちも家と塀の僅かな隙間に木を植えているので、木と木が枝を差し伸ばしてトンネルを拵えているように見える。

突然、家と木が途切れ、女は光の中へと足を踏み出した。マンション建設予定地として造成したのだろうが、不動産屋が倒産して競売《けいばい》にかけられたのか、トタン塀の青いペンキは錆《さ》びて鱗《うろこ》のようにめくれ上がり、裁判所管理の札が立っている。

女は自分の影を見た。影を追い越してみたくなって歩を速めたが、影は競売地に一本だけ残ったモチノキの大きな影に逃げ込んでしまった。

ゆたかは木影から抜け出した女の影を追いかけ、ジャンプして両足で踏みつけた。

「ほらッ、かげ、ふんだぞッ！」

ゆたかは背伸びをして、人差指を突き出した。

「おぉにごっこすぅるひっと　こぉのゆっぴとぉまれぇ　はぁやくしないときぃえちゃうぞぉ　まぁだまぁだきぃえなぁい　まぁだきぃえない　ろぉそぉくいっぽんきぃいぃえたッ！」

女は白く輝く人差指の先を黙って見詰めた。

ーママ　なかまはずれになっちゃうよぉ。もういっかいやってあげようか？　ほんとは
ルールいはんなんだけどぉ」
「いいよ……いいんだよ……」
地上げにあったという話は聞いてないけれど、もしかしたら聞いていないだけで……
空地だったらどうしよう……あの人に電話して引っ越し先を訊くことはできないし……
長野まで連れて行くわけにはいかないし……
おそるおそる角を曲がると……
あった……
一つだけ高く突き出し、陽の光を独り占めしている風見鶏のついたとんがり屋根……
良かった……
誰にとって……
わたしにとって……
ゆたかにとって……
女は玄関の前に立った。
息子の方に向き直る。
膝をつき、顔の高さを同じにする。
背中に手をまわして抱き寄せる。
熱く湿った息を顔全体で感じる。

頰擦《ほおず》りをして、体を離す。

息を詰めてチャイムを押す。

「はぁい、どなたですかぁ？」

「ゆみです」

「え？」

「まさるさんの……」

「ゆみさん？」

「はい」

二階のカーテンがめくれて、義母の顔が見えた。

階段を下りる音がして、ドアが開いた。

義母は孫の顔を見て口を開け、嫁の顔を見て口を閉じた。

「あら、まぁ……」

「まさるは？」

「まさるさんは長野です」

「……そう」

「ちょっと、友人に不幸があって、長崎まで行かないといけないんです」

「あら……今日？」

「すみません、急な話で……今朝連絡もらったんですけど……親友のお母さんがダンプに撥ねられて即死たということで……」

「あらぁ……」

「長崎なので日帰りは無理ですから……お通夜、告別式に出て、2泊3日ぐらい……」

ゆたかが不安と不満の息を吐いたのを、女は聞き逃さなかった。

「ホテルはどちら？」

「友だちのお宅に泊まらせていただいて、色々お手伝いしようと思っています」

「まさるは知ってるのかしら？」

「知ってます」

「なんてお名前のかた？」

女は靴の中で十本の指を動かした。

「モリサキヤスコ」

「もりさきやすこさん、憶えておかなきゃね……もりさきやすこ、もりさきやすこ……

あッ、ゆたかちゃん、幼稚園は？」

「あぁ、いいです、もうすぐ夏休みですから」

「そうね、ここから、お弁当こさえて、車で送り迎えするのは、ちょっと無理ね」

「すみませんが、よろしくお願いいたします」

「いいんですよ、急なことなんだし、毎日ひまを持て余してますからね」

「じゃあ、ほら、ゆたか、ばぁばにご挨拶して」

女は息子の肩に両手をのせて撫でてやった。

ゆたかは胸につきそうなほど顎《あご》を引いて、上目で祖母の顔を窺《うかが》っている。

祖母は微笑を模写したような微笑を浮かべて、

「もう、忘れちゃったかしら……ゆたかちゃん、大きくなったわねぇ……まさるの小さい時分《じぶん》にそっくり……ほんと生き写しね……いらっしゃい、ほらこっち、いらっしゃい、暑かったでしょう？　ばぁばといっしょに、かき氷でもこさえましょう」

翼のように、女の両手が息子の肩から離れた。

「じゃあ、よろしくお願いいたします」

女は頭を下げた。

女の影の中に在《あ》ったゆたかの体が日向《ひなた》に取り残された。

ゆたかは振り返った。

女はもう2メートルほど離れていた。

角を曲がる前に、女は首を矢で射られたように振り向いた。

ゆたかは、祖母に手を繋がれて突っ立っている。

女は最後の顔を息子に向けた。

「バイバイ」

手を振る。

精一杯の笑みを送る。

「バイバイ」

ゆたかは手を振ってくれなかった。

動いている全てのもの、動いていない全てのものが、それぞれの持ち場を護《まも》って調和を保っている。そして、持ち場を放棄し、調和を乱したわたしが、いま、ここに、在《あ》ることに、異を唱えている。家も、道も、木も、草も、空も、雲も、太陽も、満場一致《まんじょういっち》で、追放せよ！と叫んでいる。

路地を抜けると、明治通りだった。通りの向こうに、鬼子母神《きしもじん》の案内板が見える。千人の母でありながら、他人の子をつかまえて食ってしまうために、釈迦《しゃか》によって最も愛していた末の子を奪われ、子を失う母親の苦しみを悟った鬼子母神。手を合わせて、ゆたかのことをお願いしたいけれど、立ち止まったら、気持ちが挫《くじ》けそうな気がする。

わたしは先を急いでいる。

終わらせることを、始めなければならない。

女は手を高く上げて、タクシーを止めた。

「諏訪通りのマルエツまでお願いします」

バックミラーに顔を映して瞼を閉じる。

何も話しかけられたくない。

何も話したくない。

自分で瞼を閉じたのに、ごつごつした大きなてのひらに目隠しされているような感じがする……瞼はめくれそうだし、目玉は飛び出しそうだ……体のあちこちが、わたしから逃れようとしている……大きな痛みと衝撃の後……目醒めるんだろうか……眠るんだろうか……ダメだ、心臓が痛い……何か別のことを考えよう……**背中までたれ下がった髪は老人のように白かった……顔には一筋のしわもなく、みずみずしい血色をしていた……純白の長い上衣……腰のまわりには、きらきら光る帯……手にはいきいきとした緑色のひいらぎの枝……冬の象徴であるこのひいらぎとはまったく反対の、夏の花で、着物を飾っていた……**

そろそろ諏訪通りに入ったはずだ。

目を開けると、学習院女子大学の前だった。

ボタンを押して窓を開ける。

セミ?

戸山の森が近付いてきた。

女はタクシーから降りた。

ニイニイゼミか……

初蟬だ……

ショッピングモールを通り抜ける。

女は美容院の自動ドアの前に立った。

「いらっしゃいませぇ」

人の良さそうな50歳前後の主人が出迎えてくれた。

最後にわたしに触れる人……介錯人《かいしゃくにん》……**腰のあたりに古風な刀の鞘《さや》を帯びていたが、刀身《とうしん》はなく鞘も古いので錆《さ》びてぼろぼろになっていた……**

「予約してないんですけど……」

客は一人もいなかった。

「だいじょうぶですよ。お荷物お預かりいたしますかぁ？」

「荷物はありません」

「こちらへどうぞぉ」

女は鏡の中の主人の顔を見た。

やさしそうな顔も、輝く眼も、開いた手も、元気のよい声も……すべてがゆったりとしていた……

「今日はどうされますかぁ？」

「ジーン・セバーグみたいにしてください」

「ジーン・セバーグ？」

「勝手にしやがれ」

「勝手にしやがれ？」

「父が好きだったんです」

撃たれて倒れたジャン・ポール・ベルモンドみたいに眼鏡をはずして、口を、ア、イ、ウ、と動かしてみる**……まったく最低だ……いまなんて？……あなたはまったく最低だと……最低ってなんのこと？……**

「はぁ……写真か何かないですか？」

「セシールカットなんですけど」

「セシールカット？」

「ベリーショートです」

「どのくらいにぃ？」

「バリカンで3ミリに」

「3ミリ……3ミリでよろしいですかぁ？　短いですけど、いいですかぁ？」

「いいです」

「かなり地膚の方が見える形になりますがぁ……」

「はい」

「シャンプーの方はぁ？」

「けっこうです」

「では、お眼鏡お預かりいたしまぁす」

女は眼鏡を主人に手渡した。

手首に輪ゴムが食い込んでいる。

輪ゴムをはずすと、くっきりと赤い線が……

これも　身体特徴の欄に記されるんだろうか？

いや、遺体はかなり損傷するはずだから……

シュシュシュシュシュシュシュシュ、霧吹きを噴きかけられる。

主人はバリカンを手に取った。

「では、3ミリにさせていただきます」

「お願いします」

ビビビビビビビビビビビ、女は目を瞑《つむ》った。

ジーン・セバーグの死の様子を教えてくれたのはパパだった。

40歳で……パリの路上の車の中で……ミネラルウォーターと睡眠薬の空瓶と……腐乱死体の右手には一通の手紙が握り締められていて……17歳のひとり息子に宛《あ》てた遺書だった……「許してね　神経が磨《す》り減ってもうこれ以上生きていけないの　でもわたしの気持ちはわかってね　許してくれるということは知ってるの　わたしがあなたを愛しているということも知っていてね　強く生きてね　あなたを愛する母より」……パパ……憶えてるよ……パパの顔がとっても悲しそうだったから……パパ……もう少ししたら、逢えるかな……パパは38歳のままだけど……ゆみは16歳じゃないんだよ……歳をとって……こんなに白髪だらけで……でも、パパ、見て……パパの好きなジーン・セバーグのセシールカットにするからね……わかるかな……パパ……パパがわからなくても、ゆみがわかるから……きっと逢えるね……もうすぐ……もうすぐ……ビビビビビビビビビ……


「ちょっと、見ていただけますかぁ？」

女は目を開けた。

「一応、揉み上げあたりから刈ってみました。揉み上げでしたら、もしアレでも隠れますからね。お眼鏡かけて見られますかぁ？」

「いえ、ほんとうに、だいじょうぶですから」

「あのぅ、もしかしたら、手術をされるぅ……」

「いえ」

「あッ、失礼いたしました。以前そういうお客さまがいらっしゃったものですからぁ」

「夏だし、イメチェンですよ。髪も白髪染めでかなり傷《いた》んでるし」

「でも、そんなに目立ってませんよ、染める必要もないと思います。まだお若いですからねぇ、ええええ、若白髪なんて申しますし、ええええ、まして短くしてしまうので全然わからないと思いますよ、はぁい」

シュシュシュシュシュ……ビビビビビビビ……

「この近くにお住まいですかぁ？」

「いえあの、今度こっちの方に引っ越して来ようかと思いまして」

「あぁ、そうですかぁ」

ビビビビビビビ、ビビビビビビビビ……

「ちょっと下見に」

「ええ、ああ、そうですかぁ」

「戸山ハイツに」

「はいはい」

ビビビビビビビビビ、ビビビビビビビビビ……

「箱根山の方に行かれたことありますか？」

「ええ、行きますねぇ、あのぅスーパーがありますんで、たまに、ちょっと遅くなったりなんかしますと、あそこ遅いんですよ、スーパー、コープでしたっけ、だからたまぁに行くことありますよ、えぇ」

「あそこら辺は、もともと陸軍の施設だったんですよね」

「あ、あ、そうですねぇ、はい」

ウゥイイイン、ウゥイイイン、ウゥイイイン、ウゥイイイン……

「何か出るという話は聞きませんか？」

「何かというとぉ？」

「幽霊とか……」

「ふふふふ、えぇっと、聞きませんねぇ、はい。でもアレなんじゃないですかね、木が多いですよね、あの辺り、だからなんか、そういう感じがするのかもしれないですけど、でも、ふふふふふふ、夏なんかはかえって涼しくって、ええ、環境的にはいいんじゃないでしょうかねぇ。あのぅ、戸山ハイツら辺は、下がってるでしょう、下側になるんでしょうかね、だからどうしても暗く感じるんだと思うんですね、はい、でもあの辺り、お買い物も便利だしねぇ……いまはどちらなんですか？　お住まいは？」

「いまは横浜の方です」

「あぁ、そうですか……うちはどうしてご存じなんですか？」

「通りがかって、いいんじゃないかなと思って」

「そうですかぁ、ありがとうございます」

ウゥイィイン、ウゥイィイン、ウゥイィイン……ウゥイィイン、ウゥイィイン、ウゥイィイン……

「コープのある坂を上った所に国立感染症研究所ってありますよね？」

「はい、ありますねぇ、はい」

「人骨が出てきたという話を聞いたんですけど」

「なにかありましたねぇ、えぇ、えぇ」

「地元の人は、どうなんでしょうかねぇ」

「そうですねぇ……一時そんな話はあったような気はしましたけど、まぁ、自然消滅っていうかねぇ、どうなんですかねぇ……」

ウゥイィイン、ウゥイィイン、ウゥイィイン……

「ここのお店は長いんですか？」

「長いですねぇ、もう20年です」

ウゥイィン、ウゥイィン、ウゥイィン、ウゥイィン……

「地元の人に愛されているんですね」

「だといいですねぇ、幸せですねぇ」

ウゥイィン、ウゥイィン、ウゥイィン、ウゥイィン……

「やっぱり、されるだけのことあってお似合いですねぇ」

「そうですか、良かったです」

「お顔が小さいですからねぇ、わたしの顔なんて大きいから、わたしなんかがバリカン刈しちゃうと海坊主ですよ、ふふふふふ、これで3ミリです、お眼鏡をどうぞぉ」

女は眼鏡をかけて見た。

「はい、だいじょうぶです」

女は立ち上がった。

「さっぱりしました」

女は勘定《かんじょう》を済ませた。

「ありがとうございましたぁ」

女は店を出た。

このまま、どこかで2日潰して、ゆたかを迎えに行くことはできないんだろうか……

ゆたかと手を繋いで帰る……どこに？……帰るところなんかない……**もし書いたままで消**

えていないなら額に「滅亡」と出ているはずだ　書いてないとは言わせないぞ！

女は3軒隣のブティックの前で立ち止まった。『勝手にしやがれ』でジーン・セバーグが着てたのは、白黒映画だから色はわからないけど、ボーダーシャツ、プリーツスカート、ロゴ入りTシャツ、七分丈のパンツ……

女は店先に吊るされているバーゲン品の中から、襟ぐりにラインストーンをあしらった白いTシャツと黒いスラックスを選んでレジに持って行った。

「すぐ着るのでタグ切ってください。ここに、靴屋さん入ってませんでしたっけ？」

「靴屋さんは、ないですねぇ」

店員は、包みを抱えて出て行く女の坊主頭を凝視した。

ジーン・セバーグはノーヒールのローファーを素足に履いていたけれど、靴屋を探し歩く時間は残されていない。

女は激安ショップで300円のビーチサンダルを買って、青果ショップの隣の公衆トイレに入っていった。

買った服を袋から出してフックに吊るし、サンダルを便器の脇に置いておく。

洋式トイレの蓋に腰かけ、ダンガリーシャツ、チノパン、下着、靴下、靴を脱いで、買ったばかりの服に着替える。

チノパンから財布だけ取り出し、脱いだ服を丸めて紙袋の中に突っ込む。

サンダルを履いて公衆トイレから出る。

亡くなった日　平成24年7月7日
場所　東京都新宿区高田馬場
年齢等　35歳～45歳の女性
身体特徴　身長160㎝位
着衣等　白色Tシャツ
黒色スラックス
白色ビーチサンダル（23・0～24・0）
所持品　乗車券

女は紙袋をごみステーションに置いて、「川瀬由美」の痕跡が残る最後の場所から立ち去った。


横断歩道の前に立つと、サラリーマン二名が煙草を吸いながら信号待ちをしていた。

「お墓、四百万で買おうって言い出してさ、電話くれるっていうのに、ちっともないんだよ」

「でも、年金もらえるんでしょ？」

「お父さんの年金、60パーセントもらえる」

「いいじゃない、いいじゃない」
「いいよいいよ、墓ぐらい元が取れるっしょ」
「いいかな」
「まぁねぇ」

けむりの刷毛《はけ》に顔中を撫で回され咳き込みそうになったが、女は口を開けて笑った。

信号が青に変わる……**とぉりゃんせ　とぉりゃんせぇ　こぉこはどぉこのほそみちじゃぁ　てぇんじぃんさぁまぁのぉほそみちじゃぁ**……コォー……コォーコォーコォー……左を見ると、山手線外回りが約束の時間を厳守して高架を渡り……コォー……コォー……コォー……**ちょぉっととおしてくだしゃんせぇ**……**ごよぉのないものとおしゃせぬぅ**……次の次……コォーコォー……コォーコォー……10分後……わたしの未来は1秒の狂いもなく閉じられる……コォーコォーコォーコォー……10分から先の時間に、わたしはいない……女はシャンゼリゼ通りで新聞を売り歩くジーン・セバーグのような足取りで横断歩道を渡り切った。

点字図書館の鎖が見えてくる……コォーッ、ココォーッ、ココォーッ……**私には何にもやるものはない**……コォーッ……コォーッ……**私は話したいと思うことも話すのも禁じられている**……ココォーッ、ココォーッ……**私にはもうほんのわずかの時間しか許されていない**……コォーッ、ココォーッ、ココォーッ……**私は休むこともできないし、足をとめてることもできない**……コォーッ……コォーッ……**おお！　二重の鎖をかけられ**

て縛られた虜よ……ココォーッ、ココォーッ……鎖が揺れ始める……ルゥー、ゴトゴトゴトッ……鎖と鎖がぶつかって……ゴトゴトゴトッ……一斉に鳴る……ゴトゴトゴトン、ルゥー……

女は郵便局の赤いポストの前で立ち止まった。
百円玉二枚をポケットに入れて、ポストの投函口を覗いた。
ゆたか……
ゆたかが胎児のように両膝を抱えて、投函口から射し込む光を見上げている。
女は財布を投函した。
音はしなかった。
ゆたかが両手で受け止めてくれたから。
ゆたか！
今度は、眼鏡いくよ！
女は眼鏡をはずして柄《え》を畳み、投函した。
ナイスキャッチ！
女はポストの中で手を振った。
バイバイ！
マイポストボーイ！
女は顔を上げて歩き出した。

もう、なにも見えない。
ルゥー、ゴトゴトゴトッ、ゴトゴトゴトン、ルゥー……
2週間前に衝動買いしたファンシーショップだ。
ゴトゴトゴトッ……
頭部の貯金箱だけがぼんやりとピンクに見える。
ゴトゴトゴトッゴトゴトゴト、ゴトゴトゴトゴト……
女は心拍と心拍の間の沈黙を聴いた。
怖いのかもしれない。
空を見上げる。
目の醒めるような青。
はじめて目にするような新しい空だった。
全てが青に充《み》たされそうになった時、
女は黒い染みを見つけた。
次第に大きくなってくる。
大きく、
大きく、
黒い鳥だ！
近付いてくる！

近付いてくる！

大きな翼で大気を搏《う》って、
バサッ、バサッ、バサッ、　バサッ、
バサッ、バサッ、バサッ、　バサッ、
鳥居に死んでいた鳥だ。

静和に留まっていた鳥だ。

わたしの影をくわえていった鳥だ。

わたしを見取ってくれる鳥だ。

ゴォー、ゴトゴト……**ゆっくりとおごそかに、黙りこくって近付いて来た**……ゴトゴトゴト、ゴト、ゴト……**真黒な衣に包まれていた**……ゴットン、ゴットン、ゴ、トン**……頭も顔も全身すっぽりかくれ、眼に見えるのはさしのべている手だけだった**……ゴォー、ゴゴォー、ガー、ガガガー、ダダダダッ、ゴゴゴゴー、ガァー、ガー……**そぉらぁをこぉえてぇえ　ラララ　ほぉしぃのかぁなたぁあ……**

女はJR高田馬場駅戸山口の改札をくぐった。

「まもなく、1番線に池袋・上野方面行きの電車が参ります、危ないですから黄色い線までお下がりください」

解説　円環の中に閉じ込められないために

和合亮一

柳美里さんと初めてお話をしたのは、福島で対談をする機会をいただいた時であった。柳さんは震災以降、私のツイッターにいつも敏感に反応を返して下さっていた。これが最初だという感じがしなかったのは、あの日からそれを介《かい》して同じ時を過ごさせていただいていたという、半《なか》ば勝手な思い込みによるものがある。上手にお話をリードして下さり、よく相手の話に耳を澄ます方だという印象を抱いた。

柳さんと私とは同年齢だ。いわゆる八十年代のバブル期の社会に青春を過ごした世代である。やがてうわべだけの豊かさは崩壊した。破綻、破産。私たちの暮らしの隣には脆《もろ》さだけがあったことを知った。初期代表作「家族シネマ」にて柳さんが象徴してみせた根源的な家族や社会への不安感は、つきまとう影のように私たち日本人の精神にずっとこびりついているままだ。仮面を剝がされてばらばらになっていく日本の家や人間の時間を、柳さんは描き続けてきた。

　震災は福島で暮らす私たちに、常に家族としての選択を迫ってきた。放射能汚染という人類最大の過ちの中で、悲しく〈ばらばら〉にならざるを得ない親と子が、今の福島にはとても多い。かつて為政者であったある作家は当時、震災の悲劇がもたらされたことを「罰だ」と私たちに簡単に言ってのけた。国家という家において、何かが断ち切られた最初の瞬間だったと思う。〈何か〉とは何か。柳さんは今、積極的に南相馬市に入り、地域の方々と触れ合う活動をし続けている。その誠実な姿にふと、ほどかれた〈何か〉を結ぼうとしている情熱を感じている。

〈ほどかれた〉ままでいくあてのなさを抱えている一人の人物が、救いなく破滅していく。可愛らしい息子さんを育てる一人の主婦の人生がそこにはあるが、特別な誰かではない……、どこにでもいる人間の奈落《ならく》の底を本編に見た。

　この物語において女が抱えている孤独感については終始、胸がつまりそうになる。夫から近所から、あるいは息子の幼稚園の母親たちなどから疎外され続ける。そもそも女には悪意などほとんどないのだが、息子への愛情が強まるほどに、周囲に敵意と反感を持たずにはいられなくなる。女に理解を示してくれる人は夫も含めて誰も居ない。精神の隘路《あいろ》へと女は次々に追い込まれていく。

　交際のバランス感覚はすこぶる良くない。色々な他者同士の会話が、機械的に書き留められている場面が頻繁《ひんぱん》に登場する。冷たく乾き切って響く言葉の応酬の数々。これらは無意識に外側から女を追い込み、固く閉じ込めてしまい、社会との遮断をもたらそうとしている。雑音として耳に飛び込んでくるセリフが書かれるほど、女の孤独がいや増していくのが分かる。軽妙な他者のお喋りが、とても恐ろしく聞こえる。

息子が幼稚園で正座させられていることへの反発や、戦中に人体実験場があったところに埋められている朝鮮人の骨の事実への執着や、ゴミをめぐる近所の人々とのいざこざ、別居している夫との離婚など……。絶え間なく女の頭を様々なリアルがめぐるが答えは無い。あたかも終わらない山手線の列車の行く先のようだ。女は時折、自分に問う。「ゴト、ゴト、ゴト……この円環の中に閉じ込められたいの？　おお！　二重の鎖をかけられて縛られた虜よ！」。

面白いのはこの女の心に「忍者ハットリくん」が現れるところである。ハットリくんは時に正義の味方として、あるいは一番の理解者として、あるいは夫の代わりとして、ささっと登場し女に憑依《ひょうい》してしまう。とぼけた口調で語り出す忍者。この語り口が、重たく鈍い気持ちの痛みや怒りを少しも感じさせない、小気味の良い軽快さを場面に与えている。柳さん、お見事でござる、ニンニン……。戦い続けようとする心の強さが感じられるが、その調子が上向きになればなるほど、女が根本に抱えている寂しさがなぜだか浮き彫りになっていくようで、泣き笑いをした後の感じも残されていく。

逃げるように離れて暮らしている夫に向かってひとりごちる。「わたしは、あなたと違って、やりたいことなんて何一つやっちゃいません、わたしの目の前にあるのはね、いい？　やらなきゃいけないことだけなの」。この後にセシウムやストロンチウムなどの放射能から、我が子をどう守ったらいいのかを心配してヒステリックに独り言を続ける姿があるが、ここに書かれた意味の闇の深さに苦しくなる。これは多かれ少なかれ、原発が爆発してからたくさんの母親が、人々が抱えている恐怖である。私たちはみな「縛られた虜」なのであろうか。あらゆる暗がりから解き放たれたい。終盤の場面。ポストへと最後のわずかな全てを投げ込む姿に、あきらめと、それでも希求する手の力とを感じて涙ぐましくなった。

この女は高校時代に、愛する父親と不意に死別した時に、〈何か〉がすでに切れてしまっていたのだと思う。〈何か〉とは何か。私はここにありきたりだが、心か言葉か、その両方をあてはめたいと思う。

たくさんの別離がもたらされた福島の海辺の町に居を構えて、しっかりと暮らし始めた柳さんの姿がある。さらなる新しい文学の兆《きざ》しを予感している。

＊

この度の全米図書賞受賞を、福島人として、そして同時代の書き手として心から喜びたいと思う。

震災から十年。風化の恐れと伝承のあり方が語られたり問われたりしているが、まだ少しも終わらない「円環」にこそ現実のただなかはある。今もなお災いからの出口が見えない感じが根強くある。だから「から」は差し引く。正に「震災十年」という言い方こそがふさわしい。

そのようなお話を二人で語り合ったことがある。これからも見えない魂の合図を福島の空の下、柳さんと交わし合っていきたい。日本ばかりではなく世界中の人々へ。震災のみならず、生々しいあらゆる人間社会の真実と、そこに宿ろうとする心と言葉の芯をこれからも伝えていって欲しいと願っている。

（詩人）

＊本原稿は、河出文庫『グッドバイ・ママ』（二〇一二年一二月刊行）に収録された解説を、新装版刊行に際して加筆修正したものです。

新装版あとがき　絶望的な日々に求める「死」という希望

「グッドバイ・ママ」のタイトルを、雑誌掲載時の「JR高田馬場駅戸山口」に戻した。

その理由は、同じくタイトルを元に戻した『JR品川駅高輪口』のあとがきに詳しく書いたが、「山手線シリーズ」は既に発表している五篇（「山手線内回り」「JR高田馬場駅戸山口」「JR五反田駅東口」「JR品川駅高輪口」「JR上野駅公園口」）と、今年発表する予定の三篇（「山手線外回り」「JR五反田駅西口」「JR常磐線夜ノ森駅」）を加えた計八篇の連作小説なのである。

毎回、一冊の本を世に出す際に、どうしたら一人でも多くの読者を得られるだろうか、と担当編集者と装丁やプロモーションについての話し合いを持つ。「山手線シリーズ」の場合、小説の内容が全くわからない駅名タイトルでは書店店頭で手に取ってもらえないのではないかという懸念があり、駅名を断念して内容を表したタイトルに変更した。

『JR上野駅公園口』の全米図書賞（翻訳文学部門）受賞を契機に、やはり連作として読んでもらいたい、という気持ちが強まり、担当編集者の尾形龍太郎さんと河出書房新社の賛同が得られたので、タイトルを元に戻すことにしたのである。

さて、『JR高田馬場駅戸山口』である。

わたしは、いったん本になった自作は読み返さないので、今回も読まずに書くことにする。

うろおぼえも甚《はなは》だしいので、内容には触れない。

『JR高田馬場駅戸山口』は、わたしの一人息子が幼稚園に通っていた頃に書き出した作品である。

小説の中の出来事で、どれが実際にあったことなのかを箇条書きにすることはしないが、八篇の中では唯一私小説的な色合いを有している。

わたしは、未婚で息子を出産した。

母親になった途端に、「しなければならない」責務が大量に現前した。

子どもを育てることをしなければならないし、子どもの現在と未来のためにお金を稼ぐことをしなければならなかった。

解約不能の契約を、たった独りで履行することは、とても厳しかった。

そして、子どもは、親にとっての急所、弱み、ウィークポイント、泣きどころである。

自分とは別の人間の存在そのものが自分の急所になる――、独りならば怖くもなんともない様々な事や物や人が、親になった途端に恐怖や不安を帯びて押し寄せてきて、わたしと息子の安全圏を削り取っていく。だんだんと狭くなっていく安全圏を守るために闘ってはみたのだが、周囲からは援軍どころか、あいつ、頭がおかしくなったという扱いしか受けず、暗く狭い場所に身を隠すことぐらいしか出来なくなっていた。

それでも、危機はやって来る。

いきなり足場が抜けるような危機に見舞われ、生きることに宙吊りにされているような気がした。

死ぬことよりも、生きることがずっと怖かった。

あまりにも怖いので、絶望的に死に希望を求めていた。

『JR高田馬場駅戸山口』の主人公である母親も、最後に生の出口へと歩んでいった。改札口を通り抜け、プラットホームで「危ないですから黄色い線までお下がりくださ い」という接近放送を耳にした彼女が、一歩後ろに下がったのか、一歩前に踏み出したのか、その瞬間は書いてはいない。

なんとか生に踏み止まって、再び改札口を出て、息子のもとに戻ってほしい、と祈るような気持ちで一文字一文字書いた。

この新型コロナウイルスのパンデミックの最中《さなか》、小さな子どもを独りで育てている母親は、子どもを守り通すことの困難さに日々直面し、未来を先取りして疲れ果てているのではないか――。

絶望とは、まだ体験していない未来に疲れることである。

二〇二一年一月二十六日

柳美里

参考文献

［書籍］

『もう抗生物質では治らない　猛威をふるう薬剤耐性菌』（マイケル・シュナイアソン、マーク・プロトキン／栗木さつき訳／NHK出版）
『あなたは大丈夫？　薬が毒に変わる危ない食べ合わせ　市販薬、病院薬の間違った飲み方』（柳川明／実業之日本社）
『新版　永代供養墓の本』（仏事ガイド編集部編／六月書房）
『二十世紀の自殺者たち』（若一光司／徳間書店）
『論争・731部隊』（松村高夫編／晩聲社）
『証言・731部隊の真相』（ハル・ゴールド／濱田徹訳／廣済堂出版）
『731』（青木冨貴子／新潮社）
『検証・人体実験　731部隊・ナチ医学』（小俣和一郎／第三文明社）
『731　免責の系譜細菌戦部隊と秘蔵のファイル』（太田昌克／日本評論社）
『医の倫理を問う―第731部隊での体験から』（秋元寿恵夫／勁草書房）
『悪魔の飽食　新版』（森村誠一／角川文庫）
『悪魔の飽食（続）』（森村誠一／角川文庫）
『悪魔の飽食（第3部）』（森村誠一／角川文庫）
『医学者たちの組織犯罪　関東軍第七三一部隊』（常石敬一／朝日新聞社）

『日本にも戦争があった七三一部隊元少年隊員の告白』（篠塚良雄、高柳美知子／新日本出版社）
『日本軍の細菌戦・毒ガス戦―日本の中国侵略と戦争犯罪』
（七三一部隊国際シンポジウム実行委員会編／明石書店）
『七三一部隊と天皇・陸軍中央』（吉見義明、伊香俊哉／岩波ブックレット）
『裁かれた七三一部隊』（森村誠一／晩声社）
『七三一部隊の犯罪―中国人民は告発する』（韓暁／山辺悠喜子訳／三一書房）
『証言・人体実験―七三一部隊とその周辺』（江田憲治、松村高夫、児嶋俊郎／中央档案館、中国第二歴史档案館、吉林省社会科学学院編／同文舘出版）
『医学者たちの組織犯罪―関東軍第七三一部隊』（常石敬一／朝日文庫）
『世界大百科事典』（平凡社）
『食べたい、安全！』（日本子孫基金／講談社）
『食べるな、危険！』（日本子孫基金／講談社）
『クリスマス・キャロル』（ディケンズ／中川敏訳／集英社文庫）
『クリスマス・カロル』（ディケンズ／村岡花子訳／新潮文庫）
『忍者ハットリくん』全2巻（藤子不二雄Ⓐ／中公文庫コミック版）
『新・忍者ハットリくん』全4巻（藤子不二雄Ⓐ／中公文庫コミック版）
『愛情いっぱい　園児のおべんとう162メニュー』（ブティック社）
『簡素で味わい深い　酒の肴172品』（有元葉子／グラフ社）
『毎日のみそ汁100』（飛田和緒／幻冬舎）
『古川年巳の　つくりんしゃい食べんしゃい』（古川年巳／家の光協会）

『一生使える毎日の健康献立』（主婦の友社）
『俵万智と野崎洋光の　ゆっくり、朝ごはん。』（俵万智、野崎洋光／廣済堂出版）
『家中みんなのおべんとう応援団』（学研）
『NHKきょうの料理　2002年6月号』（日本放送出版協会）
『栄養バランス満点　カラフルお弁当』（伊藤睦美／女子栄養大学出版部）
『3歳からのおべんとう』（上田淳子／文化出版局）
『10分でできちゃった。ラクチン通園べんとう』（主婦と生活社）
『やっぱり自然がおいしいね！　野菜まるごとクッキング』（日本リサイクル運動市民の会編／ほんの木）
『クロワッサン　570』『クロワッサン　507』（マガジンハウス）
『アンパンマンのクリスマス・イブ』（やなせたかし／フレーベル館）
『ワイド版アンパンマンかみしばい2　アンパンマンとおむすびまん』（やなせたかし／フレーベル館）
『事物起源事典―衣食住編』（朝倉治彦、樋口秀雄、安藤菊二／丸山信編／東京堂出版）

【VTR・CD】
『勝手にしやがれ』
『風と共に去りぬ』
『卒業』
『あぶない野菜』（アジア太平洋資料センター）

『藤子不二雄Ⓐビデオ傑作シリーズ　忍者ハットリくん』全6巻（小学館ビデオ）
『鉄腕アトム』（JASRAC作品コード054-0021-0）

［雑誌記事］

「O脚の治療と最新情報」（腰野富久）
「こども健康相談室　O脚・X脚」（村上賽久・国立小児病院整形外科医長）
「診察室　変形性膝関節症」（岡本連三）
「変形性足関節症　正座などの生活習慣で発症　足関節内側に水腫や圧痛――シンポジウム高齢者の足の痛み」（田中康仁／「日経メディカル」426／二〇〇三年五月）
「もろもろ創世記（12・最終回）正座の巻」（夏目房之介／「潮」通号522／二〇〇二年八月）
「正座の源流」（川本利恵、中村充一／「東京家政学院大学紀要　人文・社会科学系」通号39／一九九九年）
「児童生徒の生活環境について―4―正座用補助座具の機能と学習効果について」（大村道雄／「信州大学教育学部紀要」通号74／一九九一年一二月）
「正座と膝」（森義明／「整形・災害外科25」13／一九八二年一二月）
「正座および蹲踞の影響によると思われる日本人膝関節軟骨の磨耗について」（森本岩太郎／「人類学雑誌90」別号／一九八二年一〇月）
「肥満と膝関節症との関連」（岡本連三／「Seikei-geka kango 6」11／通号59／二〇〇一年一一月）
「O脚・X脚・扁平足〈特集　小児の整形・形成外科〉」

（斎藤知行、腰野富久／「小児科診療　63」8／通号740／二〇〇〇年八月）

［ホームページ］

「日本点字図書館」（http://www.nittento.or.jp/）

「障害保健福祉研究情報システム（ＤＩＮＦ）ホームページ」
（http://www.dinf.ne.jp/doc/japanese/prdl/jsrd/norma/n181/n181_052.htm）

「パナソニックサイクルテック株式会社」（http://www.panabyc.co.jp/）

「ライオン株式会社」（http://kireikirei.lion.co.jp/）

「英語・英会話・スラング・ペンパルの@TAK英語情報局」
（http://haradakun.cool.ne.jp/entame/shasin_eigo18.html）

「萬代建設株式会社」（http://www.bandaiemd.co.jp/jigyo_sunaba.html）

「天使たちからのメッセージを届ける会」
（http://www.naxnet.or.jp/~takaoka1/angel/main.html）

「ベラ・ヴィータ」（http://bella-vita.jp/）

「Memezawa Med-Press」（http://www.memezawa.com/med/Lecture/mmp009.html）

「仏教の勉強室」（http://www.sakai.zaq.ne.jp/piicats/inn.htm）

「medical-tribune」（http://www.medical-tribune.co.jp/）

「ゆくえ不明の人をさがす相談室　警視庁」
（http://www.keishicho.metro.tokyo.jp/soudan/fumei/fumei.htm）

「つぶやき（正座は拷問）」（http://www.daiwariki.co.jp/tubuyaki43.htm）

「ママチャリ　子どもを守る会〜！」（http://www.mama-chari.net/info.htm）
「広がる低髄液圧症候群治療」（http://kk.kyodo.co.jp/iryo/news/0712mushiba.html）
「生活保護１１０番」（http://www.seiho110.org/）
「予研（感染研）裁判の会」へようこそ」（http://homepage2.nifty.com/sisibata/）
「国立感染症研究所」（http://www.nih.go.jp/niid/）
「国立感染症研究所　感染症情報センター」（http://idsc.nih.go.jp/index-j.html）
「神社本庁」（http://www.jinjahoncho.or.jp/）
「人骨（ほね）は告発する」（http://www.geocities.co.jp/Technopolis/9073/zinkotuhp/）
「新宿区ホームページ」（http://www.city.shinjuku.tokyo.jp/）
「小泉親彦」（http://www007.upp.so-net.ne.jp/togo/human/ko/chikahik.html）
「早稲田大学理工学術院」（http://www.sci.waseda.ac.jp/）
「wikipedia」（http://ja.wikipedia.org/wiki）

＊本書は二〇一二年一二月に河出文庫『グッドバイ・ママ』として刊行されました。
新装版に際し、『JR高田馬場駅戸山口』と改題の上、
著者による「新装版あとがき」を収録いたしました。

JR高田馬場《たかだのばば》駅戸《えきと》山口《やまぐち》

二〇一二年一二月二〇日　初版発行
二〇二一年 三 月一〇日　新装版初版印刷
二〇二一年 三 月二〇日　新装版初版発行

著　者　柳美里《ゆうみり》
発行者　小野寺優
発行所　株式会社河出書房新社
〒一五一―〇〇五一
東京都渋谷区千駄ヶ谷二―三二―二
電話〇三―三四〇四―八六一一（編集）
〇三―三四〇四―一二〇一（営業）
http://www.kawade.co.jp/

ロゴ・表紙デザイン　粟津潔
本文フォーマット　佐々木暁
本文組版　KAWADE DTP WORKS
印刷・製本　凸版印刷株式会社

Printed in Japan　ISBN978-4-309-41802-5

JR上野駅公園口

柳美里 41508-6

一九三三年、私は「天皇」と同じ日に生まれた——東京オリンピックの前年、出稼ぎのため上野駅に降り立った男の壮絶な生涯を通じ描かれる、日本の光と闇……居場所を失くしたすべての人へ贈る物語。

ねこのおうち

柳美里 41687-8

ひかり公園で生まれた６匹のねこたち。いま、彼らと、その家族との物語が幕を開ける。生きることの哀しみとキラメキに充ちた感動作！

窓の灯

青山七恵 40866-8

喫茶店で働く私の日課は、向かいの部屋の窓の中を覗くこと。そんな私はやがて夜の街を徘徊するようになり……。『ひとり日和』で芥川賞を受賞した著者のデビュー作／第四十二回文藝賞受賞作。書き下ろし短篇収録！

やさしいため息

青山七恵 41078-4

四年ぶりに再会した弟が綴るのは、嘘と事実が入り交じった私の観察日記。ベストセラー『ひとり日和』で芥川賞を受賞した著者が描く、ＯＬのやさしい孤独。磯﨑憲一郎氏との特別対談収録。

風

青山七恵 41524-6

姉妹が奏でる究極の愛憎、十五年来の友人が育んだ友情の果て、決して踊らない優子、そして旅行を終えて帰ってくると、わたしの家は消えていた……疾走する「生」が紡ぎ出す、とても特別な「関係」の物語。

泣かない女はいない

長嶋有 40865-1

ごめんねといってはいけないと思った。「ごめんね」でも、いってしまった。——恋人・四郎と暮らす睦美に訪れた不意の心変わりとは？　恋をめぐる心のふしぎを描く話題作、待望の文庫化。「センスなし」併録。

ナチュラル・ウーマン

松浦理英子 40847-7

「私、あなたを抱きしめた時、生まれて初めて自分が女だと感じたの」——二人の女性の至純の愛と実験的な性を描いた異色の傑作が、待望の新装版で甦る。

浮世でランチ

山崎ナオコーラ 40976-4

私と犬井は中学二年生。学校という世界に慣れない二人は、早く二十五歳の大人になりたいと願う。そして十一年後、私はＯＬになるのだが？　十四歳の私と二十五歳の私の“今”を鮮やかに描く、文藝賞受賞第一作。

カツラ美容室別室

山崎ナオコーラ 41044-9

こんな感じは、恋の始まりに似ている。しかし、きっと、実際は違う——カツラをかぶった店長・桂孝蔵の美容院で出会った、淳之介とエリの恋と友情、そして様々な人々の交流を描く、各紙誌絶賛の話題作。

ミューズ／コーリング

赤坂真理 41208-5

歯科医の手の匂いに魅かれ恋に落ちた女子高生を描く野間文芸新人賞受賞作「ミューズ」と、自傷に迫る「コーリング」——『東京プリズン』の著者の代表作二作をベスト・カップリング！

ふる

西加奈子 41412-6

池井戸花しす、二八歳。職業はＡＶのモザイクがけ。誰にも嫌われない「癒し」の存在であることに、こっそり全力をそそぐ毎日。だがそんな彼女に訪れる変化とは。日常の奇跡を祝福する「いのち」の物語。

ボディ・レンタル

佐藤亜有子 40576-6

女子大生マヤはリクエストに応じて身体をレンタルし、契約を結べば顧客まかせのモノになりきる。あらゆる妄想を呑み込む空っぽの容器になることを夢見る彼女の禁断のファイル。第三十三回文藝賞優秀作。

すいか　1

木皿泉　41237-5

東京・三軒茶屋の下宿、ハピネス三茶で一緒に暮らす血の繋がりのない女性４人の日常と、３億円を横領し逃走中の主人公の同僚の非日常。等身大の言葉が胸をうつ向田邦子賞受賞、伝説のドラマ、遂に文庫化！

すいか　2

木皿泉　41238-2

独身、実家暮らしＯＬ・基子、双子の姉を亡くしたエロ漫画家の絆、恐れられ慕われる教授の夏子、幼い頃母が出て行ったゆか。４人で暮らしたかけがえのないひと夏。10年後を描いたオマケ付。解説松田青子

フルタイムライフ

柴崎友香　40935-1

新人ＯＬ喜多川春子。なれない仕事に奮闘中の毎日。季節は移り、やがて周囲も変化し始める。昼休みに時々会う正吉が気になり出した春子の心にも、小さな変化が訪れて……新入社員の十ヶ月を描く傑作長篇。

青空感傷ツアー

柴崎友香　40766-1

超美人でゴーマンな女ともだちと、彼女に言いなりな私。大阪→トルコ→四国→石垣島。抱腹絶倒、やがてせつない女二人の感傷旅行の行方は？映画「きょうのできごと」原作者の話題作。

すみなれたからだで

窪美澄　41759-2

父が、男が、女が、猫が突然、姿を消した。けれど、本当にいなくなってしまったのは「私」なのではないか……。生きることの痛みと輝きを凝視する珠玉の短篇集に新たな作品を加え、待望の文庫化。

また会う日まで

柴崎友香　41041-8

好きなのになぜか会えない人がいる……ＯＬ有麻は二十五歳。あの修学旅行の夜、鳴海くんとの間に流れた特別な感情を、会って確かめたいと突然思いたつ。有麻のせつない一週間の休暇を描く話題作！

寝ても覚めても　増補新版

柴崎友香　41618-2

消えた恋人に生き写しの男に出会い恋に落ちた朝子だが……運命の恋を描く野間文芸新人賞受賞作。芥川賞作家の代表長篇が濱口竜介監督・東出昌大主演で映画化。マンガとコラボした書き下ろし番外篇を増補。

あられもない祈り

島本理生　41228-3

〈あなた〉と〈私〉……名前すら必要としない二人の、密室のような恋――幼い頃から自分を大事にできなかった主人公が、恋を通して知った生きるための欲望。西加奈子さん絶賛他話題騒然、至上の恋愛小説。

火口のふたり

白石一文　41375-4

私、賢ちゃんの身体をしょっちゅう思い出してたよ――挙式を控えながら、どうしても忘れられない従兄賢治と一夜を過ごした直子。出口のない男女の行きつく先は？　不確実な世界の極限の愛を描く恋愛小説。

あなたを奪うの。

窪美澄／千早茜／彩瀬まる／花房観音／宮木あや子　41515-4

絶対にあの人がほしい。何をしても、何が起きても――。今もっとも注目される女性作家・窪美澄、千早茜、彩瀬まる、花房観音、宮木あや子の五人が「略奪愛」をテーマに紡いだ、書き下ろし恋愛小説集。

ドレス

藤野可織　41745-5

美しい骨格標本、コートの下の甲冑……ミステリアスなモチーフと不穏なムードで描かれる、女性にまといつく“決めつけ”や“締めつけ”との静かなるバトル。わかりあえなさの先を指し示す格別の８短編。

彼女の人生は間違いじゃない

廣木隆一　41544-4

震災後、恋人とうまく付き合えない市役所職員のみゆき。彼女は週末、上京してデリヘルを始める……福島－東京の往還がもたらす、哀しみから光への軌跡。廣木監督が自身の初小説を映画化！

ラジオラジオラジオ！

加藤千恵　41680-9

わたしとトモは週に一度だけ、地元のラジオ番組でパーソナリティーになる——受験を目前に、それぞれの未来がすれちがっていく二人の女子高生の友情。新内眞衣（乃木坂46）さん感動！の青春小説。

女子の国はいつも内戦

辛酸なめ子　41289-4

女子の世界は、今も昔も格差社会です……。幼稚園で早くも女同士の人間関係の大変さに気付き、その後女子校で多感な時期を過ごした著者が、この戦場で生き残るための処世術を大公開！

出会い系サイトで70人と実際に会ってその人に合いそうな本をすすめまくった1年間のこと

花田菜々子　41731-8

菜々子、33歳。職業、書店員。既婚、ただし別居中。出会い系サイトに登録して初対面の人にぴったりの本をおすすめし始めて……笑えて泣けて、まさかの感動の声続々！　話題沸騰のベストセラー文庫化。

グレースの履歴

源孝志　41620-5

美奈子が夫の希久夫に遺した国産名車。カーナビの履歴を巡る旅で美奈子の想いが見えてくる。藤沢、松本、尾道、モナコ……往年の名女優、伝説のエンジニアの人生と交錯する愛と絆の物語。

暗い旅

倉橋由美子　40923-8

恋人であり婚約者である“かれ”の突然の謎の失踪。“あなた”は失われた愛を求めて、過去への暗い旅に出る——壮大なる恋愛叙事詩として文学史に残る、倉橋由美子の初長篇。

エンキョリレンアイ

小手鞠るい　41668-7

今すぐ走って、会いに行きたい。あの日のように——。二十二歳の誕生日、花音が出会った運命の彼は、アメリカ留学を控えていた。遠く離れても、熱く思い続けるふたりの恋。純愛一二〇％小説。

冥土めぐり

鹿島田真希　41338-9

裕福だった過去に執着する傲慢な母と弟。彼らから逃れ結婚した奈津子だが、夫が不治の病になってしまう。だがそれは、奇跡のような幸運だった。車椅子の夫とたどる失われた過去への旅を描く芥川賞受賞作。

最高の離婚　1

坂元裕二　41300-6

「つらい。とにかくつらいです。結婚って、人が自ら作った最もつらい病気だと思いますね」数々の賞に輝き今最も注目を集める脚本家・坂元裕二が紡ぐ人気ドラマのシナリオ、待望の書籍化でいきなり文庫！

最高の離婚　2

坂元裕二　41301-3

「離婚の原因第一位が何かわかりますか？　結婚です。結婚するから離婚するんです」日本民間放送連盟賞、ギャラクシー賞受賞のドラマが、脚本家・坂元裕二の紡いだ言葉で甦る――ファン待望の活字化！

Mother　1

坂元裕二　41331-0

「あなたは捨てられたんじゃない。あなたが捨てるの」小学校教師の奈緒は、母に虐待を受ける少女・怜南を“誘拐”し、継美と名付け彼女の本物の母親になろうと決意する。伝説のドラマ、遂に初の書籍化。

Mother　2

坂元裕二　41332-7

「お母さん……もう一回誘拐して」室蘭から東京に逃げ、本物の母子のように幸せに暮らし始めた奈緒と継美だが、誘拐が発覚し奈緒が逮捕されてしまう。二人はどうなるのか？　伝説のドラマ、初の書籍化！

永遠をさがしに

原田マハ　41435-5

世界的な指揮者の父とふたりで暮らす、和音十六歳。そこへ型破りな“新しい母”がやってきて――。親子の葛藤と和解、友情と愛情。そしてある奇跡が起こる……。音楽を通して描く感動物語。

水曜の朝、午前三時

蓮見圭一 41574-1

「有り得たかもしれないもう一つの人生、そのことを考えない日はなかった……」叶わなかった恋を描く、究極の大人のラブストーリー。恋の痛みと人生の重み。涙を誘った大ベストセラー待望の復刊。

ロスト・ストーリー

伊藤たかみ 40824-8

ある朝彼女は出て行った。自らの「失くした物語」をとり戻すために——。僕と兄と兄のかつての恋人ナオミの三人暮らしに変化が訪れた。過去と現実が交錯する、芥川賞作家による初長篇にして代表作。

異性

角田光代／穂村弘 41326-6

好きだから許せる？　好きだけど許せない⁉　男と女は互いにひかれあいながら、どうしてわかりあえないのか。カクちゃん＆ほむほむが、男と女についてとことん考えた、恋愛考察エッセイ。

キスできる餃子

秦建日子／松本明美 41613-7

人生をイケメンに振り回されてきた陽子は、夫の浮気が原因で宇都宮で餃子店を営む実家に出戻る。店と子育てに奮闘中、新たなイケメンが現れて……監督＆脚本・秦建日子の同名映画、小説版！

母ではなくて、親になる

山崎ナオコーラ 41737-0

妊活、健診、保育園落選……37歳で第一子を産んだ人気作家が、赤ん坊が１歳になるまでの、親と子の様々な驚きを綴ってみると⁉　単行本刊行とともに大反響を呼んだ、全く新しい出産子育てエッセイ。

かわいい夫

山崎ナオコーラ 41730-1

「会社のように役割分担するのではなく、人間同士として純粋な関係を築きたい」。布で作った結婚指輪、流産、父の死、再びの妊娠……書店員の夫との日々の暮らしを綴る、“愛夫家”エッセイ！